언제나 가슴을 적시는
그 말씀대로 살겠네

언제나
가슴을 적시는
그 말씀대로
살겠네

법성스님

지혜의나무

나의 은사 김일엽(金一葉) 스님만큼 화려하게 일생을 풍미한 사람도 드물 것이다. 우리 스님은 개화기에 이 땅에 태어나 일본에서 유학한 신여성이었다. 육당 최남선〈해(海)에게서 소년(少年)에게〉라는 신체시보다 1년 앞서 〈동생의 죽음〉이라는 제목의 시를 써서 우리나라 신시의 효시를 이룩한 최초의 시인이었다. 국문학사에 길이 남을 위업을 달성한 문인 김일엽은 동시에 언론인이었으며, 교육자였고, 여성 운동가였다. 그리고 무엇보다도 종교인이었다.

일엽 스님은 만공 큰스님으로부터 계(戒)를 받았다. 일엽 스님의 머리를 깎아 주기 직전에 만공 큰스님은 다짐을 두었다고 한다.

「그대는 세속에서 여류시인이라는 말을 듣고 있는 줄 아는데, 지금까지 쓴 시는 새 울음소리이고, 사람의 시는 사람이 되어 쓰게 되는 것이나, 그래도 시라고 쓰게 되고 그 문학적 수양을 하게 되는 것은 그 방면에 연습을 많이 했기 때문일 테지. 그 업을 녹이기가 대단히 어려울 텐데, 글 쓸 생각, 글 볼 생각을 아주 단념할 수 있겠는가? 그릇에 무엇이든 담겨 있으면 다른 것을 담지 못하지 않는가?」

나의 은사 스님은 절필을 맹세한 다음 출가했고, 그로부터 30년이 흐르도록 다시 글을 쓰지 않으셨다. 화려한 문명(文名)을 얻던 분으로서 쓰고 싶은 업을 녹이는 일이 쉽지는 않았을 것이다.

우리 스님이 《청춘(靑春)을 불사르고》 라는, 출판 사상 그 유래를 찾기 힘든 베스트셀러를 출간하신 것은 1962년도였다. 산에 올라가신 지 30년 만에 최초로 하산, 서울 나들이를 하셔서 성라암에 머물며 집필하셨던 것이다. 내가 그때 시봉을 했다. 《청춘(靑春)을 불사르고》는 은사 스님의 자전적 고백을 유려한 필체에 담은 글로서 문학사에 남을 또 하나의 금자탑이었다고 해도 과언이 아닐 것이다.

나는 이때, 회향할 시기가 되면 나도 은사 스님의 본을 받아 내 살아온 자서전이나 한 편 남겨야겠다는 생각을 했고, 그것을 실천에 옮겨 이 책이 나오게 되었다. 이 글을 쓰면서 만공 큰스님이 나의 은사 스님에게 하셨다는 말씀을 내내 떠올렸다. 〈그릇에 무엇이든 담겨 있으면 다른 것을 담지 못하지 않는가?〉 나는 〈마음 비우기〉를 화두로 정하고 정진 삼매경에 몰입했다.

내가 김일엽 스님을 은사로 하여 출가한 것은 은사 스님이 《청춘(靑春)을 불사르고》를 집필하시던 바로 그 무렵이었다. 나는 그 이후 내 머릿속에 담겨져 있던 것을 모두 비우고, 그때까지 집착하고 있던 것에서 벗어나려고 노력해 왔다. 새로운 것을 담을 수 있는 그릇을 마련하느라 나름대로 최선을 다해 정진했지만 무명과 미망에서 얼마나 벗어났는가에는 자신이 없다. 성불(成佛)을 지향하여 팔순을 넘겼으나 달팽이 뿔 하나를 키운 듯한 느낌이다.

수좌로서 생멸이 끊어진 법계의 진여를 구하시어, 하시는 말씀이 곧 불음(佛音)이고, 하시는 일이 불행(佛行)이고, 하시는 생각이 불심(佛心)이 되는 큰스님들도 따로이 유적(遺跡)을 남기려 하시지 않는데, 그 언저리에도 이르지 못한 일개 수도승이 살아온 흔적을 남겨 무엇하겠느냐는 회의와 싸우면서도 끝까지 이 글을 쓴 이유가 있다. 마음 한번 바꾸면 거기에 열반, 이생극락이 있다는 말을 꼭 하고 싶어서였다.

　나무관세음보살

　　　　　　　　　　　　　불기 2544년 봄에
　　　　　　　　　　　성라원에서 법성(法性) 합장

차례

차례

제 1 부

달이 꽃 그림자를 사랑하여

어머니 스님

나는 아버지 권오봉(權五鳳) 씨와 어머니 신규(申圭) 씨 사이에서 둘째딸로 태어났다. 그 해가 갑인년이어서 이름을 갑순(甲順)이라고 지었다. 나보다 여섯 살 위인 언니는 무신년에 태어나서 무순(戊順)이라고 불렀다.

아버지와 어머니는 결코 금슬이 좋은 부부는 아니었다. 그 첫째 이유는 어머니가 대 이을 아들을 출산하지 못한 때문이었다. 둘째는, 어머니가 아버지보다 무려 다섯 살이나 연상이라는데 있었다.

아버지의 고향은 충청북도 괴산이다. 그래서 나의 본적이 충북으로 되어 있지만 정작 내가 태어난 곳은 경기도 이천이었다. 내가 철이 들기도 전에 아버지는 수원에서 그리 멀리 떨어지지 않은 상귀라는 곳으로 이사를 갔다. 내 의식이 미치는 가장 어릴 때의 기억은 바로 상귀 시절부터다.

아버지는 한의사인 동시에 훈장이셨다. 앉은뱅이도 고친다는 소문이 원근에 자자하게 나 있던 명의로서, 멀리서 당나귀를 몰고 와 아버지를 모셔가던 것을 본 일이 있다. 우리 집은 용하다는 소문을 듣고 찾아온 환자들로 매일 분주했다. 그런 중에도 아버지는 하루에 몇 시간씩 마을의 학동(學童)들을 가르치셨다.

나는 남복(男服)을 입고 다섯 살 때부터 초등학교에 들어가기 전까지 아버지에게 한문 교육을 받았다. 총기가 남다르다는 소리를 들었던 나는 한 번 배운 것이면 절대 잊지 않았다. 이때 아버지로부터 한문을 배운 것이 후일 경전을 읽는 데 많은 도움이 되었다.

무순이 언니가 인천의 약대라는 곳으로 시집을 간 것은 그녀의 나이 열일곱이 되던 해였다. 우리 가족은 언니를 출가시킨 직후에 서울로 이사를 왔다. 지금의 후암동을 옛날에는 삼판동이라고 불렀다. 나는 그곳에서 지금의 초등학교 과정인 소학교를 다니게 되었다.

아들을 포기할 수 없었던 아버지는 서울로 이사 온 직후부터 외도를 하시기 시작했다. 그러다가 소실을 얻어 만리동에다 살림을 차렸다. 아들을 낳아 주지 못했던 어머니는 아버지에게 차라리 두 집 살림을 할 것이 아니라 시앗을 집으로 데리고 들어와서 같이 살자고 제안했다. 그러나 아버지는 살림을 합치지 않고 주로 만리동에서 지냈으며, 삼판동의 우리 집에는 아주 이따금 찾아올 뿐이었다.

아침상에 아버지가 함께 하지 않는다는 사실은 늘 허전함을 느끼게 했다. 나는 아버지가 우리와 함께 식사를 할 수 있는 아침이 다시 찾아올 수 있게 되기를 고대했다. 나도 이렇게 아버지 없는 자리를 허전해했는데, 당시 어머니의 내면적 갈등은 더 말할 것 없이 치열했을 것이다.

어머니는 아마도 인생에 대한 회의와 허무의 깊은 수렁에 빠졌을 것이다. 그래서인지 그 허무를 불가(佛家)에 귀의하는 것으로 극복하려 했다. 그런 어머니에게 나란 존재는 애물일 수밖에 없었다. 당신이 낳은 자식 중에서 첫딸은 이미 성혼했기에 걸릴 것이 없는데,

어린 내가 딸려 있어 어머니는 훌쩍 출가할 수가 없었던 것이다.

　내가 소학교 5학년이 되던 해의 일이다. 수업이 끝나 교문 밖으로 나가니 어머니가 나를 기다리고 있었다. 나는 어머니에게 물었다

　「어머니, 왜 여기서 나를 기다리고 있어요?」

　「너하고 같이 갈 데가 있다.」

　어머니는 나를 서대문 형무소가 내려다보이는 옥천동 언덕에 자리잡고 있던 홍련암으로 데리고 갔다. 그 절에는 홍철우라는 큰스님이 계셨다. 어머니는 나를 그 스님에게 인사시킨 다음 말했다.

　「너 이곳에 있거라, 나는 어디 좀 갔다 올 데가 있으니까.」

　나는 어머니가 잠깐 근처에 볼일을 보고 돌아오는 것으로 알았다. 그러나 어머니는 밤이 되어도 나타나지 않았다.

　나는 그날 밤, 홍련암의 공양주 보살과 함께 자게 되었다. 내가 보살에게 물었다.

　「우리 어머니 언제 오시는 거예요?」

　「좀 오래 걸리실 게야.」

　「어디를 가셨는데요?」

　「너를 이곳에 맡겨 두고 먼 곳으로 공부하러 떠나셨다. 내가 돌봐 줄 테니 너는 걱정말고 이곳에서 학교를 계속 다니거라. 그러다 보면 어머니를 만나게 되는 날도 있을 거야.」

　그제야 어머니가 나를 절에다 맡겨 두고 스님이 될 결심을 했다는 걸 알게 되었다. 믿기지 않는 일이지만 어머니가 나를 버린 것이다. 나는 그 밤을 뜬눈으로 지새웠다. 새벽이 되자 전차 소리가 들려왔다. 나는 슬며시 일어나 밖으로 나왔다. 대웅전의 뜨락은 아직도 짙은 어둠에 싸여 있었다.

　나는 전차를 타고 집으로 향했다. 어머니가 아직은 떠나지 않았

을 것 같았다. 나를 절에 맡기고서 떠날 준비를 하고 있으리라 여겼다. 나의 예상은 들어맞았다. 어머니는 벌써 일어나 보따리를 싸 놓고 있었다. 내가 들어오자 깜짝 놀라며 소리를 질렀다.

「아이구 이 웬수. 거기 있지 왜 찾아왔어?」

「밖에 내다 버리려면 왜 낳았어요?」

그 말을 한 다음 나는 울기 시작했다. 어머니가 나를 버리려고 했다는 사실은 나를 충분히 서럽게 만든 사건이었다. 나는 흐느꼈다. 나를 바라보는 어머니의 눈에도 이슬이 맺혔다. 어머니가 한숨을 내쉬었다.

「알았어. 알았으니까 그쳐라. 어디 안 가마」

어머니는 내가 모르는 사이에 집을 팔았다. 그리고 나를 절에 맡긴 다음 짐을 싸가지고 출발하려던 차에 나에게 잡힌 것이었다. 자식을 떼어놓고 떠나려고 했었지만 역시 모질게 떨치고 갈 수 없었던 어머니는 다시 삼판동의 감나무골에 집 한 채를 샀다. 어머니의 첫 번째 출가 시도는 이렇게 해서 실패했다.

나의 조부(祖父)는 아버지를 낳으신 다음 상처(喪妻)를 했다. 그래서 새로운 부인을 맞아들여 아들 하나를 더 두었다. 어머니가 우리 아버지에게 시집을 왔을 때 아버지의 이복 동생인 내 삼촌의 나이는 세 살이었다고 한다. 어머니는 세 살짜리 시동생을 업어서 길렀다. 그러기에 삼촌은 어머니를 형수라기보다 어머니처럼 대했다.

조부는 고향인 괴산에서 별세했다. 어머니가 서할머니(庶祖母)를 모셨다. 서할머니가 돌아가신 것은 우리가 상귀에 살 때였다. 삼촌은 철이 들면서 가출을 했다. 어디 가서 살았는지 죽었는지 모른다며 어머니는 시동생의 안부를 늘 걱정하던 터였다. 그 삼촌이 감나무골 삼판동의 우리 집으로 여자를 하나 데리고 나타난 것은 내가 열다섯 살이 되던 해였다.

숙모감은 나와 동갑내기였다. 어머니는 삼촌 내외를 일년 동안 데리고 살다가 살림을 내주었다. 살림난 지 일년만에 삼촌은 아들을 얻었다. 내가 삼촌 집에 가서 미역국을 끓여 주며 산모를 돌보았다.

나의 동갑내기 숙모는 아들을 낳았는데, 나는 이때 기독교재단에서 운영하는 여학교에 다니고 있었다. 어머니는 아버지가 집을 나갔기에 외로웠겠지만 나는 형제도 없고, 어머니가 나를 두고 자꾸만 출가를 하려고 했기 때문에 외로운 사춘기를 맞았다. 중학교를 미션스쿨에 다닌 것이 계기가 되어 외로웠던 나는 열렬한 크리스천이 되었다. 어머니에게 나를 버려도 좋으니 제발 스님은 되지 말라고 애원을 했을 만큼 골수 기독교 신자의 길을 가고 있었다.

천지간에 외로운 모녀였건만 종교가 다르자 서로 뜻이 맞지 않았다. 나는 잠자리에 들기 전에 예수께 기도를 드리고 찬송가를 불렀다. 어머니는 염주를 돌리며 염불을 했다. 예수교 신자인 나는 어머니가 사탄의 유혹에 빠졌다고 몰아붙이곤 했다. 어머니를 교회로 전도시키려 무진 애를 쓸 때면 어머니는 부드러운 목소리로 말씀했다.

「애 갑순아, 옛날부터 우리나라에 내려온 불교라는 좋은 종교가 있는데 너는 왜 서양 귀신을 받드는 사람이 되었니? 아무래도 내가 너를 학교에 잘못 보낸 것 같다.」

「예수님은 서양 귀신이 아니라 전지전능하신 유일신이란 말이예요.」

「눈이 파랗고 머리가 노라니 틀림없는 서양 사람인데 뭘 그래.」

「예수는 사람이 아니라 동정녀 마리아에게서 나신 주님이시라니까요.」

「말도 안 된다. 동정녀가 어떻게 애를 낳는다고 그러니? 그런 허무맹랑한 소리에 귀기울이고 다니지 말아라!」

어머니는 나에게 전도되기는커녕 나와 나의 신을 싸잡아 매도하고는 했다. 주여, 이 일을 어찌하란 말이옵니까. 나는 교회의 마룻바닥에 엎드려 통성으로 기도를 드렸다.

어머니가 두 번째 출가를 시도한 것은 이 무렵이었다. 하루는 학교에서 돌아오니 웬 낯선 사람들이 우리 집에 들어와 이삿짐들을 옮기고 있었다. 나는 놀라서 물었다.

「당신들은 누구예요?」

「우리는 새로 이 집에 이사 온 사람들이다.」

「네가 갑순이인 모양이구나. 네가 돌아오면 주라고 너의 어머니가 맡긴 편지가 있다. 그걸 읽어보면 자세한 내막을 알 수 있을 게야.」

나는 새로운 집주인이 내주는 어머니의 편지를 읽기 시작했다. 어머니는 편지에 앞으로는 모든 것을 삼촌과 상의해서 살아가라고 썼다.

너도 이제는 철이 들만큼 들었으니 엄마의 앞길을 막는 딸이 되지 않기를 바란다. 네가 공부를 마치고 시집을 가는 데 드는 비용은 이 집을 팔아 삼촌에게 맡겨 두었으니 경제적으로 곤란을 받지는 않을 것으로 안다. 나는 생각하고 생각한 끝에 절에가 머리를 깎고 스님이 되기로 했다.

갑순아!

어머니를 원망하기보다 슬기롭게 너에게 주어진 길을 꿋꿋이 걸어갈 수 있기를 빌겠다.

어머니의 편지를 읽고 난 나는 슬프고 기가 막혀서 혼이 나간 듯

우두커니 서 있었다. 가까스로 정신을 수습하여 삼촌을 찾아갔다.
삼촌이 원망스러웠다.

「삼촌은 처음부터 다 알고 있었으면서 왜 나한테 알려 주지 않았
어요?」

나는 삼촌에게 대들었다.

「네 어머니의 뜻이었다.」

「나를 버린 어머니는 어머니가 아니에요.」

나는 그대로 돌아서서 삼촌 집을 뛰쳐나왔다. 모두에게서 버림을
받은 느낌이었다. 참았던 눈물이 볼을 타고 뜨겁게 흘려 내렸다. 지
향없이 걸음을 옮기다가 정신을 차려 보니 한강 다리 위에 서 있었
다. 다리 아래에는 강물이 굽이쳐 흐르고 있었다. 차라리 그곳에 뛰
어들어 죽어 버리자는 생각이 간단없이 내 뇌리를 스쳐 갔다. 나는
한없이 복받치는 설움에 정신없이 울고 있었다.

이때 내 어깨에 손을 얹어 놓은 사람이 있었다. 돌아보니 삼촌이
서 있었다. 삼촌은 내가 집을 뛰쳐나가자 뒤따라왔던 것이다. 삼촌
이 나를 돌려세우며 말했다.

「너 강물로 뛰어들 생각을 하고 있었던 거지?」

나는 뿌리치며 부르짖었다.

「놔요. 난 죽어 버릴 거예요.」

「못하는 소리가 없구나. 어서 집으로 가자.」

「싫어요.」

「이러면 못쓴다. 내가 네 어머니에게 연락할 테니까 집으로 같이
가자.」

나는 삼촌이 어머니가 가 있는 곳을 알고 있으리라 여겼다. 어머
니를 사탄의 품에서 구원하여 나에게 데려다 줄 수 있는 사람이 삼

촌이었던 것이다. 삼촌의 마음을 움직여 어머니를 찾을 수 있을 것 같았고, 그러면 나는 죽지 않아도 되었다.

집으로 돌아온 나는 그 날부터 학교도 가지 않고 단식 투쟁에 들어갔다. 굶으니까 병이 난 것이지만, 병이 나서 먹을 수가 없는 것으로 보이도록 이불을 싸 덮고 누워 버렸다. 나는 결사적이었다. 이러다간 애 죽는다고 판단한 삼촌은 어머니에게 연락을 했다. 내가 다 죽게 생겼다는 연락을 받은 어머니는 아무리 독한 마음을 품고 산으로 올라갔지만 다시 내려오지 않을 수 없었던 것이다.

어머니는 사탄의 품에서 나의 곁으로 돌아왔다. 나는 어머니를 전도시키지 못하면 언젠가는 다시 절로 달아날 거라고 믿었다. 그래서 어머니를 기독교 신자로 만들기 위해 온갖 지혜를 다 동원했지만 우리가 다시 만나 2년이 지나도록 전도하는 데 실패하고 말았다.

내가 기독교 신자가 된 것은 처음 미션 스쿨에 다닌 것이 계기였지만 우리나라가 일제의 식민지였던 시대적 상황과도 전혀 무관하지 않았다. 당시 기독교를 중심으로 하여 독립운동이 전개되고 있었고 주체 사상 고양에 기독교가 기여한 바가 적지 않았다. 물론 나는 독립운동에 관여할 만큼 대단한 여자는 아니었지만 나라 잃은 백성의 한 사람으로서 독립을 쟁취해야 한다는 데 공감하고 있었다. 동시에 그런 운동의 모태가 된 기독교에 차츰 깊이 빠져들어 갔던 것이다.

또, 하나 이때까지도 이 땅의 여자들은 남자들에 의해 여권이 수탈되는 운명의 굴레에서 거의 벗어나지 못했다. 기독교는 여권 신장과 개인의 존엄을 일깨우는 데 일익을 담당했다. 우국지사나 신여성들 대부분이 기독교 신자들이라는 데 대해 나는 고무되고 매료당해 있었다. 기독교 신앙이야말로 남자들에 의해 억압받고 있는 여자들과, 일본에 의해 억눌려 있는 우리나라에 해방을 가져다 줄 수 있는 신앙이라고 굳게 믿었다.

세월은 유수같이 흘러 내 나이 열아홉 살이 되었다. 나는 그 해 10월에 결혼식을 올리고 어머니 곁을 떠났다. 어머니를 전도시키지 못하고 시집을 가는 것이 못내 마음에 걸렸다.

우리 모녀는 서로를 매우 사랑했다. 누구든 어머니가 딸을 사랑하지 않는 이는 없을 것이고, 딸이 또한 어머니를 사랑하지 않는 경우도 없겠지만 우리 모녀 사이는 좀 특별했다.

아버지와 의가 좋지 않았던 어머니는 출가하여 정진하기가 소원이었다. 내가 없었으면 당신이 하고 싶었던 대로 진작에 스님이 될 수 있었을 것이다. 나는 어머니의 출가를 막는 유일한 장애물이었다. 어머니는 나를 증오하면서도 사랑했다. 나에게 사랑을 쏟을 수 있었기에 사는 보람을 느꼈던 분이다. 나는 어머니의 전부였다.

나는 어머니 없이 살아 남지 못했을 것이다. 어머니의 사랑이 있었기에 학교도 다닐 수 있었다. 어머니에게는 우리 두 모녀가 충분히 먹고 살아갈 수 있는 돈이 있었다. 결국 그 돈은 아버지가 상귀에서 번 것이었겠지만 어머니가 그것을 잘 늘리고 축내지 않았기에 나는 남부러울 것 없이 성장할 수 있었다. 어머니를 부처님께 빼앗기고 싶지 않을 만큼 사랑했으며, 어머니는 나의 전부였다.

우리 모녀의 그 시절을 추억할 때면 어머니가 깊은 밤 소리 없이 흘리던 눈물이 떠오른다. 어머니는 한 많은 이 땅의 여인이었다. 남존여비와 칠거지악의 악습이 채 사라지지 않은 여명기를 살아낸 분이었다. 어머니가 불교라는 종교에 귀의하는 것으로 새롭게 태어날 수 없었다면 그야말로 한으로 점철된 인생을 살다 가셨을 것이다. 나는 어머니가 선택한 종교를 훨씬 뒤에야 바로 볼 수 있게 되었다.

긴 아픔의 세월

중매로 만난 나의 남편은 강덕근(姜德根)이었다. 시집은 시흥의 새점이라는 곳이었다. 그는 오남매의 맏이었고, 그 집안의 장손이었다. 적당한 키에 이목구비가 반듯한, 관옥 같은 인물의 미남자였다. 변호사 사무실의 사무장으로 일하여 수입도 만만찮았다.

10월에 결혼식을 올려 겨우 두 달이 꿈결처럼 흐른 그해 섣달 중순께의 일이었다. 나는 부엌에서 저녁 지을 쌀을 씻다가 편지 한 통을 받았다. 그것은 어머니의 친구분이 보낸 것이었다. 나는 고개를 갸우뚱하며 물 묻은 손으로 봉투를 열었다.

갑순이 보아라.

모든 것이 낯선 시집살이에 어려움이 많을 줄 안다. 처음에는 힘들겠지만 서러움의 날을 참고 지내다 보면 여자의 행복이 이런 것이구나, 하고 깨닫게 되는 날이 있을 줄 안다. 부디 시부모 공경 잘하고, 지아비 뜻을 받들어 행복한 가정을 이룰 수 있기를 빌겠다.

22

뜻하지 않은 내 편지를 받고 의아하게 생각했을 줄 안다. 그러면 본론을 꺼내기로 하겠다. 갑순아, 놀라지 말거라. 얼마 전에 너의 어머니께서는 산으로 가 머리를 깎고 스님이 되었다. 어머니가 진작에 출가를 하고 싶어했다는 것은 너도 익히 알고 있는 사실일 것이다. 그러나 오직 너 때문에 출가 시기를 늦출 수밖에 없었느니라.

이제 네가 임자를 만나 혼인을 했으니 너의 어머니로서는 어머니된 도리는 다 했다고 여겼다. 그러니 미루어 왔던 입산 수도를 단행해도 되리라는 것이 당신의 뜻이었다. 물론 너로서는 어머니가 집에 있는 것이 좋으리라 여기겠지만 너도 이제는 어머니의 인생을 이해해 주어야 할 줄로 안다.

나중에 이 사실을 알고 크게 놀라지 않도록 미리 알려 주라는 것이 너의 어머니 분부였다. 너의 어머니가 안 계시니 친정 나들이를 올 필요는 없을 것이다.

그 편지에 어머니가 돌아가셨다는 내용이 적혀 있었다 해도 그렇게 놀라지는 않았을 것이다. 어머니가 스님이 되었다는 소식은 돌아가셨다는 말보다 더 심한 충격을 주었다. 기어이 어머니는 나를 시집보내 놓고 삭발위승이 되고 만 것이다. 나는 편지를 읽다가 끝까지 다 읽지 못하고 쌀을 담아 놓았던 그릇 위로 쓰러졌다.

손아래 시누이가 부엌으로 들어오다가 내가 쓰러져 있는 것을 보았다. 그녀는 나보다 세 살 아래로, 붙임성이 있고 성품이 싹싹했다. 마음이 고와 늘 나를 감싸주던 아가씨였다는 기억이 지금까지도 남아 있다.

그녀는 깜짝 놀라 황급히 달려왔다.

「언니, 왜 그래요?」

시집살이가 무섭기는 무서웠던지 그 경황 중에도 쌀을 엎지른 것이 걱정되었다.

「어떡하죠, 쌀을 엎질러서?」

「괜찮아, 언니. 엄마가 뭐라고 하면 내가 그런 것이라고 할게.」

속없는 여자 같으면 시어머니에게 일러 야단을 맞도록 할 텐데 이런 식으로 나를 감싸주니 얼마나 고마운 일인가.

「언니, 무슨 일인지 모르지만 많이 놀란 것 같아요. 밥은 내가 지을 테니까 방에 들어가서 좀 누워요.」

나는 도저히 다시 일을 할 수가 없었다. 가슴이 마구 방망이질을 치기 때문이었다. 숨이 차고, 목에서는 물방아 돌아가는 소리가 났다. 골이 쑤시다 못해 쏟아질 것만 같았다. 나는 시누이의 말을 듣고 방으로 들어가 이불을 쓰고 누웠다. 그로부터 나는 내 힘으로 일어날 수 없는 긴 어둠의 터널에 버려지고 말았다.

온몸이 용광로 속에 처넣어진 쇳덩이처럼 달아오르더니, 3일째 되는 날부터 열이 좀 내리는가 했는데, 이번에는 물에 빠진 솜뭉치처럼 퉁퉁 부어 올랐다. 갑자기 아무것도 먹을 수가 없게 되었다. 죽 한 숟갈을 넘겨도 배가 뒤틀리며 요동을 치다가 신물과 함께 올려 버리는 것이었다.

결코 쉽게 홀홀 털어 버리고 일어날 수 있는 병이 아닌 것 같았다. 동네의 양의사도 다녀갔고, 용하다는 한의사를 불러다가 진맥을 짚고 첩약을 달여 먹어 보았지만 차도가 없기는 마찬가지였다. 젊은 새댁이 느닷없이 병이 나 누워 있으니 그 신랑 되는 이의 당황함과 시부모들의 걱정은 매우 컸다. 내가 이렇게 누워 있은 지 몇 달쯤 지났을 때였던 것으로 기억된다.

짧은 겨울 해가 진 뒤여서 사위가 어둠에 묻히기 시작하던 무렵이었다. 동네 아이 하나가 나를 찾아와서 슬며시 말을 전해 주었다.

「밖에 누가 찾아오셨어요.」

「나를……?」

「네. 집 식구들 모르게 살짝 전해 달라고 하시더군요. 기다리고 있으니까 나가 보세요.」

시집 식구들 모르게 나를 불러낼 사람이라면……. 어머니가 찾아온 것일지도 모른다는 생각이 빠르게 내 뇌리를 스쳐갔다. 나는 가까스로 몸을 일으켜 세우고 옷을 툭툭하게 걸쳐 입었다. 때는 엄동설한이어서 문고리를 잡으면 손이 쩍쩍 달라붙는 매서운 추위가 몰려와 있었다.

대문 밖에 나서자 벌써 골목에는 한치 앞의 분별이 서지 않는 칠흑 같은 그믐밤의 어둠이 진을 치고 있었다. 혼신의 힘을 기울여 한걸음 한걸음 앞으로 걸어가려니까 어둠 속에서 나직이 들려오는 목소리가 있었다.

「나다.」

내가 예상했던 대로 어머니였다. 나는 어머니의 〈나다〉하는 말을 듣는 순간 가슴이 덜컥 내려앉는 느낌이었다. 머리에 모자를 쓰고 목도리를 친친 두른 어머니가 어둠 속에서 한 발 앞으로 다가왔다. 나는 호흡을 가다듬으며 차갑게 말했다.

「왜 오셨어요?」

「네가 병이 났다는 소식을 들었다. 얼굴이라도 잠깐 보고 가려고……, 좀 어떠니?」

「어머니 때문에 난 병이에요.」

「그러면 못써요. 사람이 왜 그리 용렬하고. 의젓하지 못하고…….」

「……。」

「갑순아. 관세음보살을 속으로 지성껏 외거라. 관세음보살을 외면 병이 나을 수가 있어요.」

「그런 소리하시려거든 어서 가세요. 저는 죽어요 사탄에는 빠지지 않겠어요.」

「부처님은 의사의 왕이란다. 내 말을 흘려듣지 말고 관세음보살에게 지성껏 매달리면 네 병을 고쳐 주실 거야.」

「또 그런 말씀을……。」

어머니는 무슨 말씀인가를 더 하려다가 입을 다무셨다. 나를 보는 어머니의 눈에 눈물이 맺혔다.

어머니는 고개를 떨구며 나직이 말씀했다.

「그럼, 난 간다.」

어머니는 차마 떨어지지 않는 걸음을 옮겨 놓듯 한걸음 뒤로 물러났다. 그리고는 돌아서서 몇 걸음 걸어가다가 뒤돌아보고, 또 돌아보면서 어둠 속으로 빨려 들어갔다. 골목을 빠져나가는 바람은 매서웠다. 나뭇가지의 울부짖는 소리가 메마르게 들려왔다.

어머니는 이렇게 병든 딸을 보러 찾아왔다가 집에도 들어오지 못하고 밖으로 불러내어 잠깐 얼굴만 본 다음 부엉이 울던 그 밤에 걸어서 관악산의 상불암까지 갔을 터였다. 그곳은 새점에서 눈 쌓인 산길로 이십 리가 넘었다.

어머니는 무슨 생각을 하면서 고행의 밤길을 걸어갔을까. 나의 무사 회복을 당신이 믿는 관세음보살에게 빌었겠지. 염불을 외며 산짐승이 곧 달려들 것 같은 무서움을 잊었을 것이다. 나는 먼 길을 찾아온 어머니에게 따뜻한 밥 한 끼 대접해 드리는 것은 고사하고, 언 몸을 녹인 다음 길을 떠날 수 있게 해드리지도 못했다. 시집식구들의 눈이 어머니나 나나 다같이 무서웠고, 승복을 입고 있다는 것이 또한 남의 이목을 피해야 하는 요인 중에 하나가 되었다. 그때만 해도 호랑이 담배 피던 시절이다. 지금 같으면 친정 어머니가 밤에 남의 눈을 피해 병든 딸을 찾아오지는 않을 것이다.

어머니가 다녀간 후에 나의 병은 더욱 악화되었다. 남편은 아무래도 집에서 고칠 수 없다고 판단하여 나를 서울의 의전병원으로 데리고 갔다. 의전병원은 지금의 육군병원으로 당시에는 가장 큰 병원이었다. 의사는 급성 신장염이라는 진단을 내렸다. 소피를 보려고 하면 요도를 바늘로 찌르는 것처럼 따가웠다. 주사를 맞은 다음 용을 쓰며 억지로 힘을 주어야 피같이 새빨간 오줌이 한 종기턱이나 나올 뿐이었다. 신장염과 동시에 오줌소태가 된 것이었다.

그것뿐이 아니었다. 다음으로 의사들은 나에게 심장병이 있다는 진단을 내렸다. 심장의 고동이 일정하지 않고 늘 불규칙하게 툭툭 툭 뛰다가 벌렁벌렁 숨이 목으로 차오른다. 심하면 숨이 목에 닿으면서 2분 가량 멈추는 것이었다. 이것을 심장경막증이라고 했다. 강심제를 놓고 마사지를 하면서 부산을 떠는 가운데 매번 아슬아슬하게 절명의 고비를 넘기고는 했다. 손발을 자칫 잘못 움직여도 일단 멎었던 벌렁거림이 요동을 치며 일어나기 때문에 절대 안정 상태에서 미동도 하지 않고 가만히 있어야만 했다.

누워 있어서도 안 된다. 그래서 나는 발병 이후 늘 두꺼운 이불을 쌓아 놓고 기댄 상태로 지냈다. 두 다리 쭉 뻗고 잠을 편히 잘 수가 없었다. 신장염에 오줌소태가 겹치듯 심장병에 심장경막증이 복합적으로 뒤엉킨 것이었다.

기관지가 극도로 악화되면서 해소 천식증이 나타나기 시작했다. 딸꾹질이 끊임없이 이어지며 항상 목에서는 가래 끓는 소리가 났다.

기침을 한번 하면 창자가 끊어지는 것 같았다. 글깡글깡 가래 끓는 소리가 어찌나 요란했던지 입원실 밖의 복도에서도 들릴 정도였다. 나중에 퇴원을 했을 땐 방안에서 나는 소리가 담 밖으로까지 흘러나가, 길 가던 사람이 무슨 소리인가 싶어 걸음을 멈추기도 했다. 방앗간의 발동기 돌아가는 소리와 같았다. 심장이 뛸 때 목에서 가래가 같이 끓다가 심장 뛰는 것이 가라앉으며 가래도 동시에 스르르 잦아들고는 했다.

숨이 목으로 차오르면서 심하게 가래까지 끓게 되면 숨이 막히고 온몸이 금세 파열해 버릴 것처럼 답답해지기 때문에 손에 닿는 것은 무엇이든 마구 쥐어뜯기도 했다. 회오리처럼 또는 폭풍처럼 한바탕의 분탕질이 지나가고 나면 잡히는 것이 없어 방바닥을 마구 헤집었던 내 손가락 끝에는 피멍이 들어 있기 일쑤였다.

병원에 입원할 때는 없었던 증상인데, 입원하고 있던 중에 복막염과 위장병이 생겼다. 온 몸이 신장염으로 인해 부어 있지만 특히 배가 소복이 부어오르는 증상이 생겼는데, 복막염 탓이라고 했다.

독한 약과 주사를 맞게 되면서부터 소화가 안 되고 속이 늘 더부룩하게 느껴지기 시작하더니 얼마 후 속앓이가 일어나면서 가슴을 한 바퀴씩 요동을 치며 틀어 제치는 증세가 나타났다. 그러면 창자까지 덩달아 꾸불텅거리며 홰를 쳤다.

속앓이가 치밀고, 심장의 고동이 툭툭툭 뛰다가 가래가 목구멍으로 숨가쁘게 솟아오르고, 경막이 막히면서 뚝 숨이 꺼졌다가 막혔던 것이 터지면서 죽음이 고비를 넘기는 악순환이 반복되었다. 그렇게 하루에도 몇 번씩 죽음의 고비를 넘나들었다.

특히 한달 중에 월경 때가 되면 더했다. 월경불순도 그러기에 나를 초죽음으로 몰아넣는 지독한 병 중 하나였다. 거기다가 편두통이 있었다. 앞골만 패는 것이 아니라 뒷골도 패고, 앞뒤로 골이 패는 가운데 금새라도 터질 것 같은 압박 상태로 빠져든다.

귀에서는 늘 도랑물이 흐르는 것처럼 콸콸콸 소리를 냈다. 기가 허해서 그러는 것이려니 했는데 그것도 이비인후과 의사의 치료를 받아야 하는 귓병의 일종이었다.

바늘을 한 움큼 손에 쥐고 몸의 여기저기를 콕콕 쑤시는 것 같은 신경통 증세도 나타났다. 바늘 하나로 몸을 찔러도 견딜 수가 없는 법인데 여러 개로 마구 쑤시는 것 같은 통증은 상상만으로도 몸이 떨릴 것이다. 처음에는 몸 전체가 마구 쑤시기 시작하더니 기일이 경과하면서 양 무릎이 특히 집중적으로 쑤셔대기 시작했다. 그것을 관절염이라고 했다. 신경통과 관절염이 또 합병증이 된 것이었다.

피가 얼굴로 한꺼번에 몰리는 것 같은가 하면 화끈거리기 시작하고 골이 패다가, 온 몸에 이어 무릎을 특히 바늘로 쑤시는 것 같은 식으로 연쇄 반응을 일으킨다. 얼굴이 달아오르는 것은 상기병 때문이라고 했다.

마지막으로 나는 심한 불면증에 시달렸다. 발병 이후 하루도 편한 잠을 자 본 일이 없었다. 제대로 눕지도 못하고 이불에 기대어 설핏 잠이 들었는가 하면 악몽에 빠져 허우적거리다가 이내 혼수상태로 들어가는 식이었다. 잠을 이루려고 애를 쓸수록 잠은 더 멀리 달아나고 눈만 벌겋게 충혈 되었다. 수면제의 힘을 빌려 간신히 하루에 서너 시간 정도 눈을 붙이는 것이 고작이었다. 숙면을 하지 못하니 내 병세는 호전될 수 없었다.

내가 앓게 된 병은 모두 열네 가지였다. 의사 한 사람이 치료할 수 있는 병이 아니었다. 몇 명의 전문의들이 함께 매달렸지만 조금도 차도를 보이지 않을뿐더러 더욱 증세가 악화되어가기만 했다.

의사들은 나를 불치병과 난치병을 함께 앓고 있는 환자로 분류해 놓았다.

그들은 병을 고치러 병원에 왔다가 치료되기는커녕 하루가 지나고 나면 없던 병이 생기는 식으로 여러 병을 동시다발적으로 앓게 된 나를 연구 가치가 있는 대상으로 여겼다. 그래서 죽은 뒤에 신체를 병원 측에 양도한다는 조건하에 무료로 시술을 해주겠다고 제의해 왔다. 의사들은 내가 소생하여 퇴원할 수 있으리라고는 믿지 않았던 것이다. 나 자신도 병이 나아 집으로 돌아가리라고 기대하지 않았다. 엄청난 병원비를 남편에게 부담시키느니 나를 실험용으로 내놓는 것이 더 좋을 것 같았다. 그러나 남편은 그럴 수 없다고 반대했다.

다 죽어 가는 몸뚱아리인데다가, 두 달도 채 함께 살지 못한 처지라 부부의 정이라는 것이 무엇인지도 모르는 상태에서 병이나 자기에게 골칫덩어리가 되어 줄뿐인데도, 그는 나를 끔찍이 위하며 소생하기를 애타게 기원했다. 민망하고 눈물이 저절로 날 만큼 고마울 따름이었다.

절대로 연구 대상이 되어 줄 수 없다고 밝혔는데도 보호자가 없는 틈을 이용하여 일본인 의사들이 대거 몰려왔다. 그들은 나를 병원 내의 소강당으로 데리고 갔다. 여러 분야의 의사들이 한꺼번에 몰려와 나를 앞에 놓고 서로 의견을 주고받았다. 뿐만 아니라 한 의사가 내 신체 부위를 이곳저곳 가리키며 수십 명의 레지던트들에게 강의를 시작했다.

나는 남편에게 피해를 덜 주기 위해 나 자신을 연구 대상으로 제공하고 무료 시술을 받는 것이 좋지 않겠느냐는 생각을 잠깐 하기도 했지만, 막상 이리 되고 보니 윤간을 당하는 것만큼이나 치욕스러워졌다. 죽은 뒤에는 죽었으니까 모르겠지만 살아 있는 동안에는 도저히 견뎌낼 수가 없을 것 같았다.

이 사실을 안 남편은 의사들의 처사에 분개하면서 병원을 상대로 고소하겠다고 으름장을 놓았다. 의사들은 워낙 많은 병을 동시에 앓고 있기 때문에 여러 의사들이 한꺼번에 모여 치료 방법을 강구하는 것이 필요했다며 변명을 늘어놓았다.

나는 펄펄 뛰는 그에게 애원했다.

「퇴원시켜 주세요. 죽어도 집에 가서 죽고 싶어요.」

그는 애처로운 시선으로 나를 바라보다가 고개를 끄덕였다.

「알았어요.」

이렇게 해서 나는 병원에 입원한 지 몇 달만에 퇴원을 하고 말았다. 병이 낫기는커녕 중환자가 되어 돌아온 나를 시어머니는 한숨을 쉬며 맞아들였다. 퇴원한 후에도 집 근처의 양의사가 내 주치의가 되어 보살폈으며, 용하다는 한의사를 모두 불러 치료케 했지만 차도가 없기는 마찬가지였다. 바람 앞의 등불처럼 위태위태한 중에도 가물거리는 불이 꺼지지 않고 타고 있는 것이 오히려 신기할 지경이었다. 나는 곧 죽을 것 같으면서도 그렇게 가물거리며 살아 있었다.

남의 집안 장손에게 시집을 와서 원하는 자식을 낳아 주지는 못할망정 젊디젊은 나이에 제 몸 하나도 추스르지 못하는 중환자가 되어 누워 있으니, 어쩌다 시어머니의 땅이 꺼지는 한숨 소리라도 듣게 되면 차라리 모진 마음먹고 자진이라도 해야 한다는 생각밖에 들지 않았다.

내가 이렇게 앓아 누워 있는 중에도 세월의 흐름은 한치의 유예가 없어서 겨울이 가고 봄이 돌아왔다. 창문 틈으로 들어오는 햇살은 화사했다.

시할머니가 내 방으로 들어오시며 말씀했다.

「아가, 밖에는 지금 꽃이 피고 새가 울고 그렇게 좋을 수가 없는데 젊은 네가 방에만 누워 있으니 이게 무슨 변고니?」

「……」

시할머니는 애써 환하게 웃으면서 말을 이었다.

「이 과일 좀 먹어 보렴. 이것 좀 먹고 기운을 차려야지.」

시할머니의 말이 아니더라도 대문 밖을 나서면 온갖 꽃들이 어우러져 있고, 나무들이 잎새를 내어 푸르게 약진하고 있으리라는 것을 모르지 않았다. 봄이 되면 차도가 좀 있으려니 했는데 봄이 되어도 병세가 조금도 호전되지 않아 나는 억울하고 분하고 슬펐다. 시할머니가 방에서 나간 후부터 나는 내 설움에 겨워 울기 시작했다. 어찌나 울었던지 얼굴이 퉁퉁 부었다. 퇴근해서 돌아온 남편이 내 부은 얼굴을 보더니 그 길로 시어머니에게로 달려갔다. 그가 시어머니에게 따지는 소리가 들려 왔다.

「환자는 마음이 편해야 병이 낫는 건데 집사람에게 무슨 말씀을 하신 겁니까?」

시어머니는 펄쩍 뛰었다.

「애, 나는 오늘 바빠서 그 방에 들어가 보지도 못했다. 그런 나한테 무슨 소리를 했느냐고 따지는 게냐?」

그가 폭탄선언을 했다.

「살림을 나야겠습니다.」

「뭐야?」

「살림나는 것을 병원에 입원시킨 것이나 마찬가지로 생각하십시오.」

「예가 지금 무슨 소리야. 밖에 있다가도 병이 나면 집으로 데리고 들어와야 하는 법이거늘…….」

「글쎄, 저 사람 마음을 편하게 해주지 않으면 병이 안 나을 것 같아서 그러는 겁니다.」

그는 그 길로 횅하니 밖으로 나가 버렸다. 시어머니가 내 방으로 오셨다.

「네 남편이 왜 저러니?」

나는 기어 들어가는 소리로 답했다.

「모르겠어요.」

시어머니는 퉁퉁 부어오른 내 얼굴을 살피더니 말했다.

「네 얼굴이 이 모양이라 저러는 것 같구나. 낮에 무슨 일이 있었니?」

「아무 일도 없었어요, 어머님」

「아무 일도 없었는데 얼굴이 퉁퉁 붓도록 울었니? 제발 집안 좀 편하자.」

나는 송구스러워 몸둘 바를 몰랐다. 그는 그 길로 나가서 우리가 살림을 날 수 있는 집을 마련했다. 그는 변호사 사무장으로서 많은 돈을 벌고 있었다. 일정 때인데도 자가용을 타고 다닌 사람이었다.

그가 밤늦게 돌아와서 말했다.

「역전 앞에 가게가 셋 딸린 큰집을 사 버렸소. 가게에서 나오는 세만 해도 살림 꾸려 나갈 돈은 될 게요.」

「난 이사 가고 싶지 않아요.」

「당신은 환자고, 나는 당신의 보호자야. 환자는 보호자의 말만 따르면 되는 거요. 당신이 아무래도 시할머니, 시어머니 계신 집에서는 누워 있기조차 불편할 것이라는 사실을 내 모르는바 아니오. 진작에 살림을 나려고 생각하면서도 미루어 왔는데 더는 안 되겠어.」

남편이 박박 우기니 어쩔 수가 없었다. 시부모들도 그의 서슬에 못마땅해하면서도 끝낸 만류하지는 않았다. 나는 그 동안 살았던 새점에서 시흥 역전으로 살림을 났다.

당시 무순이 언니에게 열세 살짜리 딸이 있었다. 나는 그 조카를 불러다가 내 병구완을 하게 했다. 미상불, 층층시하의 시집에 살 때 보다는 마음이 좀 편했다. 남편은 집에 딸린 가게를 시계포와 양복 점, 이발소로 빌려주었다.

나에 대한 그의 사랑은 끔찍했다. 살림을 나서 살게 되고부터는 그는 퇴근하여 집으로 돌아올 때면 차에 과자며 사탕, 인형을 비롯 하여 장난감들을 잔뜩 사오고는 했다. 과자를 먹어 보라고 권하며, 내 앞에서 장난감을 가지고 놀면서 나를 즐겁게 해주기 위해서 온갖 지혜를 다 동원했다. 그 당시 과자나 장난감들은 돈을 주고 사려고 해도 귀했고, 가격으로 쳐도 말할 수 없이 비쌌다. 시어머니는 새점 에서 역전 앞의 우리 집에 다녀가실 때면 늘 그를 못마땅해했다.

하루는 그가 백원을 주고 으리으리하게 번쩍거리는 양복장을 백 화점에서 사들여 왔다. 쌀 한 가마 값이 6원밖에 안 하던 때이니 백 원이면 쌀 16가마 값에 해당하는 거금이었다. 시어머니는 집안에 우환이 있을 때는 살림을 들여오는 것이 아니라며 혀를 찼다. 그는 시어머니의 눈총을 웃음으로 태연히 받아넘겼다.

「저 사람에게 무슨 재미가 있겠어요. 살림 느는 재미라도 느끼라 고 한 일이니 어머님은 아무 말씀 마십시오.

그는 불가(佛家) 식으로 말하면 전생에 나에게 많은 빚을 졌던 사 람이 아니었는지 모르겠다. 자기를 위해 밥 한 그릇 변변히 지어 주 지 못하는 나를 이렇게 끔찍이도 위했으니 말이다.

그뿐이 아니었다. 시어른들은 내가 오랫동안 앓아 누워 있으니 아무래도 소생하기가 힘들다고 판단한 것 같았다. 소생을 한다고 해도 대 이을 아들을 낳을 수 있을 정도로 건강을 회복한다는 것은 거의 불가능해 보였다. 나도 이러다가 죽지 싶었고, 주위의 누구도 내가 살아나리라고 믿는 사람은 없었다. 의사로부터 불치병이라는 선고를 받은 나는 사실 죽을 날만 기다리고 있는 셈이었다. 이러니 부모들로서는 그에게 소실을 얻어 주어 자식을 얻을 수 있도록 해야겠다는 마음을 가질 수밖에 없었던 것이다.

　그가 시부모들이 계신 새점으로 불려갔다가 왔다. 그러나 집으로 돌아온 그는 무엇 때문에 불려갔었다는 말을 나에게 하지 않았다. 얼마 후 새점에서 사는 이웃집 아낙이 역전에 나왔다가 나를 찾아왔다. 그녀는 나를 위로한 다음 말했다.

　「새댁은 병이 나서 그렇지, 남편 복 하나는 있는 여자라니까요.」

　「왜요?」

　「새댁의 시부모님이 신랑에게 새장가를 들이겠다고 요새 난리예요. 시집을 오겠다는 사람도 구했어요. 그런데 정작 신랑이 펄펄 뛰면서 마누라가 버젓이 살아 있는데 사람의 도리로서 그럴 수는 없다고 말도 못 꺼내게 한다더군요.」

　나는 그제야 그이가 새점에 불려가 장가를 들라는 압력을 받았다는 것을 알 수 있었다.

　요즘 같으면 아무리 환자라고 해도 사람이 살아 있는데 장가를 들이겠다는 시부모는 없을 테고, 아내가 살아 있는 남자에게 시집을 오겠다는 여자도 없을 것이다. 그러나 당시만 해도, 내가 살아나지 못하여 죽는다고 가정하면 이만한 자리가 쉽지 않았다. 가정 형편이 어려운 사람 중에서는 딸을 주겠다고 나설 만도 했다.

35

그러나 그는 부모로부터 그런 압력을 받아도, 내가 죽으면 몰라도 살아 있는 한은 시앗을 보아서 환자의 마음을 어지럽게 해줄 수 없다며 자신의 생각을 굽히지 않았다.

나는 그에게 진심으로 미안했다. 배운 것이 많고 능력이 있어 돈도 잘 벌고, 나만 성했다면 남부러울 것이 없을 사람인데 장가 한번 잘못 들었다가 좋은 시절을 그렇게 다 보내고 말았다. 그는 나에게 참으로 과분한 사람이었다.

그런데도 나는 그에게 유난히 쌀쌀맞게 대하기 시작했다. 기왕에 살아나지 못할 바에야 미리 정을 완전히 떼어놓는 것이 좋겠다는 판단이 들어서였다. 아닌게아니라 시어머니는 노상 그가 쓸데없는 것을 사들인다고 핀잔인데, 내가 꼭 시켜서 그러는 것 같은 자격지심도 들었다. 나는 그에게 필요도 없는 것을 사들고 들어온다고 심하게 앙탈을 부리고는 했다. 남편에 대한 거부가 도에 지나쳤던가 보다. 병들어 누워 있는 주제에 남편을 타박하는 내가 눈에 거슬렸던지 시삼촌댁이 혀를 찼다.

「내가 보기에 네가 좀 지나친 것 같다.」

그러나 옆에 있던 그이는 사람 좋은 미소를 입가에 떠올리며 말했다.

「저 사람은 환자예요. 자기 몸이 괴롭다 보니까 그러는 겁니다. 지나친 것이 아니에요.」

삼촌댁은 그를 좀 모자란 것이 아니냐는 시선으로 바라보았다. 그를 위해 정을 떼어야 한다는 생각을 하면서도, 또한 그를 위해서라도 어떻게든 살아나고 싶은 것이 내 진심이었다. 그러나 나는 좀처럼 소생할 기미가 없었다. 병세는 갈수록 악화되어 가기만 했다. 확실히 절대 안정을 취하면 좀 나았고 심화를 끓이면 내 병을 걷잡을 수 없이 악화되었다. 그에 대해 평소보다 극도로 신경을 쓴 것이 빌미가 되어 나는 곧 숨이 넘어갈 것처럼 자지러진 적이 있었다. 퇴근을 하여 집으로 돌아왔던 그가 내 병세가 갑자기 더 악화된 것을 발견하고 급히 의사를 불렀다.

의사가 가지고 온 주사약은 한겨울 추위에 꽁꽁 얼어 있었다. 그는 그것을 급히 녹여 나에게 주사를 놓았는데, 이 과정에서 무엇이 잘못된 모양이었다. 잠시 헐떡거리며 숨이 가라앉는가 싶더니 이번엔 방이 빙그르 돌아가는 것 같았다. 그러다가 한없이 가라앉는 것 같았다.

나는 물을 좀 마시면 정신을 차릴지도 모른다고 생각했다. 물 대접은 머리맡에 놓여 있었다. 물 대접을 집으려고 바라보니 그것은 한 개가 아니라 두 개로 보였다가 세 개로도 보였다. 갑자기 가슴이 답답해 오는 것을 느껴 옷을 쥐어뜯으며 허우적거리기 시작했다. 내 입에서는 거품이 흘러나왔다.

그는 아무래도 내가 그 밤을 못 넘기고 세상을 뜨려나 보다고 판단한 모양이었다. 급히 시부모가 있는 새점으로 사람을 보내어 일이 나게 생겼다는 것을 알리는 한편, 다시 의사를 불러왔다. 왕진 온 의사는 주사 맞은 것이 부작용이 났다며 새로운 처방을 했지만 나는 좀처럼 평정을 되찾지 못했다.

새점으로부터 시부모뿐만 아니라 대소간의 집안 사람들이 몰려왔다. 나는 이번이야말로 죽게 되는가 보다고 생각했다. 마치 간질병 환자처럼 지랄을 계속하던 나는 어느 순간 혼절하고 말았다.

얼마의 시간이 흐른 것일까. 내가 눈을 떴을 때 제일 먼저 시야에 들어온 것은 다섯 개의 거대한 기둥이었다. 나는 그것을 하늘 나라의 어디메쯤에 있는 무슨 기둥이려니 여겨 부지불식간에 비명을 질렀다. 비명이라고는 하지만 모기 소리처럼 흘러나왔을 것이다.

「아이구 무서워!」

내 말소리에 옆에 있던 사람들이 일어났다.

시어머니가 나에게 말했다.

「말을 하는구나. 나를 알아보겠니? 정신이 좀 나느냐?」

의식은 아주 천천히 돌아왔다. 희미하게 보이던 남편과 시어머니의 얼굴이 차츰 뚜렷하게 보이기 시작했다. 나는 다섯 개의 기둥이 발가락이었음을 알았다. 시어머니는 부리나케 부엌으로 나가 미음을 끓여 왔다.

「이것 좀 먹어 보겠니?」

이제는 하다하다가 지랄까지 했는가 싶어 민망하고, 자신이 참혹해서 견딜 수가 없었다. 남편과 시집 식구들은 나에게 오만 정이 다 떨어졌을 터였다. 시어머니의 시선을 피하는 내 눈에서 눈물 한 줄기가 솟구쳐 볼을 타고 흘러내렸다.

나는 염라대왕 앞까지 거의 다 갔다가 되돌아왔다. 곧 숨이 넘어갈 것 같으면서도 다시 뽀시락거리며 되살아나 오욕스러운 생명을 연명하는 것이다.

이 무렵의 내 꿈은 이런 것이었다. 그저 밤이 주는 휴식 속에 불면 없이 빠져들었다가 상큼하고 신선한 아침을 맞이하고 싶다는 것, 정성껏 마련한 음식을 차려 놓고 남편과 마주앉아 식사를 할 수 있는 아침을 맞이하고 싶다는 것, 그것뿐이었다. 아니면 아침이 돌아오기 전에 차라리 세상을 떠나 있고 싶을 뿐이었다. 출근하는 그를 위해 아침상을 마련해 줄 수 없다는 것은 죽음보다 더 큰 아픔이 되어 나를 짓이기곤 했다.

하늘이 무너지는 슬픔

나는 그렇게 7년을 앓아 누워 있었다. 그리고 마침내 1940년이 되었다. 그해 9월의 일이었다.

그날도 남편은 평소와 같이 변호사 사무실에 출근을 했다. 그가 집으로 돌아온 것은 자정이 다되어 갈 무렵이었다. 그는 타고 온 차에서 자기 스스로 내리지 못하고 다른 사람의 부축을 받아서야 내렸다. 출근할 때 멀쩡하던 사람이 업혀서 집안으로 들어오니, 나는 내 몸이 아파 경황없는 중에도 가슴이 철렁했다.

「어떻게 된 일이에요?」

함께 온 사무실 직원이 설명했다.

「저녁에 회식을 했거든요. 대구매운탕을 드셨는데 체한 것 같습니다. 혼자 가시게 할 수 없어 제가 모시고 왔습니다.」

대구탕을 먹고 체했다는데 몸을 가눌 수 없을 정도라는 것은 납득이 가지 않았다. 그의 몸은 통통 부어 있었다. 나는 식중독이 아닐까 생각했다.

「아픈 사람을 병원으로 데리고 가야지 집으로 오면 어떻게 해요?」

「사무장님이 집으로 데려다 달라고 하셨기 때문에…….」

나는 그에게 물었다.

「괜찮겠어요?」

그는 고개를 끄덕였다. 그러나 내가 보기에 아무래도 심상치가 않았다. 그대로 집에 있도록 할 수가 없었다. 나는 사람을 시켜 새점의 시부모에게 연락을 하는 한편 의사를 불렀다. 왕진을 온 동네의 의사는 응급 처치를 한 다음 서울의 큰 병원에 입원을 시키는 것이 좋겠다고 했다. 고개를 가우뚱하며 병명을 얘기해 주지 않았지만 분명 식중독은 아닌 것 같았다.

그는 이튿날 아침 일찍 내가 입원했던 서울의 의전병원으로 실려 갔다. 그래도 그 병원이 당시로서는 가장 큰 종합병원이었다 내가 내 몸을 못 다스리니 이런 위급한 중에도 그를 따라 병원까지 같이 가지 못하는 것이 못내 안타깝다 못해 서러웠다.

그가 병원으로 실려 가고 나자 갑자기 신경을 쓴 탓인지 속앓이가 치밀고, 심장이 불규칙하게 뛰다가 턱까지 막혀 오고, 가래가 끓고, 골이 쏟아질 듯 지끈거렸다. 온몸은 바늘로 마구 짓쑤시는 것 같았다. 꼭 죽을 것만 같았다. 내 코가 열자나 빠졌으니 그이를 걱정하고 있을 여가도 없는 상태였다. 그렇게 하루가 가고 이틀이 가고 열흘이 흘러갔다.

나는 그가 입원해 있는 동안 젖먹던 힘까지 다해 딱 한 번 병원으로 면회를 갔다. 열흘만에 보는 그의 몰골은 나보다도 더 참혹했다. 그에게 내려진 병명은 급성 신장염이었다. 그가 일하는 사무실의 변호사가 급히 손을 써서, 일본 본토로부터 좋다는 약을 공수(空輸)해다가 투약하고, 의사들도 최선을 다했지만 그의 병은 워낙 질이 나쁜 악성이어서 급속도로 악화일로로 치달았다. 그 스스로도 살아

나기 힘들다고 판단한 것 같았다.

남편은 죽을 바에야 집에 가서 죽겠다며 퇴원을 고집했다. 결국 치료를 받았으나 아무 효험도 얻지 못하고 사경을 헤매는 지경에 이르러 다시 집으로 실려 왔다. 억장이 무너질 노릇이었다. 집으로 돌아온 직후에 그의 친구들이 병문안을 왔다.

그는 친구들에게 말했다.

「나 죽는 것은 괜찮은데 저 사람이 불쌍해서 어쩔꼬……」

그는 나를 바라보며 뜨거운 눈물을 주르르 흘렸다.

그때까지 우리는 혼인신고가 되어 있지 않았다. 결혼한 지 두 달도 채 안 되었을 때 내가 병이 들었기 때문에 혼인신고를 하지 않았던 것이다. 물론 그는 내가 소생하기를 바랐지만 죽을 가능성이 더 많다고 본 것이 분명했다. 어쨌거나 그때까지 나는 법적으로 그의 아내가 아니었으니 자기가 죽고 나면 상속도 받지 못하게 될 거라고 걱정하는 것이었다. 그는 친구들에게 말했다.

「내가 죽고 나면 부모님들이 저 사람을 새점으로 데리고 가려 할걸세. 저 사람을 나도 없는 시집에서 살게 할 수는 없어. 이 집에서 사는 날까지 살 수 있도록 해주고 싶네. 그것이 내뜻이었다고 우리 부모님들에게 좀 전해 주게……」

친구 중에 한 명이 말했다.

「왜 그런 말을 하는가. 어떻게 하든 살 생각을 해야지……」

그 하루 뒤였다. 환자 부부가 같은 방에 있을 수가 없어 그는 다른 방에 누워 있었다. 간병하고 있던 시어머니가 외마디 비명을 질렀다.

「아이구 애야!」

나는 시어머니의 비명 소리를 듣고 몸을 간신히 추스렸다. 그가 잘못되고 있다는 생각이 들자 없던 힘이 났다. 억지로 남편이 누워 있던 방으로 오니 시어머니가 아들을 부둥켜안고 통곡을 하고 있었다. 그는 숨을 거두고 있었던 것이다. 나는 그 때 단지(斷指)를 하면 사람을 살릴 수도 있다는 말을 떠올렸다. 급히 장도리를 찾아 문지방에 내 손가락을 올려놓고 내리쳤다. 피가 뚝뚝 떨어지는 손가락을 그의 입안으로 넣자 그가 눈꺼풀을 치떴다. 이 순간 나는 까무러치고 말았다.

시어머니의 말소리가 어렴풋이 귓전을 맴돌았다.

「시체에 피를 묻히면 안 되는데…….」

시어머니는 아들이 되살아날 수 없다고 보고 피를 묻히지 못하도록 까무러쳐 있는 나를 다른 방으로 옮기게 했다는 것을 나중에 알았다.

얼마의 시간이 흐른 것일까. 의식을 회복하지 못하고 있던 나는 누군가가 흔들어 깨우는 바람에 눈을 떴다.

「이를 어쩔까……. 남편이 찾아요!」

나는 나를 깨운 사람의 부축을 받으며 일어났다. 남편이 누워 있는 방으로 들어서자 그의 눈이 허공을 두리번거리고 있는 것이 보였다. 나를 찾고 있다는 예감이 들었다. 나와 시선이 마주치자 그의 눈동자는 허공을 한 바퀴 맴돌았다. 그러다가 어느 순간 멈추어 서더니 스르르 눈꺼풀이 닫혔다. 그에게서 영혼이 떠나가는 순간이었다. 그는 그렇게 말없이 이승을 하직하고 말았다.

나는 그의 절명 직후에 다시 졸도를 했다. 7년을 곧 죽을 듯이 앓던 나는 아직도 살아 있는데, 그는 겨우 보름을 병원에 입원해 있다가 퇴원을 해서, 이내 불귀(不歸)의 객이 되어 홀연히 이승을 떠나간 것이었다. 이런 황망한 일은 천지간에 다시없을 것이다. 남편이 죽었는데 아내가 되어 졸도를 해 버렸으니 마음놓고 울어 보지도 못했다.

나는 나중에, 시어머니가 내 단지한 피를 끝까지 그에게 먹이지 못하도록 밀쳐낸 것이 한이 되었다. 그는 분명 눈을 감았다가 피를 받아먹고 눈을 떴다. 의식을 되찾고 한참을 견디다가 이승을 하직했다. 피를 좀더 많이 받아 마셨다면 소생할 수 있지 않았을까. 허긴 그건 내 안타까운 소망이었을 뿐 계속 했어도 별수 없이 세상을 떴을는지도 모른다.

남편이 나보다 일찍 세상을 뜰 줄 알았다면 정을 떼려고 그를 일부러 쌀쌀맞게 대하지도 않았을 것이다. 그것도 한이 되었다.

그때 단지를 했던 내 손가락은 영원히 회복이 되지 않은 채 상처로 남아 있다. 어쨌거나 나는 엄연히 결혼을 했던 여자인데도 호적상으로는 처녀로 돼 있었다. 그래서 나중에 불문에 귀의할 때도 호적상으로는 처녀였고, 지금도 호적은 깨끗하다.

내게 사연이 적잖게 있으리라 여긴 사람들도 호적을 보고는 고개를 갸우뚱했다. 최초로 이 글을 통해 내 숨겨 두었던 지난날의 비망록을 들춰 내보인 것이다. 쓸데없는 짓을 하는 게 아닌가 하는 자책을 하면서도 이승에서 맺었던 인연의 한 줄기를 풀어 홀가분한 마음으로 회향을 맞이하고 싶은 생각 때문에 결국 모든 것을 솔직히 털어놔 봤다.

내가 죽고 그가 살아났다면 그렇게 슬프지는 않았을 것이다. 허긴 죽은 사람은 슬픔을 느끼지도 못하겠지만……. 몸이 성한 여인에게도 남편이 세상을 뜬 슬픔은 망극할 것인데 의지가지 없던 병든 나를 애지중지 여기며 거둬 준 남편이 홀연 떠나가니 나의 슬픔은 하늘이 무너진 것이나 마찬가지였다.

나는 졸도를 했다가 의식이 돌아오면 단장(斷腸)의 오열을 토했고, 그러다가 다시 졸도하기를 몇 번이나 반복했다. 그는 그런 중에 상여에 실려 우리가 살았던 역전 앞의 집을 떠나 산으로 갔다. 그리고 땅에 묻혔다.

나는 상복을 입기는 했지만 그의 산소가 만들어지고 있는 산까지 따라가 볼 기력도 없었다. 사람들은 줄초상이 나지 않은 것만도 천우신조라고들 했다. 남편의 장례가 끝나고 나자 새점의 시부모가 예상대로 나에게 말했다.

「너 혼자 여기서 살수는 없는 일이니 새점으로 들어가서 우리와 같이 살도록 하자」

신랑 잡아먹은 죄인으로 자처하고 있던 터에 층층시하의 시댁으로 들어가서 무슨 면목으로 살아갈 것인가. 나는 도살장으로 내몰리는 축생을 떠올렸다. 그러나 쥐구멍이라도 있으면 들어가고 싶었던 나로서는 눈물만 흘릴 뿐 항명할 엄두도 낼 수가 없었다.

시아버지가 세간들을 우마차에 내다 싣고 있었다. 이때 죽은 남편의 친구들이 몰려왔다. 그중 한 사람이 시아버지에게 말했다.

「어르신, 이렇게 하실 수는 없습니다.」

시아버지는 눈을 치떴다.

「지금 무슨 소리를 하고 있는 거야. 그럼 환자를 혼자 버려 두란 말이더냐?」

「아버님은 환자를 위한다고 하시지만 고인은 아주머니가 이곳에 살 수 있도록 아버님께 말씀드려 달라는 유언을 우리에게 남겼습니다. 미망인을 고인의 뜻대로 살게 해드리는 것이 도리라고 생각합니다.」

「아무리 우리 애가 그런 말을 했다고 해도 부모 입장에서는 환자를 이곳에 그냥 둘 수 없네.」

남편도 없는 시집으로 끌고 가는 것이 환자인 나를 위하는 길이
아니라는 친구들의 의견과, 부득불 새점으로 데리고 가겠다는 시어
른들의 생각이 팽팽하게 대립했다. 좀처럼 해결의 실마리가 풀리지
않자 친구들 중 한 사람이 근처 지서의 일본인 주임을 불러왔다.

나가다〔長田〕라는 이름의 그 지서 주임은 평소 우리와 안면이 있
었다. 설명을 듣지 않아도 전후 사정을 잘 알고 있는 그가 말했다.

「죽은 사람이라도 영혼이 있습니다. 고인의 뜻을 어겨서는 안
돼요.」

시아버지는 선뜻 대항할 말을 찾지 못했다.

나가다가 말을 이었다.

「혼인신고가 안 되었어도 사실혼 관계에 있었기 때문에 미망인은
남편이 남긴 재산을 얼마든지 상속할 수가 있습니다.」

그런 다음 그가 나에게 물었다.

「남편 재산의 상속을 원하십니까?」

남편은 상당히 많은 토지를 매입해 둔 바 있었다. 나가다는 내가
원하면 그 모두를 내 앞으로 상속될 수 있도록 해주겠다고 말했다.
그러나 죄인인 나로서, 언제 죽을지도 모르는 중환자인 주제에 재
산을 탐내 시부모의 가슴을 아프게 해드릴 수는 없었다.

「땅은 필요 없어요.」

「그럼 지금 살고 있는 집은 원하신단 말씀이군요?」

나는 시댁으로 들어가 살 자신이 없었다. 사는 날까지 지금 살고
있던 곳에서 살고 싶었다. 그 부분만은 죄를 짓는다는 마음이 들면
서도 내 의사를 밝힐 수밖에 없었다. 나는 고개를 천천히 끄덕였다.

결국 남편이 남긴 모든 재산 중에서 나는 집만 갖고 나머지는 다

시부모님께 드린다는 선에서 해결이 났다. 나가다는 집에 대한 나의 소유권을 강조한 다음 미망인의 마음을 더 이상 괴롭히는 일이 없도록 하라고 시부모님에게 다짐을 두었다.

시어머니는 남편의 상청(喪廳)으로 들어가 대성통곡을 했다.

「이 집에 있는 것 중에서 필요한 것이 있으시면 다 가져가세요.」

시어머니는 눈물을 훔치며 말했다.

「네가 그리 말해 주니 조금은 덜 섭섭하구나.」

그가 백화점에서 사들였던 양복장은 그 당시 일본인 고관대작이나 가지고 있는 값비싼 것이었다. 또한 그는 수십 벌의 양복을 남겼다. 모두 새것이었다. 그밖에도 우리 집에는 그가 장만했던 값나가는 세간이 적잖았다.

나는 다시 진심으로 말했다.

「어머님, 저는 집만 있으면 됐지 다른 것은 필요 없어요. 양복장도 가져가시고 옷들도 시동생들이 입을 수 있도록 해주시면 그이도 좋아할 거예요.」

시어머니가 고개를 저었다.

「말만 들어도 고맙다. 어차피 살림이 있어야 너도 살 테니 모두 이곳에 그냥 두고 쓰거라. 아들 보듯 두고 보게 옷이나 한 벌 가져가겠다.」

사람이 죽고 사는 문제보다 더 큰 문제는 없지만 일단 한 사람이 세상을 뜨고 나면 뒤에 남겨진 사람들은 재산 상속을 비롯해, 인간관계의 재편 작업을 새로이 해야 한다는 것을 알았다. 이것도 슬픈 일이었다.

흔적조차 없어져라

사람들은 나를 두고 팔자가 기구한 여자라고 했다. 열아홉에 결혼해서 두 달만에 병이 들고, 7년을 앓아 누워 있는 가운데 뜻하지 않게 남편이 먼저 세상을 떴으니 기구하다고 해서 틀린 말은 아니었다. 이런 기구한 운명을 타고난 딸을 둔 어머니의 심중은 얼마나 복잡했을 것인가.

내 어머니는 속세의 인연을 다 끊고 불문에 귀의한 스님이었지만 불행에 빠진 딸의 소식을 듣고는 산중에서 정진에만 몰두하고 있을 수는 없었나 보다. 어머니가 나를 찾아왔다. 내가 시댁에 살 때는 나를 밖으로 불러내어 잠깐 보고 돌아서 갔었는데, 이번에는 집안으로 들어왔다. 어머니는 내 손을 잡고 하염없이 눈물을 흘렸다.

어머니는 눈물을 훔치며 간곡히 말했다.

「애야, 인간은 누구나 생로병사의 고(苦)를 지고 태어났다. 잠시 머물렀다가 가는 이승의 삶이란 헛되고 허망한 것이니라. 우리는 각자 노력을 통해 깨달음을 얻을 수 있도록 정진을 해야 한다. 부지런히 정진하면 삼독(三毒)을 여의고 윤회의 사슬에서 벗어나 열반을 얻을 수 있다는 것이 부처님이 가르치심이다.」

어머니의 손길은 반가웠지만 어머니의 말까지 수용할 수는 없었다. 내가 병이 난 것은 어머니 탓이 아니라 내 운명 탓이라고 생각하려고 나름대로 많은 노력을 했다. 어머니를 미워하지 말자고 수없이 다짐했던 나였다. 그러나 어머니의 종교까지 받아들일 수는 없었다.

「어머니가 부처님을 믿는 것만도 참을 수 없는데 나까지 끌어들일 생각은 마세요.」

「참으로 우매하구나!」

「…….」

「깨닫기 위해 정진하라고 권하지는 않겠지만 관세음보살을 염(念)해라. 관세음보살은 대자대비하시다. 중생이 고에 빠졌을 때 지성으로 그 이름을 외며 발원하면 나타나시어 자비의 손길을 펼쳐 주신다고 했어.」

「관세음보살을 데려오세요. 내 앞에 데려다 놓으면 믿을게요.」

「그럼 너는 네가 믿는 예수를 내 앞에 모셔다 보여 줄 수가 있다는 말이니?」

나는 얼른 대답할 수가 없었다. 예수를 믿지만 그 예수를 어머니 앞에 모셔다 보여 줄 수는 물론 없었다. 영적 체험을 통해 예수의 존재를 믿어야 한다는 것을 설명하기가 힘이 들었다. 나는 이때 같은 논리로, 어머니가 나에게 관세음보살을 보여 주지 못하지만 관세음보살이 존재할지도 모른다는 생각을 했다. 그렇지만 존재한다고 해도 믿을 생각은 없었다. 열렬한 기독교 신자인 내 입장에서 보면 부처니 관세음보살이니 하는 것은 마귀나 잡신에 불과하다고 생각했기 때문이었다.

어머니는 당신 나름대로 자기 때문에 내가 병마의 제물이 되었다는 죄책감에 빠져 있었다. 그리고 나를 병고에서 구해 줄 수 있는 분은 부처님뿐이라는 확고한 생각을 가지고 있었다. 그러기에 내가 그렇게 싫어해도 만나기만 하면 관세음보살께 빌라는 말을 빼놓지 않았던 것이다.

그러나 내가 환자였기에 어머니의 설득이나 종교 논쟁은 치열하게 불꽃을 튀길 수는 없었다. 우선은 내가 너무 기력이 없어 오래 지속할 수가 없었고, 어머니의 입장에서는 내가 싫어하는 말을 계속할 수가 없었기 때문이었다. 어머니는 내 눈치를 보아 가며 말을 꺼냈다가 내가 발작이라도 일으킬라치면 한숨과 더불어 종교를 떠난 일상적인 모녀 관계로 돌아가 나를 보살펴 주고는 했다.

분명한 것은 이때가 그 어느 때보다도 내가 의지할 수 있는 신이 필요하던 때였다는 사실이다. 나는 절대자의 구원을 애타게 간구하면서도 교회에 갈 수 있는 힘이 없었다. 사경을 헤매는 처지였기에 누구의 부축을 받는다고 해도 교회까지 갈 수가 없었다. 젖먹던 힘까지 쏟아 겨우 간다고 해도 앉아 있을 수가 없는 상태였다. 성경책을 볼 여력도 안 됐다. 교우들이 심방을 와서 기도를 해주고 찬송가를 불러 주기도 했다. 그러나 그들을 오랫동안 마주하고 있을 만큼의 건강도 나에게는 허락돼 있지 않았다. 나는 마음속으로 간구할 뿐이었다.

애절한 기도에도 불구하고 예수님을 통한 기적은 일어나지 않았다. 그러나 나는 쉽게 실망하지 않았다. 성령을 믿고, 거룩한 공회와, 성도가 서로 교통하는 것과, 죄를 사하여 주시는 것과, 몸이 다시 사는 것과, 영원히 사는 것을 믿는 마음에는 변함이 없었다.

어머니의 사제(師弟)인 최덕준 스님이 나를 찾아온 것은 해가 바

뀐 늦봄의 일이었다. 덕준 스님은 어머니보다 좀더 고압적으로 나를 설득했다. 그렇지만 그 앞에서 어머니에게 하듯 불교를 마구 이단으로 몰아붙일 수는 없었다. 덕준 스님은 어려운 상대였다. 나는 순진하여 그분을 내치지도 못했다. 덕준 스님의 목소리는 부드러웠다.

「나도 실은 처음에는 기독교 신자였어요, 우리 어머니는 전도사고…… 어느 날 친구가 찾아와서 극락원이라는 절에 같이 한번 놀러 가 보자는 거야. 상도동 고개에 있던 절이야. 그곳에는 앙나 큰스님이라는 고명한 분이 계셨어요. 친구를 따라가서 앙나 큰스님의 법문을 듣고 크게 발심을 내게 되었던 거야. 결국 머리까지 깎게 되었어.」

「……」

「나나 갑순이나 예수도 부처님도 본 일이 없어요. 다만 그 내용을 보고 믿는 것인데, 기독교보다는 불교의 내용이 더 우월하고 심오하다는 것이 내 생각이야.」

「……」

「갑순이가 생각하듯 부처님이 마귀 잡신이라면 절대로 수천 년에 걸쳐 많은 사람들의 경배 대상이 될 수는 없었을 거야. 갑순이도 믿어 보면 위대하고 심오하다는 것을 알게 돼요.」

「……」

「너의 어머니는 너 때문에 승려도 속인도 아닌 어정쩡한 상태에 머물러 있어. 옆에서 보기가 딱해서 견딜 수가 없어요. 당신은 정진을 하고 싶으신 데 병들어 있는 너 때문에 그럴 수가 없는 거야. 네 어머니는 법당에서는 물론이려니와, 칠성각이나 명부전 어느 곳을 가더라도 그저 우리 딸 살려 달라는 기도를 하고 계시단다. 네가 어머니 정성을 안다면 실오라기처럼 붙어 있는 목숨을 빨리 끝장내던가 아니면 불교를 믿던가 해야 하는 것이 딸된 도리가 아닐까?」

사실 나는 할 수만 있다면 끝장을 내고 싶었다. 살아서 영화를 보게 될 날이 있을 것 같지가 않았다. 그러나 어떻게 끝장을 내야 하는 것일까.

「저도 끝장 내고 싶어요. 그렇지만 어떻게……?」

「끝장내고 싶다는 생각이 확실하다면 그 방법은 내가 알려줄게…….」

죽고 싶다면 죽는 방법은 당신이 가르쳐 준다는 뜻이었다. 덕준 스님은 병들어 골골 하느니 어서 죽어라, 어머니를 위해서도 죽어 버리라는 매정한 말을 태연히 하고 있었다. 나는 입술을 깨물었다.

「정말 끝장내고 싶어요. 방법을 가르쳐 주세요.」

「그러지. 내 말 잘 들어요. 나는 곧 희방사라는 곳으로 갈 거야. 거기 가서 기도를 드리려고 하는데 회향 때를 맞춰 희방사로 나를 찾아오면 거기서 끝장내는 방법을 가르쳐 주지.」

실은 덕준 스님도 나처럼 불치병은 아니지만 건강이 좋지 않은 상태였다. 전도사인 자기 어머니와 갈등은 상상했던 것보다 치열했던 것 같았다. 마가 끼어서 늘 골골 앓는다는 것이 덕준 스님 자신의 표현이었다. 스님은 물 맑고 공기 좋은 희방사로 가서 특별히 기도를 하려는 참이라고 했다. 내가 물었다.

「희방사라는 곳이 어디 있는데요?」

「중앙선을 타고 가다가, 단양을 지나면 희방 역이 나와요. 그 역에서 내리면 희방사는 쉽게 찾을 수가 있어.」

「거기까지 어떻게 가요? 가다가 죽을지도 모르는데…….」

「맹추 같은 소리를 하고 있네. 가다가 죽으면 그것도 끝장을 낸게 되는 거야. 끝장을 낸다면서 죽을지도 모르는데 어떻게 가느냐는 말이 나와?」

「……」

「죽지 않고 희방사까지 나를 찾아오면 거기서 내가 진짜로 끝장 낼 수 있는 방법을 일러줄 것이야. 나를 찾아오겠어?」

나는 고개를 끄덕였다. 이런 식으로 죽음보다 못한 오욕의 삶을 언제까지나 질질 끌고 갈 수는 없다는 확고한 생각이 들었기 때문이었다. 객사를 하더라도 시신만은 누군가 거둬 줄 것이고, 집에 있다가 죽는다고 해서 객사하는 것보다 나을 것도 없는 것이 내 신세였다. 남편은 세상을 떴고 딸린 자식이 있는 것도 아니었다.

내가 희방사로 가기로 한 전날 밤 어머니 스님이 찾아왔다. 어머니는 불공드릴 때 필요한 진수를 장만해 왔다. 나는 나대로 간호사 한 명을 사고 독일제 주사약을 상비약으로 준비했다. 그 약을 맞으면 피오줌을 한 종기 턱은 눌 수 있게 된다. 몸이 붓고 따갑고 아프며 쑤셔서 소피를 볼 수 없는 것이 내게는 가장 큰 고통이었다.

서울행 기차를 타는 데까지는 문제가 없었다. 서울역에서 내려 인력거를 이용하여 청량리역으로 가 희방사행 기차표를 끊었다. 청량리역에는 기차를 타려는 사람으로 인산인해를 이루고 있었다. 나는 여기까지 오느라고 죽을 고비를 넘겼다. 쇠잔한 몸을 대합실 의자에 기대었다가 살포시 잠이 들었다.

기차 출발 시간이 임박하여 잠들었던 나를 깨우는 바람에 숨이 일어났다. 심장이 툭툭툭 뛰다가 벌렁거렸다. 숨이 헐떡이며 목으로 차 오르자 심하게 가래가 끓기 시작했다. 나는 자지러졌다. 곧 숨이 넘어가며 절명의 순간이 다가오는 것 같았다. 아 이렇게 끝장이 나나 보다고 생각했다.

간호사가 급히 강심제 주사를 놓고 마사지를 하는 등 부산을 떨었다. 그 덕분으로 다행인지 불행인지 숨이 완전히 멈추지는 않았다. 가까스로 죽을 고비를 넘기고 기차를 탈 수 있었다. 희방 역까지 가는 동안 서너 번 더 그런 고비를 맞았지만 역시 끝장이 나지는 않았다.

희방 역에 도착했을 때였다. 어머니는 지게꾼을 한 사람 불러왔다. 지게꾼은 허름한 바지저고리를 입은 봉두난발의 떠꺼머리 총각이었다. 그는 지독히 역겨운 냄새를 풍기고 있었다. 희방은 물이 맑기로 전국에서도 이름난 곳이었다. 그런 곳에 살면서 어째서 세수도 제대로 하지 않고 사는지 알 수가 없었다.

나는 손수건으로 코를 틀어막고 지게에 올라탔다. 한 손으로는 목발을 잡았다. 지게꾼이 걸음을 옮겨 놓을 때마다 파도를 타고 있는 것처럼 출렁거렸다. 창자가 뒤틀리며 요동을 쳐서 견딜 수 없었다. 나는 외마디 비명을 질렀다. 그럴수록 어머니는 조금만 참으라며 지게꾼에게 빨리 가도록 재촉했다.

걸음을 빨리 옮겨 놓으니 더욱더 출렁거렸다. 이제야말로 숨이 턱에 와서 헉헉 차며 곧 넘어갈 것만 같았다. 나는 지게 위에서 끝장이 나도록 운명지어 있었단 말인가. 끝장이 나는 순간을 고통 속에서 기다리며 이를 앙시물었다. 그러나 지게 위에서도 끝장은 나지 않았다.

희방사는 사방이 산으로 둘러싸여 있어 하늘이 빼꼼히 올려다 보이는 심산 유곡에 있었다. 장마가 지면 물이 넘쳐 탁발을 못 나가고 굶어야 한다는 오지였다.

희방사를 감싸 안고 있는 산 속에는 옛날부터 호랑이가 산다는 말이 전해 내려오고 있었다. 그 호랑이와 희방사에 얽힌 전설을 덕준 스님이 들려주었다.

옛날에 한 선객(禪客)이 이곳에서 움막을 짓고 참선에 정진하고 있었다. 하루는 그가 가부좌를 틀고 앉아 있는데 움막의 거적문 밖에서 호랑이 소리가 들려 왔다. 산중에서 배가 고파 사람을 잡아먹으려고 나타난 것이라면 그까짓 거적문쯤은 얼마든지 밀치고 들어와 자신을 물어갈 일인데, 문 밖에서 울음소리만 내고 있다는 것이 이상했다. 선객은 거적문을 들췄다.

예상대로 그곳에서 호랑이 한 마리가 입을 떡 벌리고 있었다. 선객이 호랑이에게 물었다.

「배가 고파서 날 잡아먹으러 왔느냐?」

호랑이는 고개를 가로 저었다. 선객이 다시 물었다.

「그럼 무엇 때문에 나를 찾아왔느냐?」

호랑이는 말은 못 하고 아가리만 떡 벌린 채 선객 앞으로 한 걸음 다가섰다. 선객은 아무래도 호랑이 아가리에 무엇이 걸렸는가 보다고 생각했다. 그는 불을 밝히고 호랑이 아가리를 들여다보았다. 과연 목구멍에 무엇이 걸려 있었다. 손을 집어넣어 빼내고 보니 은비녀였다.

선객은 호랑이가 아녀자를 잡아먹다가 머리에 찔렀던 은비녀가 목구멍에 걸리게 되었다는 사실을 알았다.

「어찌 사람을 해쳤느냐. 다시는 이런 짓을 하지 말아라.」

호랑이는 알았다는 듯이 고개를 끄덕이고 산 속으로 모습을 감추었다.

그 이튿날 저녁이었다. 선객이 공부를 하고 있는데 거적문 밖에 쿵 소리가 들려왔다. 급히 밖으로 나가 보니 아리따운 처녀 하나가 의식을 잃고 쓰러져 있었다. 선객은 급히 처녀를 움막 안으로 안아다가 눕힌 다음 맥을 짚어 보았다. 희미하지만 분명히 맥이 뛰고 있었다. 물을 먹이고 간병을 하자 처녀는 의식을 되찾았다.

처녀가 물었다.

「이곳이 어디 옵니까?」

「희방골 산중인데 어이 처녀의 몸으로 이곳까지 오게 된 것이오?」

「그렇다면 분명 소녀는 아직도 살아 있는 것이옵니까?」

「그렇소이다.」

「소녀는 이 고을 원님의 여식으로서 밤에 머리를 감으려고 하던 중 호랑이 한 마리가 달려드는 것을 보고 기절했습니다. 깨어 보니 이곳에 누워 있군요.」

선객은 호랑이가 목에 걸린 은비녀를 뽑아 준 은혜를 갚는답시고 처녀든 모든 물어다 주었다는 것을 알았다. 스님이라 결혼을 하지 않는다는 것도 모르고 우매한 호랑이가 또 일을 저지른 것이었다. 선객은 날이 밝자 동헌으로 갔다.

이때 영주 고을 원님은 사랑하는 딸이 호랑이에 물려 갔다는 말을 듣고 놀라 사람들을 풀어 산중을 수색하고 있었다. 황망중에 딸이 있음을 알게 되자 그는 크게 기뻐했다. 그리고 딸의 생명을 구해 준 선객에게 물었다.

「선사가 내 딸을 살려 주셨구려. 은혜를 갚고 싶으니 소원이 있으면 무엇이든 말해 보십시오.」

선객은 말했다.

「특별히 보살펴 드린 것도 없습니다. 괘념치 마십시오.」

「딸이 살아날 수 있었던 것이 선사의 덕분인데 너무 사양치 마시고 말씀을 해주십시오.」

「정 그러하시다면 말씀을 드리겠습니다. 빈도가 거하고 있는 움막은 개울을 건너야 하는데 비가 많이 오면 물이 넘쳐 탁발을 나갈 수가 없습니다. 개울에 다리를 하나 나 준다면 이보다 더 큰 기쁨은 없을 것입니다.」

「당장 그리 하겠습니다.」

원님은 선객이 머무는 움막으로 가려면 건너야 하는 개울에 구리로 만든 보은(報恩)의 다리를 놓아주었다. 그리고 움막을 헐고 그곳에 절을 짓는 불사까지 후원을 했다. 그 절이 지금의 희방사라는 것이 덕준 스님의 말이었다.

우리는 다리 건너편의 요사채에서 머물게 되었다. 때마침 여름이어서 심산 유곡에서 힘차게 쏟아져 내리는 물은 맑았다. 그것을 떠마시면 내장까지 다 시원한 느낌을 준다. 그만큼 물이 좋은 곳이었다. 호랑이가 아직도 희방골에 살고 있는지는 모르지만 물이 좋아 여기서 정양을 하면 웬만한 병은 이내 나을 듯한 느낌을 주는 것만은 사실이었다.

이곳까지 오는 동안 끝장이 나지 않았으니 나는 천상 나를 기다리고 있던 어머니의 사제 스님으로부터 끝장을 내는 비법을 들을 수밖에 없었다.

덕준 스님은 내가 도착한 날, 자기가 시키는 대로만 하면 끝장이 난다는 말을 다시 한번 하고는 여기까지 온 이상 절대로 자기 말에 따라야 한다고 못을 박았다.

「기도를 드리는 거야. 실은 끝장내는 방법은 내가 아니라 부처님이 알려 주실 거니까. 의사 중의 의사여서 못 고치는 병이 없는 부처님께 기도를 드리면, 네게 죽을 때가 아니면 병을 고쳐 주시는 것으로 끝장을 내게 해주실 거고, 명이 다했다면 빨리 데려가는 것으로 끝장을 내게 해주실 거야.」

당시 희방사 주지는 대처승이었다. 덕준 스님이 기도를 드리는 값으로 3원을 내놓았더니 주지는 불전이 적은 것을 탓하여 매사에 비협조적으로 나온다는 것이었다. 3원은 이때 시세로 쌀 반 가마 값이었다. 나는 쌀 두 가마 값인 12원을 냈다.

덕준 스님은 제일 먼저 나를 개울가로 데리고 갔다. 맑고 시린 물이 지천으로 쏟아져 내리고 있었다. 스님은 그릇을 내주며 말했다.

「부처님께 바칠 다기물을 떠라.」

나는 덕준 스님이 시키는 대로 물 한 그릇을 떴다.

「다기 물은 절대로 땅에 놓아서는 안 된다. 그대로 법당까지 들고 가야 하는 것이야.」

나는 물론 내 스스로 걸어다닐 수가 없는 상태였다. 어머니 등에 업혀 다기물 그릇을 들고 이번에는 법당으로 인도되었다. 다기물 그릇을 부처님 앞에 내려놓자 나에게 촛불을 켜도록 했다.

「지금부터 기도를 해라.」

「기도를 어떻게 하는지도 모르는데요?」

덕준 스님이 백팔 염주를 내주며 말했다.

「이것을 한 알 한 알씩 돌리면서 관세음보살 관세음보살…… 하고 외는 것이 기도야. 아무 생각도 하지 말고 한 알을 돌릴 때마다 한 번씩 관세음보살을 외는 거야. 그렇게 열 번을 돌리면 천념이 된다. 천념이 되면 기도를 끝내거라.」

그런 다음 덕준 스님은 어머니에게 말했다.

「우리는 나갑시다.」

어머니는 몸도 못 추스리는 나를 법당에 두고 가려니 발이 떨어지지 않았나 보다.

「아무래도 옆에서 봐 주어야겠어.」

「스스로 하도록 해야 합니다. 할 수 있으니 놔두고 우리는 갑시다.」

사제 스님은 어머니 스님의 손목을 잡아끌고 밖으로 나갔다. 나는 법당에 혼자 버려졌다. 끝장을 내기로 결심한 때문이었는지 무섭지는 않았다. 나는 부처님을 찬찬히 바라보았다. 세상에 태어나 처음으로 대하는 것이었다.

지그시 반쯤 감은 눈, 척 늘어진 두툼한 귓밥을 골똘히 살폈다. 구리로 만든 조각품이라는 생각밖에 들지 않았다. 생명이 깃들여 있을 것 같지 않은 구리 조각품에게 끝장을 내게 해 달라고 빈다고 해서 정말로 끝장이 나게 될까? 아무튼 우선은 시키는 대로 하는 수밖에 없었다.

나는 부처님께 물었다. 정말 부처님이 계시는 겁니까? 계시다면 나를 얼른 죽게 하든지 병이 나을 수 있도록 해 주십시오. 끝장을 내지 않고 이대로 살수는 없습니다. 속으로 중얼거리며 다시 부처님을 보았다. 부처님은 빙그레 웃고 있는 것 같았다.

나는 시선을 거두고 무심중에 염주를 한 알 돌리며 나직이 〈관세음보살〉하고 내뱉었다. 그것은 어색하고 낯선 음성이 되어 내 귀에 들려 왔다. 두 번째도 마찬가지였다. 세, 넷, 다섯번째로 이어졌다. 어느 순간부터 관세음보살 소리가 낯설지 않게 느껴지기 시작했다. 나는 그렇게 천념을 했다.

두 번째 기도 때부터는 방에서 나가는 것부터 나 혼자 하라고 덕준 스님이 말했다. 나는 스스로 걸어다닐 수가 없었기 때문에, 흙이 묻지 않도록 땅에다가 포대기 자루를 깔고 뭉기적거리며 기어서 개울가로 갔다. 뭉기적여서 조금씩 움직이는 방법은 처절한 사투(死鬪)였다. 다기물을 떠 법당까지 가지고 오는 동안 절반이 엎질러지는 것이었다.

하루의 첫 예불은 새벽 3시에 시작한다. 그리고 오전 10시와 오후 3시, 저녁 7시, 이렇게 하루에 네 차례씩의 기도가 진행되었다. 이상한 것은 기도를 드리기 시작하면서 숨이 가쁘기는 했지만 요동을 치며 치밀어 오르지는 않았다는 사실이다.

여름이어서 절의 축대 구멍마다에 뱀이 숨어 있다가 혀를 날름거리며 스르르 내 곁을 지나가기가 일쑤였다. 뱀에 물려 죽는 것이 아닌가 하는 공포가 이따금 나를 두렵게 했지만, 이래 끝나나 저래 끝나나 끝장만 나면 그만 이라는 생각을 하자 공포도 사라졌다.

네 차례의 기도 중에서 새벽 3시에 하는 것이 가장 힘들었다. 밖은 깜깜한 어둠에 싸여 있었다. 하늘에는 별들이 금방이라도 쏟아져 내려올 듯 찬연히 빛나고 있었다. 호랑이가 어흥 하고 달려들 것 같았다.

지금 같아선 죽으면 죽었지 몸도 못 가누면서 뭉기적거리며 다기물을 떠서 법당으로 가고, 관세음보살을 천념씩 외는 사투를 벌이지는 않을 것 같다. 그때는 아직 순진했고, 8년째 죽음보다 더 지독한 병마에 시달리다 보니 자포자기 상태가 되어 아무쪼록 끝내자는 생각만 들 때였다. 기도는 죽음을 재촉하는 처절한 몸짓과 조금도 다를 바 없었다. 새벽 기도에서 천념을 마쳐도 여전히 어둠이 사위를 감싸고 있던 기억이 난다. 방으로 돌아와 보면 어머니와 사제 스님은 그곳에 없었다.

두 분은 내가 법당으로 가는 것을 지켜보다가 산신각으로 올라가 그곳에서 나를 위해 기도 드렸다는 것을 나중에야 알았다. 어머니는 어둠 속에서 뭉기적거리며 기어가는 나를 몰래 지켜보며 얼마나 울었을 것인가.

나도 울었다. 물그릇을 땅에 내려놓으면 안 된다고 하여 그것을 들고 가면서 팔이 떨어져 나가는 것 같아, 그리고 내 신세가 스스로 생각해도 불쌍하여 소리 없이 울기도 하고, 때로는 엉엉 소리내어 울기도 했다. 여러 번의 울음 중에서 이틀째 되던 날 부처님 앞에서 기도를 드리다가 주룩주룩 흘린 뜨거운 눈물은 내가 생각해도 지금까지와는 다른 울음이었다. 그동안 나는 어느 순간부터 부처님께 하소연을 하는 심정이 되어 있었다.

다기물을 올려놓고, 촛불을 밝히고, 향을 사른 다음, 관세음보살을 외우다가 부처님께 하소연을 했다. 〈부처님, 부처님이 계시다면 얼른 좀 끝내 주십시오.〉 내 몸에서 땀이 비오듯했다. 나는 하소연을 하다가 법당 마룻바닥에 머리를 대고 오열을 토했다. 콧마루가 시큰해져 왔다. 내가 이렇게 울게 되리라고는 미처 예상하지 못한 일이었다. 돌이켜보면 내가 울면서 부처님에게 매달렸던 그 순간이 부처님의 품안에 안겨지던 순간이었는지 모르겠다.

그렇게 3일이 흘러갔다. 그 3일은 내게 있어서 병들어 앓았던 8년 세월과도 맞먹는 고통스런 나날이었다. 8년 같은 3일이 지나가자 덕준 스님이 말했다.

「회향은 내가 해주지.」

스님은 일꾼들을 시켜 과일과 나물들을 장만하고 산자와 떡을 비롯한 음식을 조촐하게 마련했다. 기도를 마치고 나자 스님은 구병(救病) 시식을 했다. 목탁 소리와 낭랑한 염불 소리가 내 귓전으로 들어와 가슴을 울렸다. 나는 관세음보살을 지성으로 외웠다.

회향을 마친 날 저녁이었다. 나는 나즈막한 잔디밭 언덕길을 올라가다가 반대편에서 내려오는 중년 부인과 딱 맞닥뜨렸다. 한복을 곱게 차려 입은 부인은 기품이 있었다. 부인이 나에게 작은 주전자를 내주며 위엄 어린 목소리로 말했다.

「너 이것을 가지고 가서 물 좀 떠 오거라.」

부인이 가리키는 손가락 끝에는 번듯한 기와집이 한 채 있었다. 나는 부인으로부터 주전자를 받아 들고 그 기와집으로 향했다. 대문 안으로 들어가자 이내 수도가 눈에 띄었다. 그러나 수도꼭지를 비틀어도 물이 나오지 않았다. 고개를 들어보니 대청마루에 여인 두 명이 앉아 옷감을 마주잡고 다리미질을 하고 있었다. 나는 그들에게 물었다.

「물을 좀 뜨려고 하는데 수도가 고장났군요.」

두 여인 중에서 나이가 좀 더 들어 보이는 부인이 후원 쪽으로 돌아가 보라고 했다. 그 말에 따라 후원으로 돌아가니 반달형의 연못이 하나 있었다. 그 연못의 중앙에서는 맑은 물이 퐁퐁 솟구치고 있었다. 나는 연못가의 바위에 올라가 엎드려서 주전자로 가득 물을 떴다. 이때 내가 올라서 있던 바위가 갑자기 흔들 했다. 나는 펄쩍 뛰어내리면서 주전자의 물을 벌컥벌컥 들이마셨다. 갈증을 말끔히 씻어 주는 감로수와도 같았다.

물을 실컷 마시고 난 나는 뒤늦게 깜짝 놀라 소리쳤다.

「아이쿠, 떠오라고 했는데…….」

소리를 치다가 번쩍 눈을 떠보니 꿈이었다. 어머니 스님과 덕준 스님이 나를 지켜보고 있다가 물었다.

「떠오라고 했는데……라고 소리를 치던데 무슨 말이니?」

「꿈에 어떤 부인을 만났어요. 그 부인이 물을 떠다 달라고 했는데 그만 내가 그 물을 마셔 버렸지 뭐예요.」

덕준 스님의 얼굴에 회색이 만면했다.

「물을 마셨단 말이지?」

「네」

「아이구 이제 우리 갑순이 병은 다 나았다. 관세음보살이 약수를 먹게 해주셨으니 병 다 나았어요!」

내가 꿈에 만났던 중년 부인이 관세음보살이었단 말인가. 덕준 스님이 물었다.

「좀 달라진 것 없니?」

「글쎄요.」

「우선 너는 지금 누워서 잠을 잤단 말이야.」

나는 그때까지도 이부자리를 깔고 편히 잠을 자지 못했다. 늘 이불과 베개를 받치고 등을 기댄 자세로 가사 상태와 같은 잠에 잠깐 잠깐 빠져드는 것이 고작이었다. 그런데 그날 저녁은 달랐다는 것을 덕준 스님이 일깨워 준 것이었다.

기대어 있던 내가 스르르 미끄러지며 잠이 들더라는 것이다. 그렇게 되면 숨이 벌렁거리며 일어나 목구멍으로 치밀어 오르고 껄떡거리다가 자지러지는 터라 어머니 스님은 나를 깨워 바로 앉히려 했다. 그것을 덕준 스님이 좀 지켜보자며 만류했다고 한다.

다리를 뻗고 잠이 들었어도 발작을 일으키지 않았을 뿐만 아니라 꿈에 관세음보살을 만나 약수를 마셨으니 병이 나았으리라는 것이 덕준 스님의 말이었다. 우선은 누워서 잤다는 것만으로도 기적 같은 일이었다.

나는 가만히 엄지발가락을 당겨 보았다. 지금까지는 엄지발가락만 움직여도 배가 깜짝깜짝 놀랄 만큼 당겼는데 지금은 아무렇지도 않았다. 슬그머니 벽에 의지하여 일어나서 몇 발자국 걸어도 배가 요동치지 않았다. 그러고 보니 뒷골이 패고, 가슴이 쓰리고 당기는 것, 귀에서 나던 물 흐르는 소리, 태풍 속에 휘말린 것처럼 흔들리던 어지럼증 따위의 증세가 느껴지지 않았다.

나는 천천히 좌우로 머리를 흔들어 보았다. 앞골도 뒷골도 패지 않았다. 팔다리도 여기저기 만져 보았다. 온몸을 바늘로 찌르는 것 같은 통증 또한 거짓말처럼 나아 있었다. 나는 부르짖었다.

「어머니 병이 나은 것 같아요!」

「정말이냐?」

「보세요. 우선 그르렁거리던 거친 숨소리가 안 들리잖아요.」

「아이구, 관세음보살. 관세음보살…….」

어머니는 내 손을 어루만지며 관세음보살을 연달아 외치기 시작했다. 어머니의 눈에서 눈물이 솟구쳤다. 내 볼에도 뜨거운 눈물이 흘러내렸다. 덕준 스님도 함께 울었다.

병이 나은 것이었다. 다만 소변을 못 보아 배꼽 밑이 아직도 부어올라 있을 뿐이었다. 그런 내가 실로 8년 만에 요의(尿意)를 느꼈다. 나는 눈물을 훔치며 말했다.

「어머니, 화장실에 가고 싶어요.」

그 절의 화장실은 요사채에서 멀리 떨어져 개울가에 위치해 있었다. 밖은 어두웠다. 나는 어머니의 부축을 받아 화장실로 갔다. 어머니는 나를 화장실에 두고 급히 방으로 돌아와 덕준 스님과 함께 법당으로 올라갔다.

나는 독일제 이뇨제를 맞지 않고도 요의를 느낀 것이 신기했다. 기적은 내가 화장실에 쪼그리고 앉는 순간에 또 한 번 일어났다. 지금까지 한 번도 제대로 소변을 본 일이 없는데 막혔던 둑이 터지며 물이 범람하듯 일시에 소변이 쏟아져 나온 것이다. 터져 나가는 힘이 어찌나 세던지 오장육부가 함께 딸려 나가는 것 같았다. 팽팽하게 부어 있던 배가 쪼글쪼글해졌다. 나는 8년 만에 시원스럽게 소피를 보고는 화장실 벽에 기대어 주저앉고 말았다. 탈진하여 일어날 기운이 없었다.

나는 이 순간에 누구의 말을 듣지 않고도 부처님이 계시다는 것을, 부처님이야말로 의사 중의 왕이라는 것을 알았다. 관세음보살의 도력(道力)이 장하다는 것도 체험했다. 나는 화장실 벽에 기대어 앉아 눈물을 철철 흘렸다. 그렇게 얼마쯤 시간이 흐른 것일까. 어머니가 다급하게 내 이름을 부르는 소리가 들렸다.

「갑순아, 갑순아!」

내가 대답했다.

「네, 어머니!」

화장실 문이 열리며 어머니가 나타났다.

「아이구, 무사했구나. 나는 네가 또 잘못되지 않았나 얼마나 걱정했는지 모른다.」

기도를 드리고 방에 돌아와 보니 당연히 화장실에서 와 있을 줄 알았던 내가 보이지 않자 어머니는 나의 병세가 갑자기 악화되어 변고를 당한 것이 아닌가 사색이 되어 나타난 것이었다.

「무사하니 다행이다. 어서 방으로 가자!」

어머니가 등을 돌려 댔다. 나는 어머니 등에 업혔다. 내 몸은 깃털처럼 가벼웠다. 소피 뒤에 부기가 빠진 내 몰골은 피골이 상접하여 바람만 조금 세게 불어도 날아갈 것 같았다. 허전하고 헛헛했다. 방으로 돌아온 어머니는 나를 내려놓고 곧바로 부엌으로 가서 미음을 쑤어 왔다. 구수한 미음 냄새가 내 후각을 자극했다. 병든 이래 식욕을 느껴 보기도 처음이었다.

과일즙과 죽, 미역국 따위들로 몸조리를 하고 나자 없던 원기가 살아나며 누구의 부축이 없어도 혼자 걸을 수가 있었다. 내 병은 이렇게 희방사에서 일시소멸하는 기적과 더불어 나았다. 한 사람이 일일이 헤아릴 수 없을 만큼 많은 병을 동시에 앓은 예가 흔치 않으려니와 그 많던 병을 일시에 소멸하는 부처님의 기적을 입기도 쉬운 일은 아니리라. 지게에 실려 올라갔던 희방사의 사흘 기도 후에 내 발로 걸어서 내려왔다면 누가 쉽게 믿으려 하겠는가.

　나는 부처님의 가피를 체험하자 그 존재를 부정했던 지난 과오를 참회해야 한다고 생각했다. 그런 나에게 어머니 스님은 천수경을 독송하라고 일러주셨다. 천수경을 독송하던 중 참회계에 이르자 내 눈에서는 뜨거운 눈물이 걷잡을 수 없이 흘러 내렸다.

아석소조제악업　　我昔所造諸惡業
개유무시탐진치　　皆由無始貪瞋痴
종신구의지소생　　從身口意之所生
일제아금개참회　　一切我今皆懺悔
아득히 먼 옛날부터 내가 지은 모든 악업
크고 작은 그것 모두 탐진치로 생기었고
몸과 입과 뜻을 따라 무명으로 지었기에
나는 진심으로 참회합니다.

살생중죄금일참회　　투도중죄금일참회
殺生重罪今日懺悔　　偸盜重罪今日懺悔
사음중죄금일참회　　망어중죄금일참회
邪淫重罪今日懺悔　　妄語重罪今日懺悔
기어중죄금일참회　　양설중죄금일참회
綺語重罪今日懺悔　　兩舌重罪今日懺悔

악구중죄금일참회　　탐애중죄금일참회
惡口重罪今日懺悔　　貪愛重罪今日懺悔
진에중죄금일참회　　치암중죄금일참회
瞋恚重罪今日懺悔　　痴暗重罪今日懺悔

살생한 죄, 도적질한 죄, 사음한 죄, 거짓말한 죄, 발림말한죄,
이간질한 죄, 나쁜말한 죄, 탐애한 죄, 성낸 죄, 우치한 죄를 오늘
참회합니다.

백겁적집죄　　百劫積集罪
일염돈탕진　　一念頓蕩盡
여화분고초　　如火焚枯草
멸진무유여　　滅盡無有餘
백겁 천겁 쌓인 죄업
한 생각에 없어져서
마른 풀을 불태운 듯
흔적조차 없어져라

죄무자성종심기　　罪無自性從心起
심약멸시죄역망　　心若滅時罪亦亡
죄망심멸양구공　　罪亡心滅兩俱空
시즉명위진참회　　是則名爲眞懺悔
죄의 자성 본래 없이 마음 따라 일어난 것
마음 한번 없어지면 죄업 또한 사라지네
죄도 업도 없어지고 마음 또한 공하여라

이것을 이름하여 참 참회일세

나는 천수경을 난생 처음 독송해 보았다. 내 가슴에 청량한 기운이 스쳐 가는 것을 느꼈다.

이때 희방사에는 경상도 영주 땅에서 왔다는 몇 명의 유복한 보살들이 묵고 있었다. 그들은 나의 기적 같은 소생을 보고 말했다.

「너무너무 신기한 일입니다. 관세음보살님의 가피가 이렇게 장한 줄은 몰랐습니다. 절 아래 차가 있으니 함께 타고 우리 집에 가서 며칠만 묵어 가시지요. 스님들께 좋은 법문을 청해 듣기를 원합니다.」

바쁜 일상에 매여 있는 것이 아니었기에 우리는 보살들의 청을 받아들였다. 큰 여관을 경영하고 있던 한 보살이 내 몸조리를 위해 갖은 영양식을 만들어 대접해 주었다. 그 당시에는 속인이었기에 육식을 금하지 않았다. 사골을 푹 고아 만든 곰국을 먹으면서 조리를 하자 건강이 빠른 속도로 회복되었다. 어머니 스님과 덕준 스님이 보살들에게 답례로 법문을 들려주었다. 나는 집을 떠난 지 열흘 만에 기적을 체험하고 건강한 몸이 되어 시흥으로 귀가했다.

해방이 되기까지

관세음보살의 기적을 체험한 나로서는 치열한 정신적 갈등을 겪지 않고 자연스럽게 기독교에서 불교로 개종하게 되었다. 그리고 그로부터 앉으나 서나 관세음보살을 한 번만 더 보았으면 하는 생각을 간절히 하고 지냈다. 내 염원에 응답하듯 관세음보살은 꿈에 자주 모습을 나타내었다. 막 피어나는 뭉게구름 사이에서 화려한 옷을 입고 반신을 나타내며 빙그레 웃어 보였다. 나는 꿈에도 간절하게 절을 하며 관세음보살, 관세음보살을 외었다. 어느 때는 하늘에서 연등을 타고 관세음보살이 내려오는 꿈을 꾸는 때도 있었다.

나는 관세음보살의 가피를 확연히 믿었다. 관세음보살은 나를 우선 병고에서 구원해 주었다. 내가 그토록 열렬히 믿었던 예수는 끝내 나를 외면했지만 관세음보살이 나를 구원해 준 것이었다. 지금와서 생각해 보면 내가 병이 났던 것도 부처님을 믿으려는 어머니를 결사적으로 말린 것에 대한 벌이 아니었던가 여겨진다.

그리고 병이 나을 수 있었던 것은 어머니 때문이었을 것이다. 내가 기도하는 법도 모르고 드린 3일 기도가 뭐 그리 대단한 것이었겠는가. 3일간의 내 기도는 보잘것없는 작은 것이었다. 그러나 어머니 스님은 내가 앓고 있는 8년 동안 자나깨나, 어느 도량에 들어서나 오직 나를 낫게 해 달라고 부처님께 수억만 번도 더 빌었다. 부처님이 그런 어머니의 간절한 기원을 외면하지 않은 결과로 내 병이 나을 수 있었던 것이다.

내가 좀더 빨리 귀의 기도를 했다면 훨씬 먼저 자비의 손길을 펴 주었겠지만 우매하여 고집을 피우는 동안은 외면하다가 덕준 스님의 끝장을 내라는 말에 따라 희방사를 찾아가 눈물을 흘리니 어머니 공덕을 보아 나를 병고에서 일시에 구원해 주는 은덕을 내려 준 것이라고 나는 믿었다. 부처님께 경배 드리고 어머니의 은공에 감읍할 따름이다.

나는 진심으로 어머니 스님에게 감사했다.

「고맙습니다. 어머니 덕분에 살아났어요.」

어머니는 빙그레 웃으면서 물었다.

「이제는 부처님이 위대하시다는 걸 믿을 수 있겠니?」

「네.」

「왜 진작에 내 말을 믿지 않았니?」

「…….」

「네가 기독교 신앙을 받아들인 이유를 모르는 바는 아니다. 기독교가 독립운동이나 여권 신장에 기여를 하고 있다는 것도 인정한다. 그러나 기독교는 우리의 전통적인 가치관을 너무 쉽게 버리도록 만들고 있어.」

「…….」

「가령 기독교 신앙에 빠져 사상적으로 자유주의를 표방했던 신여성들을 보거라. 어떻게 됐니? 종래의 남성우월주의에 반기를 든 것까지는 좋지만 기존 가치관과의 충돌에서 혼란에 빠져 비극을 자초한 여자들이 한두 명이 아니질 않느냐?」

「……」

「모름지기 자기 조상에 대한 제사 모시기를 거부한 것만으로도 기독교 신앙의 병폐는 적지 않을 것이야. 빛나는 문화 유산과 전통과 기존의 가치관을 헌신짝처럼 내동댕이치고도 구원을 받고 축복을 받으리라 여긴다면 이 얼마나 큰 배덕이란 말이냐.」

나는 어머니가 날카로운 비판력과 자기 세계를 가지고 있다는 사실을 비로소 알았다. 나는 어머니의 말에 이의 없이 공감했다. 불교에 대해 깊이 있게 공부를 하고 싶어하는 나를 위해 어머니 스님은 여러 권의 경전을 주었다.

그 경전을 읽을 때면 옆에 누가 있는 것 같은 느낌이 들고는 했다. 그러나 경 읽기를 마치고 돌아보면 아무도 없었다. 부처님이 내 옆에 계시다 가신 게 아닐까?

나는 병이 낫자 남편의 유지를 받들기로 했다. 남편은 새집을 짓겠다며 건축가로 하여금 설계도를 만들게 하던 중 갑자기 병이 나 불귀의 객이 된 것이었다. 나는 그에게 시집을 와 아내 노릇을 한 번도 제대로 해본 일이 없었다. 그의 유지를 받드는 것으로 죄갚음을 하고 싶었다. 그리고 솔직히 젊은 과수댁이었던 나는 달리 할 일이 있었던 것도 아니었다.

할 일이 없으니 늦잠을 자게 되고, 늦게 일어나 아침 수저를 뜨다 보면 밥맛이 있을 리가 없었다. 아침에 늦게 일어나면 저녁에 자연 늦게 자게 되고, 다시 아침에는 또 느지막이 기상하게 되는 악순환이 반복된다는 것을 알았다. 늦잠을 자도 거리낄 것이 없는 생활이 결코 행복한 생활이 아니라는 것을 이때 알았다. 남편과 가족을 위해 아침식사를 준비하는 주부로서의 삶이 나에게는 단절되고 말았지만, 햇살이 창문 사이로 들어와 길게 늘어져 있을 때 무료하게 기지개를 켜며 일어나 할 일 없이 빈둥거리는 나태한 생활에서만은 벗어나고 싶었다.

나는 집을 짓는 것으로 내 생활을 변화시키고 싶었다.

그러나 여자 몸으로 집을 짓는 일이 결코 쉬운 일은 아니었다. 우선 목수들 다루기가 어려웠다. 칠촌에 양자 빌 듯 빌어 가면서 간신히 모양을 갖추고 대들보를 올려놓았을 때였다. 마을 노인 한 분이 놀러 왔다. 노인은 걸어 놓은 대들보와 서까래를 보고는 감탄했다.

「여자가 참 장하시오 이렇게 멋진 집을 어찌 짓는단 말이오..」

대들보가 장정 아름으로도 한 아름이 너끈히 되는 재목으로 만들어졌으니, 근동에서는 나만큼 좋게 집을 짓는 사람이 없었다. 연약한 여자가 기념비적 공사를 벌인다고 하여 노인은 나를 극구 칭찬하며 감탄해 마지않았다. 그 노인이 대들보를 찬찬히 올려다보다가 깜짝 놀라 소리를 질렀다.

「아니, 저곳을 좀 보십시오. 대들보가 무너지려고 하는 것 아니오?」

노인이 가리키는 곳을 보니 아닌게아니라 대들보 밑의 고임목이 튕겨 부러지려 하고 있었다. 나는 급히 목수를 찾았다. 도목수도 낭패의 기색이 역력했다. 이미 서까래까지 걸려 있어서 대들보를 다시 내렸다가 올릴 수도 없는 노릇이었다. 대장간으로 급히 사람을 보내어 대들보 고임목에 박을 심을 만들어 오도록 했다. 무쇠심을 박는 것으로 휜 것을 바로잡자 대들보는 붕괴의 위험에서 벗어났다.

노인이 아니었다면 미처 집을 다 짓기도 전에 붕괴되는 낭패를 당할 뻔했다. 부처님이 노인을 보내어 나를 도왔다고 생각하여 나도 모르는 사이에 합장을 하고 중얼거렸다.

「나무관세음보살!」

우여곡절 끝에 번듯한 집을 지었지만 나는 그 집에서 얼마 살아 보지는 못했다. 날로 횡포를 더해 가던 침략자 일본인들은 이 땅의 여자들에게도 수탈의 손길을 뻗쳐 왔다. 곳곳에서 여자들을 정신대로 잡아가고 있다는 소문이 파다하게 돌았다. 정신대에 동원되는 여자 중에는 나이 어린 소녀도 있었지만 특히 젊은 과수댁이 제일 만만한 대상이라는 것이었다. 나는 혼비백산했다.

급히 새로 지은 집을 싼값에 처분해 버리고 나는 내 병을 고쳤던 희방사 근처의 풍기로 가서 숨어 버렸다. 풍기의 금계동은 물이 맑고 인심이 좋은 고장이어서 난을 피하기에 안성맞춤일 것 같았다. 1942년도의 일이었다.

나는 금계동에서 해방이 될 때까지 살았다. 혈혈단신인 나로서는 소일거리가 문제였다. 논밭을 사서 농사도 지어 보았고, 닭을 몇천 수 길렀다. 농사일이든 닭 기르는 일이든 나로서는 생소할 수밖에 없었다. 마을에 사는 상렬이라는 청년을 일꾼으로 구했다.

나는 이 무렵 기르고 있던 닭을 거의 매일 한 마리씩 잡아먹었다. 몸을 보하기 위해서였지만, 사실 그 당시에는 닭 이외에 마땅히 육식으로 취할 고기가 그리 많지 않던 때이기도 했다. 게다가 병을 고친 직후에는 비교적 육식을 즐기는 편이었다.

누군가 닭을 잡을 때 목을 쳐서 공중에 거꾸로 매달아 놓으면 피가 싹 빠져 비린내가 나지 않는다는 사실을 알려 주었다. 그 방법대로 해보니 정말 비린내가 나지 않아서 먹기에 좋았다. 닭을 죽여도 이렇게 잔인하게 죽였으니 그 죄업이 적지 않았나 보다.

어느 날 잠을 자다가 꿈을 꾸었다. 나는 산마루에 올라 있었다.

마주 바라보이는 산꼭대기에 사람의 손바닥 수천 개가 가지런히 잘려서 곧추 서 있었다. 갑자기 그 손바닥들이 나를 향해 날아왔다. 손바닥에 사로잡히면 죽게 될 것이라는 공포가 나를 엄습해 왔다. 나는 산비탈을 향해 달아나기 시작했다.

온 힘을 다해 뛰어가다 보니 앞을 가로막는 것이 있었다. 고개를 드니 철조망이 가로막고 있었다. 나는 다른 곳을 향해 또 뛰어갔다. 그쪽에도 철조망이 나의 앞을 막아섰다. 어느 틈엔가 나는 철조망 안에 갇혀 있었던 것이다. 그런데 주위를 둘러보니 그렇게 갇혀 있는 사람이 나뿐만이 아니었다. 여자도 있었고 남자도 있었고 노인도 있었고, 갇혀 있는 사람은 수없이 많았다.

이때 철조망 문이 열리며 그림에서나 봄직한, 머리에 뿔이 돋은 험상궂은 도깨비 세 명이 안으로 들어왔다. 우리는 철조망 때문에 달아나지도 못하고 구석에 모여 공포에 떨며 쭈그리고 앉았다. 도깨비들은 커다란 가마솥을 걸고 물을 펄펄 끓였다. 도깨비 놈이 우리 중 누군가를 잡고 팔을 비틀었다. 팔이 우두둑 소리를 내며 떨어졌다. 도깨비들은 팔을 끊는 물에 집어넣었다가 꺼내어 맛나게 먹어 치웠다. 발목을 잡고 비틀면 발 하나가 우지끈 부러졌다. 발도 그렇게 물에 튀겨서 먹어 치웠다.

나는 도깨비 손에 잡힐까 봐 더욱 웅크린 채 도깨비들을 바라보고 있었다. 그러다가 한 시선이 마주쳤다. 그 도깨비는 자기가 먹으려는 사람의 팔을 내 입으로 확 쑤셔 넣으며 말했다.

「옛다, 너나 먹어라!」

나는 깜짝 놀라 비명을 지르다가 꿈에서 깨어났다. 지독한 악몽이었다. 가위에 눌린 가슴은 의식을 되찾고도 오랫동안 벌렁거렸다. 온몸은 땀으로 범벅이 되어 있었다. 그러나 나는 왜 그런 꿈을 꾸게 되었는지에 대해 생각도 하지 못했다. 그저 악몽을 꾼 것이려 니 여겼을 뿐이었다.

그 이튿날 아침이었다. 마루로 나오는데 일꾼으로 데리고 있던 상렬이라는 아이가 닭장으로 가는 것이 보였다. 나는 무심코 그것 을 지켜보고 있었다. 닭장으로 들어간 상렬은 닭을 잡으려 했다. 그 러자 닭들이 갑자기 푸드득거리며 철망 쪽으로 달아났다. 상렬이 달려들자 닭들이 사력을 다해 도망쳤다 상렬과 닭의 공방전은 치열 했다. 닭은 푸득거리며 단말마의 비명을 질러 댔다. 나는 이때 상렬 이 닭을 잡는 모습이 간밤에 내가 도깨비에게 쫓기던 모양과 너무도 흡사한 데 놀랐다. 나는 큰 소리로 그를 불렀다.

「상렬아, 상렬아!」

「왜요?」

「이리로 빨리 와 봐.」

상렬은 닭 잡는 일보다 더 급한 일이 생겼는가 보다고 생각하여 닭장에서 나와 마루 아래로 뛰어왔다.

「닭 잡지 말아라.」

「아니 왜요?」

「시키는 대로만 해.」

상렬은 왜 갑자기 주인 마님이 변덕이 생겼을까를 가름해 하는 눈치였다.

「너 오늘 닭들을 모두 장에 내다 팔고 오너라. 앞으로는 안 기르 겠다.」

나는 그를 납득시키기 위해 길게 설명을 늘어놓지는 않았다. 부 처님의 은공으로 병을 고친 내가 어리석게도 살생을 밥먹듯 저질러 왔던 것이다. 그러니 현몽을 해주실 수밖에 없었으리라. 나는 이날 몇 번이고 천수경을 반복하여 독송했다.

　나는 물론 이때까지 출가를 하지는 않았지만 차츰 육식을 삼가했다. 불가피하여 살생하더라도 가려서 할 일이고, 가급적 살생을 금하기로 작정했다. 나는 완전하지는 않았지만 보살로 있을 때부터 점차 불교 계율에 따라 생활하기 시작했다. 꿈을 통해 살생을 금하라는 가르침을 내려주셨는데도 이를 알지 못하고 어기면 큰 인과가 뒤따를 것이라고 여겼다.

　해방 직전의 이곳 시골 민초들의 생활은 참혹하기 이를 데 없었다. 보릿고개를 넘다 보면 굶어 죽는 사람이 꼭 한 두 명 나올 때였다. 나는 농사를 지어도 혼자 먹으면 그만이어서 이웃들에게 나눠줄 수 있었다. 이들에 비해서는 내가 재벌이었다. 집을 싸게 팔았어도 그 돈이 적잖았고, 그밖에도 달리 간수한 돈이 또 있었기 때문이었다. 부황이 들어 사람들의 얼굴이 부어오르는 것을 차마 그냥 보고 있을 수가 없었다.

　나는 말먹이 수수를 대량으로 사들이고, 농사를 지어 거둔 보리며 잡곡들을 광에서 꺼내어 마을 사람들에게 나눠주었다. 곡식을 받아 간 사람 중에서 옷만 바꿔 입고 다시 나타나 받아 가려는 이가 적잖았다. 나는 누가 누군지 모르지만 자기네들끼리 알아보고 싸움을 벌였다. 골고루 배불리 먹을 수 있도록　구황하지 못하는 것이 되레 민망했다.

　마을 사람들은 나를 좋아했다. 나도 그들이 좋았다. 훈훈한 정을 주고받을 수 있었다. 비록 침략자 일본인들의 가렴주구는 참혹했지만, 겨레의 앞날은 참담했지만, 그리고 청상 과부인 내 미래도 암담했지만 나는 풍기라는 곳에서 이렇게 그 어려웠던 때는 넘겼다. 그리고 마침내 해방이 되었다.

해방은 민족사에 있어서 새로운 변혁을 가져온 중대한 역사적 전환점이었다. 나는 이런 전환점을 맞이하며 내 인생에 있어서도 어떤 변화를 가져와야 한다는 생각을 거듭한 결과, 시골에서 지을 줄도 모르는 농사를 짓고 있을 수만은 없다는 결론을 내렸다.

　이때까지를 나는 내 인생의 여명기로 치부한다. 성장과 결혼, 8년의 투병 생활로 이어지는 긴 세월 동안 풍상을 적잖이 겪었지만 아직도 내가 여명기에 처해 있다고 분류하는 것은 인생의 아침이 더 멀리에 있었기 때문이었다. 여전히 나는 어둠에 둘러싸여 있었다. 그러기에 나는 누구보다도 간절하게 아침을 기다리고 있었다.

　죽음보다 더 고통스러운 병마에 시달려 본 경험이 있는 사람이면 알 것이다. 밤이 주는 휴식에 동참하여 단잠을 잘 수 없는 것이 얼마나 큰 고통인가를……. 짧은 여름밤을 동지섣달의 그것처럼 길고 지루하게 보내며 악몽에 시달리다가 보면 아침이 오기를 기다리게 된다. 그것은 갈증처럼, 혹은 불같은 정념처럼 우리를 목마르게 만드는 무엇이다. 병석에 누워 있는 8년 동안 나는 광휘로운 아침 햇살이 문틈으로 스며드는 방에서 맛깔스러운 음식들이 차려진 식탁에 가족과 마주앉아 식사를 할 수 있는 아침을 맞게 되기를 염원했다.

　건강하던 남편은 갑자기 병을 얻어 세상을 떴는데, 살아나지 못한다고 했던 나는 일시 소멸의 은덕을 입어 회생했다. 차라리 내가 죽고 남편이 살았다면 혼자 허허로운 아침을 맞이해야 하는 고통만은 면할 수 있었을 텐데……. 나는 지금까지와는 다른 싱그럽고 눈부신 그런 아침을 맞이하고 싶다는 생각을 하며 지냈다. 신선한 공기가 있고, 상큼하면서도 오붓한 행복이 있는 그런 아침은 영 나에게 허락되지 않은 것이란 말인가.

제 2 부

서강(西江)에 가득한 물 한 입에 마셔 볼까

수월도량에 핀 꽃

돈암동에다 집을 한 채 산 다음 풍기의 금계동으로부터 서울로 이사를 온 것은 해방되던 해 9월의 일이었다. 그로부터 나는 여기저기 어머니 스님이 가 계신 절을 수소문해 보았지만 행방을 알 수가 없었다. 벌써 어머니를 만나지 못한 것이 햇수로 3년이나 흘렀다.

어머니 스님의 법명은 도정(道正)이며, 원각 스님을 은사로 하여 출가했고, 이하응 스님으로부터 계를 받았다. 어머니가 방한암(方漢岩) 스님이 계시는 오대산의 상원사 선방으로 들어가신다는 소식을 제일 마지막으로 들었기에 그곳에 계시리라 여겼는데, 상원사로 편지를 해도 답장이 없었다. 어머니 스님의 소식을 몰라 걱정하고 있던 차에 윤덕인 스님이 나를 찾아왔다.

덕인 스님은 어머니와 같은 문중은 아니지만 출가 전부터 서로 알고 있는 가까운 사이였다. 덕인 스님은 어머니 스님보다 연하여서 어머니 스님에게 사형님이라고 불렀다. 두 분이 서로 가까우니 자연 나도 덕인 스님을 따랐다. 덕인 스님은 나를 조카님이라고 불렀고, 말을 놓지도 않았다.

내가 스님에게 말했다.

「어머니 스님이 이 절 저 절로 떠돌아다니시니 그러다가 돌아가셔도 모르겠어요. 제가 절 하나를 사 드릴 테니 스님도 거기서 우리 어머니랑 같이 사세요.」

「사형님은 공부하느라 여기저기 찾아다니는 것이지 있을 절이 없어 떠돌아다니는 게 아니에요.」

「아무튼 서울에다가 우리 어머니가 계실 절을 하나 마련해 드려야지, 내가 걱정이 돼서 안 되겠어요.」

「그 어른은 독살이를 싫어하는 분인데…….」

「그러지 마시고 저와 같이 그럴듯한 집이 있나 한번 알아보자구요.」

나는 내켜하지 않는 덕인 스님을 설득했다.

우리 두 사람은 절로 쓸 수 있는 집을 보러 다녔다. 어머니는 산 밑에 바가지로 물을 떠먹을 수 있는 샘이 있는 집을 좋아했다. 복덕방마다 찾아다니며 산밑에 오염되지 않은 맑은 물이 나는 샘이 있고, 전망이 트인 집을 물색했으나, 한 달이 넘도록 적당한 곳을 찾아내지 못했다. 마음에 든다 싶으면 가격이 터무니없이 비싸고, 가격이 헐하면 절터가 아니었다. 어떤 때는 장소도 가격도 적당하여 계약을 하려다가 다른 사람에게 가로채이기도 했다. 그런 어느 날, 덕인 스님이 말했다.

「인연이 없어서 그러는 거예요. 더군다나 독살이를 하려니까 마가 끼는 것인지도 모르지. 어머니가 좋아할지 어떨지도 모르면서 서둘 필요는 없어요. 나중에 어머니에게 여쭈어 보고 다시 보러 다니는 게 좋겠어요.」

「…….」

80

「나도 내일은 떠나야겠으니 일단 절 자리 보러 다니는 문제는 여기서 단념해요, 조카님.」

나는 낙심했다. 이렇게 될 바에야 처음부터 말을 꺼내지 않았으면 말 빚이나 지지 않았을걸……. 어머니 스님은 무엇을 계획할 때 행동보다 말을 앞세우는 것을 극히 경계했다. 말은 꺼내 놓았지만 사정이 여의치 않아 실천에 옮기지 못하게 되면, 그것을 말 빚을 진 것이라고 하는 분이었다. 어머니 스님은 다른 어떤 빚보다 말 빚이 가장 무서운 것이라며, 나에게 실수가 없도록 하라고 여러 차례 주의를 주신 바 있었다. 나는 그 날 밤, 관세음보살님께 내가 말 빚을 지지 않게 해달라며 간절히 빌었다. 관세음보살 본심미묘 육자대명왕진언도 세 번 반복했다.

옴 마니 반메 훔
옴 마니 반메 훔
옴 마니 반메 훔

그리고 나는 준제진언을 외었다. 어느새 경을 보지 않아도 진언이 내 입에서 술술술 흘러나오는 것이 내가 생각해도 신통한 일이었다.

아금지송대준제　　我今持誦大准提
즉발보리광대원　　卽發菩提廣大願
원아정혜속원명　　願我定慧速圓明
원아공덕개성취　　願我功德皆成就
원아승복편장엄　　願我勝福遍莊嚴
원공중생성불도　　願共衆生成佛道

내가 이제 대준제를 지성으로 외우옵고
크고 넓은 보리심의 광대한 원 세우오니
정과 혜를 닦아 어서 어서 밝아지이다.
높은 복과 큰 장엄을 나는 두루 갖추오며
거룩한 모든 공덕 나는 모두 이루옵고
그지없는 중생들과 불도 함께 이뤄이다.

이때만 해도 내가 보살로 있었으니 진언을 독송하다가도 막히거나 급하면 그저 관세음보살, 관세음보살, 관세음보살을 찾고는 했다. 어쨌거나 나는 관세음보살을 실히 만독을 부르다가 잠이 들었을 것이다. 그리고 그 날 밤, 나는 꿈을 꾸었다.

꿈에 나는 날아갈 듯이 으리으리한 어떤 기와집 안으로 들어갔다. 마루에는 짐이 가득 쌓여 있었다. 밤이라 잠을 자야겠는데 방안에는 모기장이 쳐 있었고, 여러 사람들이 누워 있어서 내가 들어가 잠을 잘 수 있는 공간이 없었다. 사람들은 안방에도 건넌방에도 사랑방에도 무수히 누워 있었다. 어디서 잠을 자야 하느냐고 걱정을 하고 있을 때 귀를 웅웅 울리는 소리가 들려왔다.

「정 잘 데가 없으면 와서 나하고 같이 자자!」

깜짝 놀라 소리가 들려온 쪽으로 시선을 돌리니, 눈은 사발만하고 코는 맥주병처럼 크고, 입이 함지박만해서 반인반수(半人半獸)처럼 보이는 괴물이 광 쪽에서 나를 바로 보고 있었다. 괴물은 마치 탱화로 그려진 사천왕 중의 한 명 같은 느낌을 주었다. 나는 부지불식간에 비명을 질렀다.

「어머나!」

그리고는 급히 바깥마당 쪽으로 발길을 옮겼다. 사랑채와 안채 사이의 중문을 통과할 때 구름에 안겨 달이 막 헤어나며 모습을 드러냈다. 이때 문득 나의 옷차림을 살펴보았다. 떨어지고 너덜거리는 홑적삼을 입고 있는 내 모습은 거지 중에서도 상거지였다. 꿈에도 내가 왜 이런 차림으로, 무엇 때문에 이곳을 찾아온 것일까 하고 생각했다.

바깥마당은 마치 학교 운동장처럼 드넓었다. 그런데 그 마당의 한구석이 대낮처럼 밝은 것이었다. 거기엔 키가 후리후리한 중년 부인이 시중드는 동자를 거느리고 서 있었는데, 마당 한구석이 대낮처럼 밝은 것은 그 부인이 쓰고 있는 면사포 때문이었다. 순백의 면사포는 그만큼 눈부셨다.

나는 부인에게 말했다.

「저는 지금 갈 곳이 없어요. 어디로 가시는지 저를 좀 데려가 주세요!」

부인은 나의 말에 손을 내밀었다. 나는 부인의 손을 잡았다. 부인이 걸음을 옮겨 놓기 시작했다. 나는 부인이 이끄는 대로 따라 실개울가를 지나갔다. 그리고 산모퉁이를 돌아서니까 소나무 사이로 수천 개의 등불이 마치 반딧불처럼 반짝이며 왔다갔다하는 모습이 눈에 들어왔다. 일대 장관이었다. 나는 부인에게 물었다.

「저게 무슨 등불이에요?」

「우리를 마중하고 있는 게란다.」

부인은 반짝거리는 등불을 향해 층층 계단을 올라갔다. 계단이 끝나는 지점에 대문이 있었다. 그 대문을 열자 세 마리의 개가 사납게 짖어댔다. 나는 깜짝 놀라 부인의 손을 뿌리치고 층층 계단을 도로 내려갔다. 내려가다가 뒤돌아보니 부인은 세 마리의 개 중에서 두 마리만 치운 다음 혼자서 대문 안으로 들어가고 있었다.

나는 부인을 놓치면 안 될 것 같아 다시 대문 쪽으로 올라왔다. 여전히 남아 있는 사나운 개 한 마리가 나를 보고 짖어댔다. 개 때문에 도저히 안으로 들어갈 수가 없었다. 부인은 저 안쪽에 있는 양옥집의 현관에 서서 나를 내려다보고 있었다. 마치 재주껏 안으로 들어와 보라는 듯 무심한 얼굴로 나를 보다가 어느 틈에 모습을 감추었다.

결국 대문으로 들어가는 것을 포기하고, 건물을 끼고 뒤쪽으로 돌아갔다. 건물의 뒤쪽은 산이었다. 산에서 기와집까지는 세단계의 층계를 이루며 금잔디가 쫙 깔려 있었고, 이름 모를 각종 꽃들이 만발해 있었다. 그곳은 마치 무릉도원의 선계(仙界)와도 같았다.

나는 금잔디를 밟으며 산에서부터 기와집 쪽으로 걸어 내려오기 시작했다. 그러다가 옹달샘 옆을 지나가게 되었다. 물을 먹고 싶은데 떠먹을 바가지가 없어 주위를 둘러보았다. 이때 아래쪽에서 웬 할아버지, 할머니가 서로 말을 주거니 받거니 하면서 샘 쪽으로 걸어 올라오고 있었다. 두 사람은 무명옷에 짚신을 신고 있었는데, 장죽을 입에 물고 있는 할아버지의 허리에 표주박이 매달려 있었다. 나는 그 할아버지에게 다가가서 공손히 말했다.

「물을 마시고 싶어서 그러니 표주박 좀 빌려주세요.」

할아버지는 웃으면서 말했다.

「안 돼. 그 물은 아무나 먹는 물이 아니야.」

「목이 말라서 그래요.」

「공짜로 마실 수 없는 물이라니까 그러네.」

할아버지는 심술 사납다기보다는 다분히 장난기 어려 보이는 표정이었다. 나는 할아버지에게 좋은 담배를 드리겠다는 약속을 하고서야 표주박을 얻을 수 있었다. 그러나 표주박을 얻어 들고 돌아보니 언제 몰려왔는지 샘 주변에는 수천 명의 사람들이 엎드려 절을 하고 있었다. 그리고 웬 동자가 기다란 막대기 끝에 바가지를 달아 사람들에게 물을 떠주고 있었다. 나는 동자에게로 다가가서 말했다.

「나도 물을 좀…….」

동자는 내가 내민 표주박에다가 물을 떠 주었다. 그 물 맛은 마치 감로수처럼 청량했다. 내가 꿈에서 깨어난 것은 동자에게 물을 얻어 마신 다음 기와집 쪽으로 다시 걸어 내려가는 대목에서였다.

눈을 뜬 나는 다시 잠이 오지 않을 것 같았다. 불을 밝히고 앉아 곰곰이 생각해 보니 아무래도 예사 꿈 같지가 않았다. 꿈에 만난 동자를 데리고 있던 부인이 관세음보살일 거라고 생각했다.

이튿날 아침, 옆방에서 잔 덕인 스님에게 간밤의 꿈 이야기를 들려주었을 때 덕인 스님도 길몽이라고 말했다.

이 무렵 나는 좋은 절 집을 사게 되리라는 기대를 거의 포기하고 있었다. 소득 없이 몸만 고달프게 만든 꼴이었다. 천천히 시간을 가지고 알아보리라는 쪽으로 기울어져 있었는데 상서로운 꿈을 꾸고 나자 덕인 스님에게 한 번 더 말했다.

「스님, 헛걸음치는 셈치고 하루만 더 집을 보러 다니지요!」

「하여간 조카님 열의가 대단하니 관세음보살님이 현몽으로 도와주실 만도 해. 알았어요.」

우리는 아침식사를 마치는 대로 돈암동 집을 나왔다. 우리가 지금의 혜화동 로터리 근처에 있던 복덕방에 들어선 것은 그로부터 한 시간 정도 지났을 때였다. 당시에는 그 근처가 모두 밭이었다.

나는 복덕방 주인에게 용건을 설명했다. 내 말을 다 듣고 난 복덕방 영감이 확인하듯 되풀이했다.

「산밑에 있는 집으로서 맑은 물이 나오는 옹달샘이 딸려 있어야 한다……. 살림집으로 쓸 거면 꼭 산밑이 아니라도 되잖아요?」

「살림집이 아니라 절을 만들 거예요.」

「아, 그래요?」

영감은 고개를 몇 번 끄덕이더니 말했다.

「얼마짜리를 원하는데요?」

「예산이 50만 원이예요.」

「그럼 안 되겠군. 절을 만들 만한 좋은 곳이 있는데 50만 원으로 어림없어요.」

「장소는 좋아요?」

「산밑이고, 그곳에 곱사등이가 먹고 병이 나았다는 기가 막힌 약수터가 있어요. 일정 때 명월관의 별장으로 쓰던 집이죠. 건평이 20평이고 대지가 180평이니까 절을 세워도 큰절을 세울 수 있습니다. 두 분이 찾으시는 땅 중에서 이보다 안성맞춤인 곳은 없을 겁니다. 그러나 문제는 주인이 150만 원은 꼭 받아야 한다는 데 있단 말씀이에요.」

복덕방 영감의 말을 듣자 그곳을 사든 사지 못하든 구경만이라도 해보고 싶었다. 지난밤 꿈에 부인을 따라갔던 장소와 일치하는지를 확인하고 싶어서였다. 내가 말했다.

「한번 볼 수 없을까요?」

「예산보다 워낙 비싸서 못 살 텐데 헛수고시키는 것 아니오? 여기서 멀어요.」

「보고 마음에 들면 살수도 있으니까 안내를 부탁드리는 거죠.」

망설이던 푼수와는 다르게 복덕방 영감은 시원스레 말했다.

「까짓, 그럽시다. 죽은 사람 원도 풀어 준다는데 산 사람 부탁 못 들어드리리까. 그럼 가시죠.」

복덕방 영감이 앞장을 섰고, 덕인 스님과 내가 뒤를 따랐다. 영감은 보성 중학교 뒤쪽으로 올라가다가 성북동으로 발길을 돌렸다. 야트막한 구릉을 넘어서자 실개울이 나왔다. 나는 그 개울을 보는 순간 꿈속에서 보았던 것과 기가 막힐 정도로 일치한다는 것을 알았다. 이 개울은 나중에 복개가 되었지만 당시에는 여름이면 제법 많은 양의 급류가 내려닥칠 만큼 큰 것이었다.

명월관 별장으로 썼다는 집은 성북동으로 뻗쳐 내려오는 북악산 기슭에 자리잡고 있었으며, 층계를 올라가자 대문이 나왔다. 그것도 꿈에서 보았던 모습과 너무나 비슷했다. 대문을 두드리자 우리를 맞이한 것은 사납게 생긴 세퍼트였다. 나는 무릎을 탁 쳤다.

「스님, 개도 꿈에서 본 것과 똑같아요.」

덕인 스님은 의미심장한 미소를 띠고 고개를 끄덕였다.

그 집에는 집주인 대신 집을 맡아 돌보는 사람이 살고 있었다. 개 짖는 소리를 듣고 나타난 그가 우리를 안으로 안내했다. 벚꽃이 만발해 있는 것이 가장 인상적이었다. 그밖에도 이름 모를 여러 꽃들이 피어 있었다.

나는 약수터부터 가보았다. 그 위치와 생긴 모습이 꿈에서 보았던 곳과 역시 일치했다. 더 볼 것도 없이 관세음보살이 현몽하여 나를 데리고 왔던 그 장소였다. 여기다가 어머니 스님 계실 도량을 세우면 신도들이 흥하게 모이고 크게 융성할 것이라는 확신이 들었다.

별장지기가 말했다.

「집 관리하기도 힘들고, 너무 넓고 커서 나는 이곳에 사는 것이 무섭습니다. 빨리 임자가 나와 팔렸으면 좋겠어요.」

명월관 별장을 꼭 사고 싶었으나 돈이 문제였다. 나는 복덕방 영감의 안내를 받아 집주인을 만나러 갔다. 그는 복덕방에서 그리 멀리 떨어지지 않은 혜화동의 한 골목집에 살고 있었다. 수인사가 끝나자 내가 말했다.

「팔려고 내놓으신 별장을 보고 왔습니다. 우리가 찾던 그런 곳이군요. 그걸 꼭 사고 싶어요. 그런데 문제는 제가 가지고 있는 돈이 지금 50만 원밖에 없다는 데 있어요.」

「나는 아무리 못 받아도 150만 원은 받아야 팔 겁니다.」

「그 말씀은 들었어요. 집 값을 깎아 달라고 찾아뵌 것은 아니고……, 말씀드리기 미안합니다만 집 값은 한푼도 깎지 않을 테니 우선 50만 원만 받으시고 나머지 백만 원은 1년 후에 받는다는 조건으로 파시면 안 될까요?」

집주인은 50대의 점잖은 남자였다. 그는 웃으면서 말했다.

「집을 외상으로 파는 수도 있습니까?」

「완불을 치르기 전까지 집문서를 넘겨주시지 않으면 되잖아요. 1년 후에는 꼭 나머지 돈을 갚아 드릴 수가 있으니까 드리는 말씀입니다.」

「백만 원이면 적은 돈이 아닌데 1년 후에 실수 없겠습니까?」

「못 갚을 땐 계약금으로 걸었던 50만 원을 돌려주시지 않으면 손해보는 일은 없을 줄 압니다만…….」

그는 돈이 급해 별장을 팔려고 내놓은 사람은 아니었다. 별장지기는 자꾸 그만두고 싶다고 하고, 자기가 직접 관리할 수도 없어 곤란해하는 참이었다. 그리고 자기가 소유하고 있어 봤자 별 필요가 없어서 처분할 생각을 하게 됐다는 말을 했다. 이런 입장에 놓여 있던 그는 1년 후에 돈을 받을 수 있는 보장만 있다면 내가 제시하는 조건으로 처분해도 나쁘지 않겠다는 요량이 선 것 같았다.

「그나저나 스님이 같이 오신 것을 보니 그곳에다 절을 지으실 생각인가 보죠?」

「말씀하신 대로입니다.」

마침 집주인이 불자(佛子)였다. 그것도 운이라면 운이었다. 집주인은 잠시 생각에 잠긴 뒤 이윽고 고개를 끄덕였다.

「얘기를 들으셨는지 모르겠지만 그곳은 일정 때 난다긴다하는 고관대작들이 모여 풍류를 즐기던 명월관 별장입니다. 내가 해방 직후에 사들였던 건데 서울 중심에 그만큼 경치가 뛰어난 곳을 찾기도 드물 겁니다. 절을 세우면 안성맞춤인 곳이죠. 절과 인연이 있는 땅인 것 같으니 제시하는 조건으로 팔겠습니다.」

내가 그곳을 살 수 있었던 것은 관세음보살 덕분이었다. 관세음보살은 그곳을 점지할실 때 집주인이 전무후무한 외상매매 방식에 동의하리라는 것도 계산에 넣었을 것이다. 꿈에 관세음보살을 따라 앞문으로 바로 들어왔다면 나는 그 길로 즉시 머리를 깎게 되었을지도 모른다는 생각을 했다. 뒤쪽으로 돌아가 산에서 내려오는 식으로 들어왔기에 내가 바로 출가를 하지 못했던 것은 아닐는지…….

이렇게 해서 지금의 성북동 성라암 도량이 될 터를 장만했다. 그것은 물론 처음에 밝혔듯이 어머니 스님을 위해서 마련한 것이었다. 그러나 정작 집을 마련한 직후에 서울에 왔다가 나를 찾아온 어머니 스님은 나를 실망시켰다.

「나는 독살이는 안 한다.」

「그러지 마시고 자식 입장도 좀 생각해 주세요 어머니가 이곳 저곳 돌아다니시니 어느 절에 계신지도 알 수가 없고, 그러다가 갑자기 병이라도 나시면 누가 돌보아 주는 건지 걱정되는 것이 한두 가지가 아니에요.」

「도량에 침 한 번 뱉은 일이 없는 나다. 신장에게 미움 살 일을 한 적도 없고 도반들과도 무탈하게 잘 지내고 있는데 내가 왜 독살이를 해. 나 병들어도 다 돌보아 줄 사람 있으니까 걱정 말아라.」

「어머니!」

「나를 위한 것이라면 적어도 사전에 나와 상의를 했어야지 일언반구 상의도 없이 외상으로 이 넓은 집을 턱 사놓고 장차 어쩔 셈이냐? 난 모르는 일이니 네가 알아서 해라.」

아무리 간곡하게 권해도 어머니 스님은 동요 없이 며칠을 나와 같이 머물다가 상원사 선방으로 떠나가고 말았다. 어머니가 이런 식으로 나오자 덕인 스님도 예상했던 바라며 어머니 스님을 따라가 버렸다. 나는 스님들이 돼서 사람의 성의도 몰라보고 매정하기가 동지섣달 된서리보다 더하다는 푸념을 늘어놓을 뿐 어찌해야 좋을지 갈피를 잡을 수가 없었다.

나는 이곳을 그냥 비워 둘 수는 없다고 생각했다. 그래서 돈암동에서 이곳으로 옮겨와 살기로 결단을 내렸다. 앵두며 복숭아, 벚나무들로 뒤덮여 있는 명월관 별장은 꽃이 피었을 때는 아름답지만 막상 살려고 하니 너무나 컸다. 나 혼자 살기에는 더욱 그랬다. 칡넝쿨이 엉기고 잡초가 무성히 자라나 매일 뽑아도 당해 낼 수가 없었다. 어스름 달이 뜨는 밤, 의지가지없는 나 혼자 불을 밝히고 앉으면 한숨부터 내쉴 수밖에 없었다.

그런 밤이면 선남선녀들의 웃음소리가 들리는 듯했다. 명월관의 별장 자리였으니, 얼마 세월이 흐르지도 않은 왜정 시대에는 이곳에서 손님과 기녀들이 어울려 질탕하게 마시고 춤추며 놀았을 것이 아닌가. 그들의 분탕질 소리가 재현되는 환청을 들을 때면 나의 외로움은 뼈에 사무쳤다.

그러나 혼자 있어도 무서운 생각이 들지 않았던 것이 이상하다면 이상한 일이었다. 별장지기는 우리에게 집을 내주고 이사를 가면서 말했다.

「이제야 말이지만 밤중에 문에다가 모래를 확확 뿌리는 일도 있었고, 누군가 이곳저곳 저벅거리며 돌아다니는 소리가 들려 올 때도 있었습니다. 밖으로 나가 보면 눈에 띄는 것이 아무 것도 없는데 말입니다. 나 혼자만 들었다면 혹시 꿈을 꾼 것이 아닌가 하고 넘기겠지만 우리 식구들이 다 그런 소리를 들었어요. 터가 아주 센 곳입니다.」

도깨비집이라는 소문이 이웃간에 나 있을 정도였다. 그러나 내가 혼자 머물고 있어도 그런 일은 일어나지 않았다. 늘 든든하고 푸근한 마음이 들었다. 무서웠다면 결코 이곳에서 버텨내지 못했을 것이다. 이 터가 나와 특별히 인연이 있는 터라는 생각이 든다.

그렇게 석 달을 혼자 살았다. 칠월 백중 때가 되어 하안거(夏安居)를 마친 어머니 스님은 아무리 매정하게 떠나갔어도 딸을 끝내 몰라라 할 수 없었음인지 덕인 스님과 함께 나를 찾아오셨다.

어머니 스님은 이곳저곳 지형을 살피더니 고개를 끄덕였다.

「아무리 보아도 이곳이 절터는 절터다.」

「관세음보살님이 점지해 주신 곳이라니까요.」

어머니 스님은 특히 약수터를 마음에 들어 하셨다. 그 물을 바가지에 떠서 시원스레 잡수신 다음 말씀하셨다.

「애, 너 들어보아라. 무궁산하천(無窮山下泉), 보공산중려(普供山中侶), 각지일표래(各持一瓢來), 총득전월거(總得全月去)라고 했어.」

「그게 무슨 뜻인데요?」

「네가 그 뜻을 온전히 이해할 날이 있을지 모르겠다. 내가 새겨는

줄게. 무궁무진한 산밑의 샘물이, 산에 사는 벗들에게 두루 공양하
네. 각각 표주박 하나를 들고 와서 모두 보름달을 담아 돌아가노
니……. 어때, 이해할 수 있겠어?」

「글쎄요」

「아무려나 나는 독살이는 안 할 생각이었지만 네 성의를 매양 모
른 척할 수만도 없고, 부처님을 모셔오기로 하자.」

「그렇게 말씀해 주실 줄 알았어요.」

나는 비로소 활기를 찾을 수 있었다.

당시 어머니 스님의 계사(戒士)이신 이화응 스님께서는 광나루
근처에 있는 절에 당신이 모시던 부처님을 임시로 맡겨 놓고 있었
다. 화응 스님은 우리가 부처님을 모시려 한다는 말씀을 듣고 그 부
처님을 우리가 모셔 가도 좋다고 했다.

명월관 별장 중에서도 별당 자리는 가운데가 넓은 마루였다. 그
리고 마루 양옆으로는 미닫이문을 통해 들어갈 수 있는 방이 있었
다. 마루는 새로 구조 변경을 하지 않아도 불단을 만드니 그대로 법
당으로 설계한 것 같은 느낌을 줄 정도였다. 양옆의 방은 평소에는
지대방으로 쓰고, 사람들이 많이 모일 땐 미닫이를 뜯어내면 그대
로 넓은 법당이 되었다. 십상 안성맞춤이었다.

광나루 근처의 절로 어머니 스님과 덕인 스님이 부처님을 모시러
갔던 날이다. 나는 두 분 스님이 도착할 시간에 맞춰 밖으로 나갔
다. 예상은 과히 빗나가지 않아 개울가에 갔을 때 부처님을 모신 두
분이 모습을 나타냈다. 부처님을 안고 있던 어머니 스님이 말했다.

「애야, 여기까지 부처님을 모시고 오는 동안 무겁다는 생각을 하
지 않았는데 네 모습이 눈에 들어오자 갑자기 무거워져서 한 걸음도
옮겨 놓을 수가 없으니 이게 무슨 조화냐?」

나는 웃으면서 어머니 스님의 말을 받았다.

「엄살 좀 그만 하세요.」

그리고는 어머니 스님으로부터 부처님을 옮겨 받았다. 부처님은 무겁지 않았다. 나는 잰걸음으로 부처님을 안고 집안으로 들어섰다. 어머니 스님이 말했다.

「도량을 만들었으면 목탁 소리가 끊이게 해서는 안 되는 법이다. 만인이 동참하는 백일 기도를 드려야겠다.」

나는 어머니 말씀이 옳다고 여겼다. 이튿날부터 나는 권선책을 들고 삼선교로 해서 혜화동, 돈암동, 보문동 일대의 골목골목을 돌아다니며 백일 기도의 만인 동참을 권하고 다녔다. 이 무렵에 꾸었던 꿈도 어제 일인 듯 선명하게 떠오른다.

꿈에서도 나는 권선문을 들고 백일 기도 동참을 권하며 다니고 있었다. 내가 막 어떤 골목에 들어섰을 때였다. 그 골목의 끝에서 한 남자가 나팔에 대고 소리를 지르고 있었다.

「만인 백일 기도에 동참하시오!」

나 이외에 또 백일 기도 동참을 부르짖고 다니는 사람이 있다는 게 놀라웠다. 나는 소리가 들려온 쪽으로 달려갔다. 가까이 가서 보니 두 명의 남자가 꽃가마를 메고 있었다. 백일 기도 동참을 부르짖은 사람은 가마 앞에 서 있는 비구 스님이었다. 나는 더욱 가까이 다가가서 가마 안을 들여다보았다. 가마 속에는 권선 책들이 가득히 쌓여 있었다. 그때 비구 스님이 나를 돌아보는 바람에 놀라 잠에서 깨어났다.

꿈에 만난 가마를 멘 사람들이나 비구 스님이 신장들일 거라고 생각했다. 신장들이 나를 도와주고 있다고 여기자 더욱 힘이 솟았다. 나는 용기 백배하여 매진했다. 백일 기도는 대성황을 이루었다. 어머니나 덕인 스님은 내가 열심히 동참을 설득하고 다닌 결과라고 치하했지만 나는 관세음보살이 도왔다고 여겼다. 관세음보살이 만든 도량이니 불자들이 몰려들 수밖에 없지 않았을까? 재와 불공도 끊이지 않고 들어왔다.

나는 돈암동 집을 팔고 화주 들어온 것을 합해 약속했던 일년이 되기 전, 꼭 10개월만에 잔금을 치르고 집문서를 완전히 넘겨받았다. 이곳이 오늘날의 〈성라암〉이다. 성라암은 관세음보살님이 점지해 준 곳이며, 호법선신(護法善神)들이 지켜 주는 곳이고, 신도들이 함께 힘을 모아 키워 가는 도량이다.

성라암에는 때마침 꽃들이 다투어 피어났다. 신도들은 물론이려니와 마을 사람들까지 몰려와 꽃놀이를 즐겼다. 나는 꽃 사이에 어울려 있는 사람들을 멀리서 바라보며 무엇보다 아름다운 꽃은 사람들이라는 생각을 했다.

밤이 되어 연못에 만월이 떠 있는 것을 보게 될 때면 바로 여기가 수월도량이 아니겠느냐는 생각을 하고는 했다. 수월(水月)에 관해 《수청집(水淸集)》에는 다음과 같은 글이 나온다.

대원성인종정토래래실불래	大願聖人從淨土來來實不來
심심범부왕정토거거실불거	深心凡夫往淨土去去實不去
피하내차차불거피이	彼下來此此不去彼而
성범회우양득	聖凡會遇兩得
교제자하야	交際者何也
미타광명여정만월	彌陀光明如靜滿月
보편시방	普遍十方
수청이정즉월현전체	水淸而靜則月現全體

월비취수이거래	月非取水而遽來
수탁이동즉월무정광	水濁而動則月無定光
월비사수이거거	月非捨水而遽去
재수즉유청탁동정	在水則有淸濁動靜
재월즉무취사거래	在月則無取捨去來

대원성인이 정토에서 사바로 온다 하지만 실제 오는 것이 아니고
신심이 깊은 범부가 정토로 간다 하지만 실제 가는 것이 아니다.
성인이 정토에서 오는 것도 아니고 범부가 정토로 가는 것도 아
닌데
성인과 범부가 함께 만나서 교제하는 것은 어째서인가.
아미타불의 대광명은 청정한 만월과 같아서
시방세계를 두루 비춘다.
물이 청정하면 달이 전체로 나타나지만
달이 물을 취해서 나타나는 것이 아니고
물이 탁하고 흔들리면 달이 광채를 잃지만
달이 물 속에서 사라져 버린 것은 아니다.
물에 있어서는 맑고 탁하고 동하고 고요함이 있지만
달에게는 취하고 버리고 가고 오는 것이 없다.

나는 수월도량을 만들었다는 것으로 해서 무엇과도 비교할 수 없
는 큰 기쁨을 맛보았다. 무엇보다 어머니 스님을 곁에서 모실 수 있
어서 기뻤다. 관세음보살의 가피를 체험할 수가 있어서, 신도들에
게 불성의 바람을 넣어 줄 수 있기에, 나 또한 늘 부처님 곁에서 살
수 있으므로 이보다 큰 축복은 없을 듯싶었다.
그러나 이곳을 지키는 데 따른 어려움이 없었던 것은 아니다. 내

가 만인 동참 백일 기도를 권하고 다니던 때의 일이다. 하루는 밖에서 돌아오니 육마당집 보살이 웬 스님과 함께 와 있었다. 육마당집 보살이란 마당이 여섯 개가 있는 큰집에서 살고 있다고 하여 붙인 별호였다. 말하자면 그 보살은 대갓집에 살고 있는 신도였다. 보살이 어떤 스님을 소개했다.

「××사 도총리 스님이세요.」

나와 도총리가 서로 인사를 하자 육마당집 보살이 말했다.

「오늘 아침 이 스님께서 예불을 드리던 중에 보살들이 구름을 타고 북쪽 상공에서 하강하는 모습을 친견하셨다지 뭐예요. 신기한 일이라며 혹 북쪽에 아는 절이 있느냐고 물으시는데 퍼뜩 성라암이 떠오르더라구요. 그래서 이곳으로 모시고 온 거예요.」

도총리 스님이 말을 받았다.

「와서 보니 만인 동참 백일 기도를 드리신다고요. 참으로 신기한 일이 아닐 수 없습니다. 허락해 주신다면 기도법사로서 백일 기도에 함께 참여하고 싶습니다.」

그것이 사실이라면 크게 기꺼운 일이 아닐 수 없었다. 그는 자기 제자 두 명을 더 데리고 백일 기도 기간 동안 우리 절에 머물면서 신심껏 목탁을 두드리며 기도에 열과 성을 다했다.

그 무렵의 어느 날, 도총리 스님의 얼굴이 평소보다 창백해 보여서 내가 물었다.

「요즈음 너무 수고를 해서 그런가 안색이 좋지 않으시네요.」

「안색이 안 좋아 보인다구요?」

「네,」

「간밤에 악몽을 꾼 탓인가……?」

그는 한 부인이 자기를 무섭게 노려보는 꿈을 꾸었다고 한다 기치창검을 든 군사들이 부인의 뒤에서 나타나 자기를 창검으로 찌르더라고 했다.

「어찌나 놀랐던지 비명을 다 질렀습니다. 가위에 눌려 버둥대다가 깨어 보니 온 몸이 땀투성이더군요.」

나는 그의 꿈에 대해 그리 깊게 생각하지는 않았다. 후일, 그 꿈이 의미심장한 것이었음을 깨달았다.

하루는 도총리 스님이 어머니 스님에게 말했다.

「저는 조실부모했기에 지금까지 부모를 모르고 살아왔습니다. 앞으로는 노스님을 어머니로 모시고 싶습니다.」

어머니 스님은 사람을 의심할 줄 모르시는 분이다. 그가 그런 식으로 나오자 별 생각 없이 좋도록 하라고 했다. 그러자 그는 당장 어머니 스님을 스스럼없이 어머니라고 부르기 시작했다. 동시에 나에게는 누님이라는 호칭을 썼다. 나는 그의 넉살이 왠지 썩 내키지가 않았지만 그 동안의 노고를 생각해서 매정하게 물리칠 수가 없었다. 백일 기도가 끝났을 때 그가 나에게 말했다.

「누님, 우리 교주 선사를 한번 같이 만나러 갑시다.」

조계종에서는 문중의 어른을 조실 이라고는 불러도 교주라고는 하지 않는다. 도총리는 사교(邪敎)를 신봉하는 스님이었단 말인가. 이에 대해 도총리가 설명했다.

「우리 ××종도 다 같은 부처님의 제자들입니다. 교주께서는 부처님의 말씀에다가 일찍이 당신이 크게 깨달으신 바 있는 내용을 추가시켜 새로운 종파를 만드신 겁니다. 결코 사교가 아니니 한번 교주를 친견해 보십시오.」

「글쎄…….」

「마침 10월에 옥황상제께 제를 올리게 됩니다. 그때 같이 찾아뵙는 것이 좋겠습니다.」

　그는 어느새 우리 절의 여러 신도들을 자기편으로 끌어들였다. 보살들 중에서 ××종 교주를 친견하러 가겠다는 사람이 많은 데 나는 적이 놀랐다. 내 눈으로 직접 찾아가서 그 허와 실을 가려 보리라 작정했다. 두 명의 보살이 동행하기로 했다.

　그는 우리를 전주에 있는 ××종 포교당으로 안내했다. 우리가 그곳에 도착하자 대중들이 양옆으로 도열해 늘어서서 무릎을 꿇고 환영했다. 도총리 스님에 대한 대중들의 예우가 대단했다. 우리는 포교당에서 하루를 묵고 이튿날 아침, ××종 본사가 있는 산으로 올라갔다.

　나는 그곳에서 옥황상제께 제를 올리기 위해 음식을 장만하고 있는 것을 보았다. 소쿠리에는 여러 가지 음식이 즐비했다. 그 중에는 각종 생선과 돼지머리, 오징어, 동태, 굴, 조개류 따위들까지 있었다. 절이라 이름 붙이고 어찌 이런 짓을 할 수 있는지 이해가 되지 않았다. 내 눈치를 보더니 도총리 스님이 변명했다.

　「부처님은 고기를 안 드시지만 장군들이야 먹잖아요.」

　절에서 장군들을 위한 제를 지낸다는 것도 금시초문이었다.

　마침내 ××종의 교주를 친견할 수 있는 자리가 마련되었다. 그는 흰 수염을 무릎까지 길게 늘어뜨리고 눈을 반쯤 감은 채로 우리들을 맞이했다. 스님이라는 느낌은 전혀 들지 않고 잘 보아주면 도인이요, 정확히 말하면 사교 무리의 두목일 뿐인 그는 특히 나를 지그시 바라보더니 느닷없이 무릎을 탁 쳤다.

　「됐다! 나에게 보검이 하나 있어도 자루가 없어서 못 썼는데 이제 자룻감을 찾았다.」

　그는 크게 고개를 끄덕인 다음 나에게 말했다.

「××종으로 개종을 하시오.」

그리고는 30년 동안 이 절을 다닌 사람에게도 베풀어주지 않았던 파격적인 예우라며 나에게 ××종식 불명(佛名)을 지어 준다고 자청했다.

「하루아침에 개종을 할 수는 없습니다.」

「옳지, 옳지 하루아침에 마음이 변하는 것보다 그 말을 들으니 오히려 더 믿음직해.」

그는 나에게 필요 이상의 찬사를 보냈다. 그것도 꺼림칙한 부분이었다. 나는 그들이 사교 집단의 무리들이라는 결론을 내렸다. 제올리는 것을 볼 필요도 없다는 생각에서 그 날로 서울로 돌아올 채비를 한 다음, 함께 간 보살들에게 말했다.

「난 돌아가려는데 같이 안 갈래요?」

그러나 보살들은 도총리에게 깊숙이 빠져 있었다. 오히려 나를 설득하려고 들었다. 나는 혼자 상경할 수밖에 없었다. 다시는 이들을 만날 일이 없을 거라고 다짐했다.

하나, 그것은 나 혼자만의 생각이었고, 얼마 후 ××종 무리들이 우리 절에 나타났다. 일행은 교주를 포함하여 모두 일곱 명이었다. 차마 문전 박대할 수가 없어 받아들였다. 교주는 몇 십 년만에 처음으로 서울 나들이를 하는 것이라고 했다. 생불(生佛)로 자처하는 그의 출현에 일부 지각없는 신도들이 동요를 보였다. 남대문 로터리 부근에서 다방을 경영하고 있던 서 보살이라는 사람이 그들에게 공양청정을 베풀었다. 서 보살은 교주의 성씨가 자기와 같다며 특히 유난스럽게 교주를 위했다.

그로부터 음식 대접을 잘 받고 돌아온 교주는 제자들에게 말했다.

「남대문 근처의 복덕방에 가서 오늘 우리가 찾아갔던 보살네

집을 팔면 얼마나 받을 수 있는지 알아보아라.」

마치 자기 집을 팔기라도 하는 듯한 태도였다. 나는 그 모습을 지켜보면서 오만 정이 다 떨어졌다. 이들은 다음과 같은 말로 사람들에게 자신들의 행위를 정당화시켰다.

「머지않아 큰 난리가 날 겁니다. 난리가 나면 서울에서 살 수가 없어져요. 재산을 팔아 전주의 우리 ××종 본사가 있는 곳으로 옮겨야 살아 남을 수 있어요.」

그들은 나에게도 말했다.

「난리가 나면 서울이 쑥대밭이 될 텐데, 그렇게 되기 전에 이 절을 팔아 우리가 있는 곳으로 내려와 같이 사는 것이 어떻겠소?」

나는 당치도 않은 그들의 제안을 일언지하에 거절했다.

「난리가 나서 집이 없어질지는 모르지만 땅은 안 없어집니다. 내걱정은 내가 알아서 할 테니 더 이상 그런 말씀 마세요!」

당시 어머니의 사제인 최덕준 스님은 자하문 밖의 암자에 살고 있었다. 덕준 스님은 바느질 솜씨가 뛰어났다. 그래서 스님에게 승복을 지어 달라고 찾아오는 스님네가 많았다. 그럴 때 옷을 지어 주면 보시를 하기 마련이어서 그렇게 한푼 두푼 모아 둔 돈이 있었다. 덕준 스님이 어떻게 하다가 ××종 패거리들의 말을 솔깃하게 들었는지 모를 일이다. 스님은 자신의 피 같은 돈을 모두 이들에게 바쳤다. 스님은 속지 말라고 당부 드리는 나에게 오히려 화를 냈다.

「자기가 믿지 않으면 그만이지 남까지 이래라 저래라 하는 것은 나쁜 일이야.」

당신이 이런 식으로 말씀하시니 나로서도 더 어찌할 수가 없었다. ××종 사람들은 내 주위로 조금씩 조금씩 파고 들어오며 나의 심기를 건드려 놓고 있었다. 그들은 우리 신도들에게 불치나 난치병

100

을 치료해 준다는 선전을 해댔다. 집안에 환자가 있는 신도들이 몰려들자 그들은 이상한 재료로 조제한 정체 불명의 환약을 주고 돈을 받았다. 그 약을 사다 먹은 사람들마다 부작용이 일어나 복통을 하고 설사병이 나고 부어오르기도 했다. 항의 전화로 전화통에서 불이 날 정도였다.

우리 절 성라암에는 내 키보다 더 큰 철쭉이 여기저기 소담스럽게 자라 있었다. 봄이 되어 그것들이 꽃을 피우면 장관이어서 온 동네 사람들이 꽃구경을 오고는 했다. 나는 그 꽃들을 매우 사랑했다. 그런데 하루는 외출했다가 돌아와 보니 이들이 내가 애지중지하는 꽃들을 무슨 생각에서인지 모두 베어 버린 것이었다.

더 이상 이들의 안하무인격인 태도를 참고 넘어갈 수 없었다. 그래서 남의 재산을 가로챌 궁리나 하고 있는 이들을 당장 몰아내기로 결단을 내렸다. 나는 그들이 묵고 있는 방문을 열어제치며 소리를 내질렀다.

「지금 즉시 이곳을 떠나지 않으면 경찰에 알려 혼이 나도록 하겠어요!」

도총리가 벌떡 일어났다.

「누님, 왜 이러십니까?」

「누님 좋아하시네. 내가 어째서 당신의 누님이야? 당장 이곳에서 나가!」

나는 도총리가 만인 동참 백일 기도의 기도 법사로 우리 절에 머물 때 꾸었다는 꿈의 의미를 되뇌어 보았다. 그의 꿈에 나타났다는 부인은 나를 이곳으로 인도했던 관세음보살일 것이다. 도총리가 성지를 탐하려는 것을 알자 관세음보살은 기치창검을 든 신장들을 데리고 꿈에 나타나 일차 경고를 주었던 것이 아닐까. 나는 관세음

101

보살이 성라암을 지켜 주고 있다는 확신을 가졌다.

　이런 일이 있은 지 얼마 후에 그 동안 우리와 함께 살고 있던 덕인 스님이 이천으로 옮겨갔다. 덕인 스님에게는 출가 전에 낳은 아들이 한 명 있었다. 그 아들 역시 출가를 하여 스님이 되었다. 신도들의 도움을 받아 모자 스님이 어울려 조그마한 암자를 만들었다. 속가식으로 말하면 그들 모자는 살림을 난 것이었다.

이야기 법문

당시 민간에는 난리가 날지 모른다는 소문이 공공연하게 나돌고 있었다. 사회가 어지럽고 민심이 흉흉했다는 반증이 될 것이다. 그러나 우리 절에는 한동안 평온한 나날이 계속되었다. 그 동안 어머니 스님은 두 명의 상좌를 받아들였다. 우리 절에는 목탁 소리가 끊이지 않았다.

어머니 스님은 이따금 나에게 말했다.

「갑순아, 내 생각에는 너도 머리를 깎고 출가를 하는 것이 좋겠다.」

「왜요?」

「우리가 머물렀다 가는 이승의 삶이란 잠시 잠깐이다. 찰나적인 게야. 영원히 살 수 있는 길을 찾아야 한다.」

「꼭 머리를 깎아야만 영원히 살 수 있는 거예요?」

「공부를 해야 한다. 그러자면 아무래도 출가를 하고 정진하는 것이 좋지 않겠니?」

「좀 더 생각을 해 보고요.」

어머니 스님은 한가할 때면 나에게 법문도 해주고, 옛이야기 삼아 듣고 나면 뼈와 살이 될 수 있는 말씀을 구순하게 들려주시곤 했다.

「내가 방한암 스님에게 들은 이야기 하나 해줄까?」

「네.」

「옛날에 한 재상이 살았단다.」하고 어머니 스님은 천천히 말씀을 이어갔다. 그 재상은 남부러울 것이 없었다. 벼슬도 높았고 살림은 풍족했으며 더욱이 빼어난 미모를 갖고 있는 아내를 두었다. 재상은 어여쁜 아내를 몹시 사랑했다. 그런데 하루는 아침에 일어나니 하인들이 저들끼리 수군거리고 있는 것이었다. 재상은 하인들에게 물었다.

「무슨 일이냐?」

하인 중에서 한 명이 대답했다.

「마님께서 안 계십니다.」

「마님이 안 계시다니 그게 무슨 말이냐?」

「아침에 일어나 문안드리러 가보니 안 계셨습니다요.」

재상은 아내가 쓰는 내당으로 부리나케 달려갔다. 과연 하인들의 말대로 그 곳에는 아내의 모습이 보이지 않았다. 시중을 드는 몸종 아이는 분명 간밤에 침수에 드시는 것을 보았다고 말한다. 잠자리에 든 아내가 밤사이에 연기처럼 사라진 것이었다.

「감히 어느 댁이라고 누가 야밤에 월담을 하여 보쌈이라도 했단 말인가! 말도 안 된다.」

밤사이에 사랑하는 아내가 행방불명이 된 변고를 당한 재상은 사방으로 사람을 풀어 수소문했지만 종적이 묘연해 도저히 찾을 도리가 없었다.

그렇게 몇 년이 흘러갔다. 재상은 아무리 세월이 흘러도 아내를 잊을 수 없어 괴로움에 지쳐 그만 깊은 병에 걸리고 말았다.

그러던 어느 날 어사가 된 친구가 찾아왔다. 친구는

「이렇게 누워있으면 어떻하느냐? 정신을 차려라.」

라고 말을 했다.

「내가 저 넘어 숯막을 지나오다가……」 하며 말을 못하고 머뭇거렸다.

재상은 답답해서 채근을 했다.

「어서 계속하게..」

「응……숯쟁이 아낙으로 보이는 아낙네를 보았는데 아무리 보아도 자네 부인을 많이 닮았더란 말일세.」

「뭐라고?」

「아니야, 그렇게 닮은 사람도 있더란 말이지 뭐. 왜 자네 부인이 숯쟁이 숯막 가에 있을 리가 있어? 그렇게 비슷한 사람도 있더란 거야.」하고 친구는 말을 했다.

어사 친구가 간 후 그 말을 들은 재상은 그대로 있을 수가 없었다.. 자기도 아내가 숯쟁이 아낙이 되리라고는 믿지 않지만 닮았다는 말을 듣고 가서 확인을 해보지 않고는 견딜 수가 없었다.

재상은 기어이 재 너머 심산 유곡에 있는 숯막을 찾았다. 그래서 숯막이 내려다 볼 수 있는 산언덕으로 내려가서 다복한 소나무 뒤에 몸을 은신하고 가만히 내려다보니, 산 계곡 물이 힘차게 소리치며 바위에 와 부딪혀 흰 거품으로 짝 깔린 너럭바위, 묘하고 집채같은 바위와 희고 아름다운 크고 작은 석천(石川)에 뿌듯하게 힘찬 물을 내리며 춤추는 풍경이 장관이었다.

게다가 움막이 있는 언덕 잔디 밭 그 주위에는 가지각색의 야생화며 울창하게 늘어선 초목들, 맑은 공기, 시원한 실바람, 그 모든 자연 양품이 실망에 지칠 대로 지쳐 쇠약해진 재상에게는 별 것 아니었지만 어쩐지 그곳이 싫지 않고 시원한 감정에 속이 시원하고 정신이 나는 것 같았다. 그래서 정신을 차리고 자세히 살펴보니 갈대로 영을 엮어 움막을 묻었는데 거적 출입문을 반쯤 걷어 달아맨 속에서 여인 하나가 나와서 점심 준비를 하는지 연상 냇물가로 왔다갔다하며 준비를 했다.

그 부인은 음식을 장만하여 함지박에다 주섬주섬 담아 가지고 그 아래로 한참 내려가면 숯 고는 숯막이 있는데 그리로 가서 내려놓는지라 그래서 재상은 살살 그 산 비탈길을 내려가서 역시 다복솔나무 뒤에 앉아서 내려다보니 그 부인은 꼭 산돼지 같이 험상스럽게 무서운, 보기에도 큼직한 숯쟁이하고 마주앉아 오순도순 재미있게 음식을 먹는 것이다. 식사가 끝나자 숯쟁이는 숯가마에 불을 때고 부인은 그릇들을 냇물에 씻어서 함박에 담아 이고 움막으로 올려갔다. 재상은 하도 기가 막혀 그 자리에서 꼼짝달싹도 할 수가 없어 사지가 굳어 버리는 것 같아 어찌 할 수 없어 한참을 진정하고 스스로 맘을 달래 정신을 차려 억지로 일어나서 살살 움막 있는 대로 내려가서 헛기침을 하면서

「내가 목이 마르니 물 좀 떠 오너라.」고 말을 했다.

그 부인은 전 남편의 음성을 알아듣고 깜짝 놀라서 그만 재상의 앞에 무릎을 꿇고 엎드려 울면서 「죽여주십시오」하고 울었다. 재상은 기가 막혀 말을 못하다 다시 침착하게 말을 했다.

「죄는 묻지 않겠으니 여기를 오게된 동기를 말해보라. 강제로 잡혀왔느냐? 아니면 본인이 왔느냐? 그 두 가지만 소상히 말해봐라.」

그랬더니 그 여인의 말인 즉, 자기가 자청해서 왔다는 것이다.

시집와서 삼 년 동안이나 남편의 지극한 사랑에, 안팎 노비가 수십 명에, 실한 처마에, 육간 대청에, 금은옥백에, 안방마님으로 서슬이 시퍼렇게 당당한 귀한 마님께서 어찌 자청해서 양반집 개만도 못한 순 쌍놈 숯쟁이를 따라 와서 그 고생을 하며 살다니 말도 안 되었다.

그 내막을 들어보니, 이른 봄 어느 날 부인은 대청에서 하인들에게 일을 지시하고 있노라니 숯쟁이가 대문 밖에서 '이 댁에 숯 사십시오' 하고 뜨는 목소리로 크게 외치는 소리가 들려왔다. 그런데 그 부인은 그 목소리가 귀에 쏙 들어오면서 자기도 모르게 미칠 듯 반갑고 보고 싶어서 정신없이 부리는 몸종을 시켜서 '너 빨리 지금 저 숯쟁이한테 가서 오늘밤 자시에 뒤꼍에 있는 오동나무 밑 담밖에 와서 있으라고 일러라'하고 명령하고 그 여인은 그 날밤 자시에 비단 두 필을 묶어서 묶은 데다가 두 발을 먼저 놓고 그 비단을 오동나무 밖으로 뻗어진 가지에 걸쳐서 담 밖으로 던졌다.

그때에 숯쟁이는 재상의 대갓집 안방마님이 시키신 일이라 그때 처지로는 쌍것들이야 양반이 시키는 명령에 죽으라면 죽기까지도 할 판이라 언짢은 일이라도 무서워서 벌벌 떨며 와 있었는데 오동나무가지위로 비단 두 필이 떨어지는 것이다. 그래서 어쨌든 비단 두 필을 잡으니 가는 음성으로 '당겨라'하는 소리가 들리고 그 여인은 비단을 타고 팔을 뻗으니 숯쟁이는 얼른 안아서 내려놓고 '어인 일이십니까?'하니 마님은 '너 사는 대로 빨리 가자'하여 같이 가서 살게 됐는데, 그 여인은 저도 모르는 일이라며 죽여주기를 바랄 뿐이라고 했다.

재상은 그 때로서는 연놈을 양반을 모독한 죄로 육시처참을 해야 했

지만 너무나 아끼던 아내를 죽일 수가 없어서 그 여인에게 명령하기를

「너의 죄는 큰 벌로, 죽이고 싶지만 내가 그러기가 싫으니 오늘밤으로 삼백리 밖으로 떠나거라. 그렇지 않으면 남의 이목으로라도 너희가 화를 당할 것이다.」라고 이르고 발길을 돌려 가까스로 산마루까지 올라와서 금잔디가 깔린 잔디밭에 탁 주저앉아버렸다.

재상은 산마루 아래 그 움막을 내려다보며 이모저모 생각을 해보았다.

'내가 아내한테 무엇을 부족하게 해주었고, 잘못한 일이라도 있었는가!' 곰곰이 생각해보아도 도무지 모르겠다.

'이럴 수가 있나! 세상 사람이라면 누구나 다 호의호식하며 편하게 잘 살고 싶어하는 게 세상 이치거늘 어찌 저 여인은…, 나 보다 나은 대로 갔다면 모르겠지만… 아이구! 어떻게 된 일일까? 무슨 이런 일이 있을까? 어찌 된 일일까? 어째서?'하는 생각에 생각을 거듭하고 삼매에 들었다. 해지는 지도 모르고 골똘히 생각하던 재상은 그만 번득하고 화련대오를 깨쳤다.

'아뿔싸 그랬구나!' 하며 무릎을 닥치며 벌떡 일어섰다. 깨치고 보니 과거에 당신은 선객으로서 탁발을 하러 다니다가 바로 지금 자기가 앉은 이 자리에서 쉬고 있었다. 그 때 이가 옷 속에서 꾸물거리며 까불자 가만히 손으로 더듬어 잡아 보니 보리 알만큼이나 큰 이였다. 그래서 선객은 살생을 할 수 없어서 그 잔디밭에 버리고 가버렸다. 그후 산돼지가 돌아다니다가 따뜻한 양지에 누워서 잠을 잤는데 잔디밭에 있던 이가 산돼지의 몸에 기어올라가서 평생을 같이 살다 운명을 마쳤다. 이는 그 선객을 뜯어먹은 인연으로 사람이 되었고 재상도 또 한 사람이 되어 인연 때문에 재상이 되었고 산돼지도 선객을 뜯어먹은 이가 올라가 뜯어먹고 산 공덕으로 사람은 되었

으나 산돼지였기 때문에 숯쟁이가 되었다.

그 여인은 선객한테 빚을 갚기 위해 재상의 부인이 되었다가 뜯어먹은 만큼 빚을 다 갚자 산돼지한테로 빚을 갚으러 숯쟁이를 따라간 것이다.

모든 것을 깨달은 재상은 집으로 돌아와서 하인들을 다 불러놓고 전 재산을 하인들에게 공평히 나누어주고 왕에게 가서 사정·고해를 올리고 허락을 맡아 다시 선객으로 산 속 깊이 들어갔다고 한다.

어머니 스님이 말씀하셨다.

「어떠냐, 재미있지?」

「네.」

「그럼 한 선객 큰스님께서 빚 갚은 법문이야기 하나 또 해줄까?」

「네」

이것은 큰스님들께서 동안거 때 해주신 이야기 법문인데,

주인이 사랑채 큰방에 앉아있는데 밖에서 크고 우렁찬 목소리로 「주인장」하고 부르는 소리가 들려 「네」하고 뛰어나가 대문으로 가 보았더니 아무도 없어 사방을 둘러봐도 아무도 보이질 않았다. 이상하다하면서 방에 들어와 막 앉으려 하는데 또 「주인장」하고 부르는 소리가 들려 「네」하고 또 대문으로 뛰어나가 보았지만 역시 아무도 없었다. 참 이상하다 생각하고 방으로 들어갈려 할 때 또 「주인장」하고 사방이 울리도록 크게 부르는 것이다. 역시 「네」하고 보니 대문간 옆에 소 외양간의 소만 눈을 크게 뜨고 식식거리며 쳐다보는 것이다. 그래서 주인은 혼자말로 「네가 그랬니? 하고 소를 쳐다보니까 소가 「그랬소.」하고 대답을 하였다. 주인은 깜짝 놀라

「응? 소가 말을 해! 그래 왜 그러니?」하고 물었다. 소가 말하기를,
「나는 산중에서 수도를 하는 사람인데 이 집 밭 옆을 지나가다가 탐스럽게 익은 조를 만지게 되었는데 그 때 조 세 알이 손바닥에 떨어져서 그것을 버릴 수 없어서 먹었소. 남의 곡식을 세 알 먹은 대가로 소가 되어 3년 동안 이 집 농사를 지어 주어 빚을 갚았으니 이제 난 가야겠소. 내가 가고 나면 나의 가죽은 동쪽 바다에 던지고 살은 5백 명이 먹을 수 있게 음식을 푸짐하게 장만하시오.」

주인은 「그게 무슨 말이오?」하고 묻자 소가 말을 하되,

「이틀 후면 이 마을에 5백 명의 산적 떼가 자정에 쳐들어 올 것이오. 그러니 동네 사람들을 타동네로 강아지 한 마리도 없이 피신시키고 집마다 문을 활짝 열어 불을 환하게 밝혀 놓고 주인만 남아 있다가 적이 쳐들어와서 주인을 찾거든 반가이 맞이하시오.」하고 말을 마친 소가 눕더니 죽어 버려 주인은 소의 행동이 하도 신기하여 동네 사람들을 모두 모아놓고 소에 대한 일장 연설을 하고 소의 말대로 다 시행하고 혼자서 그들을 맞이했다. 산적 떼들은 이 마을중 소의 주인집을 목표로 밤 자정이 되자 쳐들어오는데 오면서 보니 온 동네가 환하게 불이 밝혀져 있어 이상하게 생각돼 길을 멈추고 약삭빠른 염탐꾼 두 사람을 보내어 알아 보라 했다.

그런데 염탐꾼들이 아무리 다니며 알아봐도 알 수가 없었다. 백여채 정도의 촌마을에 강아지 한 마리도 없이 텅 빈집이고 장자집에는 불이 환하게 켜진 채 문을 활짝 열어 놓고 있었다. 장자집 안마당에는 찬란한 음식을 푸짐하게 차려 놓았는데 숯불 난로에서 부글부글 끓는 갈비찜 냄새가 코를 찔렀다. 염탐꾼들은 곧바로 돌아가 본 그대로 대장에게 고하였다.

대장은 이상하다고 생각하다가

「우리를 잡으려고 계획적으로 매복을 했다 할지라도 우리가 5백 명이나 되는데 못 당할쏘냐! 어쨌든 가보자!」하고 기세를 몰아 사면육갑을 요란히 잡히고 고함을 치며 달려갔다. 그런데 장자집 문전까지 가도록 아무 반응 없이 조용해서 큰 소리로 「주인 없느냐?」하고 외쳤다. 그러자 주인이라며 말을 타고 있는 대장 앞으로 와서

「어서 오십시오. 기다렸습니다.」하고 인사를 하는 것이다.

그 무서운 산적들의 대장이지만 놀라지 않을 수가 없었다. 대장은 주인에게 우리가 올 줄 어찌 알았느냐고 물었다. 주인은 황소가 한 말을 다 얘기했다.

「그래서 오시면 잡수시라고 안 마당에 준비해 놓았습니다.」

대장은 그 말을 듣고 나서 크게 반성심이 쳐 올라왔다.

'그 소는 남의 곡식을 세 알 먹은 대가로 소가 되어 3년 동안이나 농사를 지어주었는데 우리들은 창과 칼로 남의 재물을 수도 없이 강탈했으니 소가 되어도 몇 백 번은 되겠구나!'하고 생각하니 눈앞이 아찔하여 만 정이 뚝 떨어져 '다시는 안 하리라!'하고 부하들에게 큰 소리로 외쳤다.

「여러분, 이제 나는 이 자리에서 물러나서 깊은 유곡에 들어가 사죄하며 이제라도 늦었지만 도를 닦겠으니 여러분들은 군중에서 새로 대장을 선택하시오.」하며 칼을 던지니 5백 명 대중은 일시에 이구동성으로 「우리들도 대장을 따라 가겠습니다.」하며 동시에 기치창검을 던졌다.

그래서 대장은 크게 기뻐하며,

「여러분의 뜻이 그렇다면 그럽시다.」하고 산 속에 가서 화전을 이루어 농사를 지어먹으면서 발심 출가하여 용맹정진 수행을 하여 나한과(羅漢果)를 증득 5백 나한이 되었다고 한다.

그때 우바이 존자가 동쪽 바다에 던진 소가죽이 지금 우무(牛毛)가사리가 되었다고 한다.

「악한 사람도 마음을 돌이키면 선량한 사람이 될 수가 있고, 마음 가운데 나쁜 생각을 없애면 득도할 수도 있다는 게야. 그 5백 나한의 전신은 원숭이들이었어. 스님들이 수도하는 것을 흉내낸 공덕으로 인간이 되어 태어났지만 워낙 미물이라 화적떼가 되었다가 다시 크게 대오 각성하여 나한이 된 것이야.」

그리고 어머니는 나에게 그 때마다 거기에 대한 이야기 법문을 인정이 넘치는 언사로 자세하게 옛날 이야기처럼 하셨다.

옛날에 한 촌 마을 글방에 다니던 두 동무가 장성해 과거를 보러 갔다. 한 사람은 장원급제하여 벼슬을 하고 연년이 벼슬에 승승장구하여 좌의정까지 되었는데 다른 한 사람은 수차래 과거시험을 보았으나 번번이 낙방하였으니 처자식 생계가 너무 힘들었다. 죽기 직전이라 할 수 없어 친형제보다 더 다정하게 지내던 한양에 있는 친구를 찾아가니 그 친구가 반색을 하며 옛날과 다름없이 다정하게 반겨주며 후하게 대접해주며 머물러 있으라고 했다.

배불리, 편히 있긴 했지만 시골 처자가 굶어 죽을 생각을 하니 일각이 여삼추라 할 수 없이 염체불구하고 친구에게 사정을 하며 부탁을 하되 「작은 시골에 원이라도 좀 시켜주게」 한즉, 친구는 「그럼세, 어려울 것 없네. 내려가서 기다리게.」하며 노자를 주었다.

기쁜 맘으로 내려와 처자에게 이 기쁨을 말하고 친구의 소식을 기다리는데 하루, 이틀,…한 달, 두 달 무려 이삼 년이 지나도 무소식이었다.

112

그 동안 온 식구가 굶기를 죽 먹듯이 힘들게 살아도 양반이라 아랫것들과 같이 어울려 일을 할 수 없어 다시 한양 친구를 찾아가는데 꼬박 걸어서 천리 길을 가자면 세월이 가고 고생이 이만저만이 아니었다. 또 가서 친구를 만나도 친구는 전혀 부탁을 기억하지 못하고 「아 그래! 국사가 하도 바빠서 내가 자네 일을 까맣게 잊었구먼. 미안해. 이번에는 꼭 해줄게. 내려가서 기다리게」하여 또 내려와서 기다리고 한 것이 수 차례다 보니 세월은 수 십 년, 인명은 재천이라 그래도 죽지 않고 목숨을 부지한지라 생각다 못해 마지막으로 한 번만 더 가보자 하고 갔더니 친구는 전과 다름없이 반기며 똑같은 대답만 하였다. 할 수 없이 또 속아보자 하며 되돌아 집으로 가는데 전에 없던 웬 점쟁이가 길가에 앉아 점을 치는 것이다. 쉬어갈 겸 옆에 앉아서 여러 사람들 점치는 것을 보다가 나도 한 번 물어보자 하고 친구가 준 노자 돈을 주고 물어본즉, 그 점쟁이는

「당신은 지금 친구한테 수없이 속고만 다니며 세월을 낚은 게 그 친구의 허물이 아니라 당신이 전생에 말 빚을 지금 받는 것이니 친구를 원망하지 말고 지금이라도 어느 절에 가서 부처님께 잘못했다고 빌며 수만 배 절을 하시오. 그러면 굶어 죽지는 않게 조치를 해줄 것이오. 당신이 전생에 누구한테나 쉽게 대답을 해놓고 실천을 해 본 일이 없는지라 그래서 말 빚을 너무 많이 졌기 때문에 당신의 부탁은 누가 들어도 돌아서기 무섭게 잊어버려서 성사가 안돼는 것이오.」라고 말했다.

나는 어머니 스님에게 물었다.
「한암 스님이나 경봉 스님은 어떤 분들이세요?」
어머니 스님은 잠시 생각에 잠겼다가 이윽고 천천히 입을 열었다.

「한암 스님이 〈차라리 천년의 자취를 감추는 학이 될지언정(寧爲千年臟踪鶴), 백년 동안 교언하는 앵무새의 재주는 배우지 않으리라(不學百年巧言鶯).〉하는 말을 남기고 오대산 상원사로 들어가신 것은 1925년도였다고 한다. 그 이후 아직까지 산에서 한 번도 내려오시지 않은 분이야.」

해방 전, 미나미(南次郞) 총독은 조계종의 초대 종정이 된 한암 스님을 만나고자 총독부로 초청한 일이 있었다. 그러나 어떠한 일이 있어도 오대산 밖을 나가지 않겠다고 결심한 바있어, 만나고 싶으면 총독이 오대산으로 찾아오라 했다고 한다. 서슬 시퍼런 일제하에서 총독의 초청을 거절한다는 것은 보통 사람으로서는 상상도 할 수 없는 일이었다.

이렇게 되자 마나미 쪽에서 오히려 입장이 난처해졌다. 강제로 잡아오라고 할 수도 없고 총독이 직접 오대산을 찾아간다는 것도 체면상 용납되는 일이 아니었다. 궁여지책으로 정무총감 오오노(大野綠一郞)를 보냈다. 이때 법문을 청한 오오노에게 한암 스님은 〈심전개발(心田開發)〉이라는 네 글자만 백지 위에다가 써 주었다.

2차 대전이 막바지에 다다랐을 때 이께다(池田淸)라는 경무국장이 찾아와서 이번 전쟁에서 어느 나라가 이기겠느냐고 물은 적이 있었다. 일본군이 이긴다고 말을 하면 아첨하는 것이 될 것이고, 일본군이 진다고 하면 이께다의 노여움을 살 수 밖에 없는 긴장된 순간이었다. 이때 한암 스님은 태연히 말했다.

「덕이 있는 나라가 이기지요.」

어머니 스님이 나를 바라보며 말했다.

「한암 스님은 공양을 드린 대로 잡수시고 차다 덥다 질다 되다 짜다 싱겁다는 말씀이 없는 분이야. 절대로 몸에 명주 따위를 붙이시지 않았고, 대중들과 함께 항상 허리를 꼿꼿하게 펴고 앉아 참선을 하시지. 허리를 구부리지도 않고 종일 눕지도 않으시며, 발도 뻗지 않고 몸을 벽에 기대지도 않으셔. 그러니 여간한 결심이 없으면 한암 스님 회상에서 한 철을 나기가 힘들어.」

한암 스님의 오도송(悟道頌)에 얽힌 일화다.

착화주중안홀명　着火廚中眼忽明
후자고노수연청　後玆古路隨緣淸
약인문아서래의　若人問我西來意
암하천명불습성　岩下泉鳴不濕聲
부엌에서 불을 지피다가 홀연히 눈이 밝으니
이로 좇아 옛길이 인연 따라 맑네.
누가 와서 조사의 뜻이 무엇이냐고 묻는다면
바위 아래 울려대는 물소리는 젖지 않았더라 하리라.
　정운봉(雲峰) 스님이 이 오도송의 끝구절이 어떻게 조사의 뜻이 될 수 있느냐고 물어 왔다. 이에 한암 스님은 대답했다. 〈불시여의고(不是汝意故)이므로 시조사의(是祖師意)니라.〉 이것이 네 뜻이 아닌 고로 조사의 뜻이라는 말이다.
　스님은 수좌에게 말했다.
「참선 수좌도 어려울 때는 관세음보살을 염하도록 하라.」
　이 말을 들은 수좌가 물었다.
「스님이 삼매중에 들면 일체 재난이 침입하지 못한다고 했는데 구태여 밖으로 구할 필요가 있겠습니까?」

　스님은 말씀했다.

　「관세음보살을 부르는 자와 삼매에 든 자가 둘이 아니라 하나다. 둘이 아니지만 힘은 두 가지가 나타나리라. 관세음보살을 많이 부르다가 보면 이해할 때가 있을 것이다. 관세음보살의 오묘한 지력(智力)이 능히 세상의 괴로움에서 구한다고 했느니라.」

　어머니 스님이 말씀을 계속했다.

　「〈오대산〉하면 한암 스님을 연산하듯, 〈통도사〉 하면 경봉 스님이야. 경봉 스님은 통도사 극락암에서 크게 종풍을 떨쳤고, 두 분은 친교가 깊어 서로 편지를 주고받기도 했어요. 한암 스님이 십여 년 이상 연상일 거야.」

　나는 후일 경봉 스님을 직접 뵈올 기회가 여러 번 있었다. 이때만 해도 어머니 스님을 통해 듣는 큰스님들은 나와는 다른 먼 세계에 계시는 분들 같았다.

　어머니 스님으로부터 들은 이야기는 일일이 여기에 다 옮길 수 없을 만큼 많다. 나는 그 말씀들이 나의 종교적 세계를 구축하는 뼈와 살이 되었다고 생각한다. 어머니를 위해 절을 만들고 어머니를 모시고 살 수 있게 된 것을 나는 부처님의 은덕 가운데 하나로 여기며, 다시 한번 부처님께 감사를 드렸다.

전란의 소용돌이 속에서

1950년 6월 25일, 새벽 예불이 끝날 무렵이었다. 쾅쾅 하는 소리가 지축을 흔들며 여명에 쌓여 있는 성북동의 우리 절까지 들려왔다. 어머니 스님이 나에게 물었다.

「천둥이 치는 것도 아니고 이게 대체 무슨 소리냐?」

나도 모르기는 마찬가지였다.

「글쎄요」

지축을 흔드는 소리는 점점 가까워지고 있었다. 아무래도 풍문으로만 떠돌던 난리가 난 모양이라고 여겨져 나는 급히 라디오를 틀었다. 마침 라디오에서 이승만 대통령의 특별 담화문이 발표되고 있었다. 대통령의 목소리는 유난히 떨리게 들려 왔다.

그는 북괴군이 남침을 해왔다는 것을 알리고, 한국이 결코 허수아비가 아니기 때문에 도발해 온 북괴군을 단호히 무찌를 것이라는 말을 했다. 그리고 수도 서울이 그렇게 쉽게 함락되지 않을 것이니 국민들은 안심하라는 당부를 했다.

나는 가슴이 철렁 내려앉았다. 예상대로 전쟁이 터진 것이었다.

3·8선 이북에 자리잡은 북한 공산 집단이 동족의 가슴에 총을 쏘아 남침을 자행했다는 사실은 나를 비롯한 모든 사람들의 경악과 분노를 자아내게 하기에 충분한 것이었다. 그러나 대통령은 그 전쟁이 오래 가지 않을 거라고 했다. 나는 대통령의 말을 믿었기에 난리가 났다고는 하지만 적들이 쉽게 서울까지 쳐내려올 수 있으리라고는 여기지 않았다. 아무려면 군인들이 있는데 전선이 어이없이 함락되고, 수도방위 저지선이 쉽게 뚫리겠는가 싶었다. 정확한 상황을 모르니 아전인수격으로 생각했던 것이다.

전쟁이 나던 이날, 어머니 스님의 은사이신 원각 스님이 우리를 찾아오셨다. 원각 스님이 제일 먼저 내 생각이 너무 안일했다는 것을 일깨워 주었다. 어머니 스님이 반색을 했다.

「이 난리 통에 어떻게 여기를 찾아오셨어요, 스님?」

「다른 곳에 볼일이 있어서 가던 길인데 난리 때문에 갈 수 없게 되었어. 서울 올라온 김에 여기로 찾아온 거예요. 지금 거리에는 피난민들로 인산인해를 이루고 있는데 자네들은 피난 안 가는 거야?」

어머니 스님이 물었다.

「피난을 가야 할까요?」

「천하 태평이군. 인민군들이 쳐들어오면 살아 남을 수 있을 것 같애? 사태가 아무래도 심상치 않아요.」

이때 성라암에는 어머니 스님과 상좌 두 분, 보살 두 명, 그리고 내가 함께 살고 있었다. 원각 스님의 말을 듣고 보니 그냥 절에 남아 있어서만은 안 될 것 같다는 판단이 비로소 들었다. 서둘러 보따리를 싸고, 피난길에 먹을 밥을 만들어 자루에 가득 담았다.

우리는 그런 것들을 챙겨서 피난을 가기 위해 뒷산으로 올라갔다. 삼선교나 혜화동 쪽으로 가기보다 성 위로 올라가 보면 서울 시

내가 한눈에 내려다보이기에, 거기서 갈피를 잡은 다음 진로를 정할 요량이었다.

우리가 다섯 명의 국군 패잔병을 만난 것은 도성(都城)을 감싸고 있는 성곽 밑에서였다. 패잔병 중의 한 명이 우리에게 물었다.

「어디로 가시려는 겁니까?」

내가 대답했다.

「남쪽으로 가야 살 길이 있을 것 같아서…….」

「소용없는 일입니다. 이미 한강 다리가 끊겼어요.」

우리는 상태가 급격하게 악화되고 있다는 것을 확연하게 알 수 있었다. 나는 불안감을 애써 진정시키며 말했다.

「이 대통령의 말로는 서울을 반드시 사수할 것이라고 했는데요?」

「대통령은 벌써 오래 전에 서울을 떠났어요. 자기는 떠나면서 국민들은 안심하고 남아 있으라니, 남아 있다가 죽어도 좋다는 말 아니고 무엇입니까?」

난감한 일이 아닐 수 없었다. 그들의 찢어지고 피 묻은 군복이, 상황이 절박하다는 것을 어떤 말보다 확실하게 보여 주고 있었다. 그들은 굶주려 있었다. 우리는 기왕에 피난을 못 갈 바에야 밥자루를 그들에게 주는 것이 좋겠다고 생각했다. 국군들은 우리가 주는 주먹밥을 소금에 찍어 단숨에 먹어 치웠다.

우리는 성북동의 절을 출발해서 겨우 뒷산 성곽까지 올라갔다가 다시 성라암으로 돌아올 수밖에 없었다. 우리는 절로 돌아와 법당에 모두 함께 모여 앉아 관세음보살을 외고 있었다.

밤이 되었다. 불도 못 켜고 어둠 속에서 관세음보살을 외는데, 미아리 쪽에서 쏜 대포 두 개가 법당 뒷산에 와서 터지며 천지 개벽하는 굉음을 토해 놓았다. 유리창이 벼락치는 소리를 내며 깨졌다. 우리는 혼비백산하여 엎드렸다.

나는 일순간 기절을 했다가 의식이 돌아오자 귀를 살그머니 당겨 보았다. 아픔이 느껴졌다. 나는 속으로 나만 살았는가 여겼다. 그런데 옆에서 아이구 소리가 들려왔다. 저쪽에서도 아이구 소리를 했다. 우리 식구들 중에 죽은 사람은 없다는 것이 곧 밝혀졌다.

공포의 밤이 지나가자 서울은 완전히 인공(人共) 천지가 되었다. 관공서마다 인공기(人共旗)가 게양되었다. 인민군들은 주민들을 불러내어 인구 동태를 파악하고, 노력 봉사에 동원시키기 시작했다.

서울이 인공 천지가 되고 보니 바로 이웃해 살던 사람 중에 빨갱이가 있었다는 것이 밝혀졌다. 이웃집에 어느 대학의 교수로 나가던 사람이 있었다. 그 부인은 아주 얌전한 사람이었다. 나는 그 부인에게 속마음을 내보인답시고 말했다.

「세상이 바꿔니까 사람을 오라 가라 해대니 귀찮아서 못 살겠네.」

교수 부인은 눈을 치뜨며 말했다.

「그런 말씀 마세요. 다 인민을 위해 그러는 건데 그만한 고생도 못 해요?」

그 말을 듣는 순간 가슴이 철렁했다. 학식 높게 생각했던 교수와 얌전하기로 소문이 나 있던 사모님까지 부부가 모두 공산주의자들이었을 줄이야 누가 알았겠는가. 그들은 아마도 일본 유학 시절에 공산당에 가입을 한 것 같았다. 나는 재빨리 말을 받았다.

「허긴 그래요 살기 좋은 세상이 된다는데 참아야지요.」

마음에도 없는 소리를 하는 내 가슴은 두근반 세근반 울렁거렸다. 나는 인공 치하를 벗어나지 않으면 죽을지도 모른다는 생각을 했다. 어떻게 하든 남쪽으로 피난을 가고 싶었다.

궁한즉 통한다고 했던가 성라암에서 얼마 떨어지지 않은 이웃집

120

에 아들 딸 남매를 데리고 혼자 사는 여자가 세 들어 있었다. 그 여
자도 일본 유학까지 했다는 인텔리였다. 6·25 발발 두 달 전인가
밤중에 모 기관에서 나온 사람들이 그 부인과 아들을 잡아갔다. 딸
은 너무 어려서 두고 갔는데 그 딸이 어찌나 울어대는지 동네가 떠
나가는 것 같았다. 사람들은 그녀의 남편이 지하공작을 하다가 체
포되어 형무소에 감금된 공산당원이라며 수군대고는 했다. 그래서
모자를 잡아다가 조사를 한다는 것이었다.

혼자 남겨진 어린 딸은 쉽게 울음을 그치지 않고 애처롭게 울어
댔지만 이웃 사람들은 모르는 척 아무도 도와주지 않았다. 나는 도
저히 외면할 수가 없었다. 부모가 공산당을 했으면 했지 어린 자식
이 무슨 죄가 있겠나 싶었다.

나는 울음을 그치지 않는 아이를 찾아가서 나를 따라 절로 가면
내가 잘 돌보아 주겠다고 말했다. 아이는 낯이 설어서인지 내 말을
듣지 않았다. 나는 집주인에게 쌀을 갖다 주며 아이의 밥을 해주도
록 하는 한편, 불공드릴 때 쓰던 과자며, 떡 과일 등도 듬뿍 싸다주
었다.

기관에 잡혀갔던 그 부인은 갖은 고문을 다 당한 끝에 풀려 나왔
다. 온 몸은 구렁이 기어가는 것 같은 고문의 상처로 얼룩져 있었
다. 남편 잘못 만나 모진 고초를 겪는 부인이 안돼 보여서 나는 그
뒤에도 그들을 도와주었다. 쌀을 갖다 주면 여자는 황송해하며 말
했다.

「저 없는 사이에 우리 딸도 그렇게 잘 돌보아 주었다면서 이렇게
또……. 이 은혜를 갚을 날이 있을라는가 모르겠어요.」

나는 그녀를 위로했다.

「은혜 받자고 하는 일은 아니에요. 부처님은 자비를 베풀라고 했

어요. 부처님 말씀을 실천에 옮기는 것뿐이니까 달리 부담은 느끼지
마시우. 애기 엄마, 그저 용기 잃지 말고 아이들이나 잘 기르세요.」

그리고 얼마 후에 6·25가 난 것이었다. 인민군들이 들어오고 보
니 그 여자의 남편이 동네 위원장이 되어 나타났다. 나는 위원장 부
인을 통해서 출입증을 하나 만들 수 있지 않을까 하는 기대감을 가
지고 그녀를 찾아갔다.

「애기 엄마, 우리 절에 쌀이 떨어졌어요. 난리 통이라 찾아오는
신도들도 없고……. 이러다가는 모두 굶어 죽겠어요. 내가 남쪽에
가서 식량을 좀 구해 와야겠는데 출입증 좀 만들어 줄 수 없을까?」

그녀는 내가 베풀어주었던 우의를 저버리지 않았다.

「그게 뭐 어려워요? 염려 마세요.」

그녀는 나를 자기 남편이 있는 동사무실로 데리고 갔다. 그리고 그
동안의 경위를 남편에게 설명했다. 그녀의 남편은 나를 치하했다.

「여성 동무의 은혜가 컸구려 출입증을 만들어 드리죠.」

그는 손수 도장을 쿡쿡 눌러 찍어 인공치하에서 탈출할 수 있는 출
입증을 만들어 주었다. 이 또한 부처님의 은공이 아니었겠는가. 어머
니 스님을 두고 가는 것이 가장 걸렸다. 그러나 어머니는 말했다.

「내 걱정은 마라. 아무리 공산당이라고 해도 다 늙은 나야 어쩌겠
느냐. 젊은 너는 난을 피해야 하니까 걱정 말고 떠나거라.」

살아서 다시 만날지 기약이 없었다. 그러나 다시 못 만나게 되리
라고는 여기지 않았다. 난리가 평정되면 어머니와 상봉할 수 있게
되리라 굳게 믿으며 떨어지지 않는 발길을 돌려 광나루 쪽으로 갔
다. 출입증을 내보이자 인민군들은 제재 없이 나를 통과시켰다. 나
는 나룻배를 타고 강을 건너 거기서부터 걸어가기 시작했다.

십리도 채 가지 못해 내 발은 부르텄다. 만들어 온 인절미로 간신

히 요기를 하며 이를 앙시물고 앞으로 걸어갔다. 도로변의 어느 집이나 피난민들로 들끓었다. 밤이 되면 그 속에 끼여들어 새우잠을 자거나 추녀 밑에서 이슬을 피하고는 했다. 서울을 떠난 지 열흘 만인가. 마침내 용인에 닿았다. 마침 그곳에 내가 아는 사람이 한 명 있었다. 나는 더 남쪽으로 내려갈 기력이 없었다. 발등이 소복하게 부어 걸을 수가 없었다. 그래서 그의 집에 몸을 의탁했다.

용인에도 인민군들이 진주해 있었다. 여기 가나 저기 서나 공산주의자들을 피할 수 없는 것이라면 구태여 왜 피난을 떠났느냐고 말하는 사람이 있을지도 모르겠다. 피난민들 중엔 물론 공산당을 피해 떠난 사람도 있지만, 자기 신분을 잘 알고 있는 한 동네 사람들의 눈을 피해 타지로 옮겨 다닌 것이었다. 마을에 있다가는 사정을 잘 아는 이웃에 의해 지주나 반동계급으로 몰려 숙청 당하기 일쑤였다.

그렇다고 피난지가 꼭 안전한 것만도 아니었다. 나는 용인에서 위기를 맞은 일이 있었다. 믿었던 그 집의 아들이 내가 피난민이라고 고발한 것이었다. 나는 그곳 위원회로 연행되었다. 위원장이 나를 취조했다.

「서울서 피난을 나왔다는데……」

섣불리 거짓말을 했다가는 오히려 화를 자초하게 될 것 같았다. 그래서 정면 승부를 걸기로 작정했다.

「그렇습니다.」

「왜 피난을 나왔오, 동무?」

「피난 나온 사람이 어디 나쁩니까?」

「동무는 반동 계급이지요?」

「나도 이북에서 당신네들이 나와야 잘 사는 세상이 되리라고 믿었던 사람이에요 그렇게 믿은 사람을 반동이라고 부른다면 나는 반동이군요.」

위원장은 나를 노려보았다. 나는 태연히 계속 했다.

「그러나 당신들이 서울에 들어오자 먹고 살 식량이 떨어졌어요. 식량을 구하려고 나왔다가 여기까지 온 겁니다.」

「…….」

「나는 반동인지는 모르지만 죄는 없어요. 당신네들은 인민 없이 당신네들끼리만 살아요? 죄 없는 인민더러 오라 가라 하니 이러고 도 잘되겠어요?」

당당하게 따지는 내 말에 위원장은 주춤했다. 이때 공습을 알리 는 사이렌 소리가 들려왔다. 위원장은 취조를 중단하고 재빨리 책 상 밑으로 몸을 날렸다. 그는 가만히 있는 나를 보다가 말했다.

「동무도 이리 들어오시오 거기 있다가 죽을지도 모르오.」

폭격을 맞는다면 책상 밑이라고 해서 무사할 것인가. 위험하기는 그곳이나 밖이나 마찬가지였다.

「나는 여기 있기보다 용무가 끝났다면 돌아가고 싶어요.」

위급한 상황에 밖으로 나가겠다니 어디 가려면 가보라는 태도를 보였다. 나는 태연히 걸어서 밖으로 나왔다. 비행기는 폭격을 하지 는 않고 마을을 빙 돌아 남쪽으로 날아갔다. 이때 공습경보가 울리 지 않았다면 나는 오랜 기간 동안 심문을 받다가 무슨 꼬투리인가를 잡혀 인민재판에 회부되었을지도 모르는 일이었다.

나는 이래 죽으나 저래 죽으나 마찬가지라는 생각이 들자 대담하 게 나가기로 완전히 바꾸었다. 우선, 부르주아로 보이지 않기 위해 장사를 하기로 했다. 금반지를 빼주고 채 익지 않은 감을 사다 침을 담가서 광주리에 넣어 머리에 이고 거리로 나섰다. 몽당치마를 빌 려 입으니 영락없이 행색이 초라한 광주리 장수 아낙네가 되었다.

나는 그 길로 위원장을 찾아갔다.

「뭐요, 동무?」

「감을 침을 담갔더니 맛이 괜찮습니다. 좀 팔아 주세요.」

위원장은 어이없다는 표정을 지었다.

「안 사요!」

「좀 도와주세요!」

「동무, 내가 지금 감 같은 걸 살 입장인 줄 아시오?」

나는 넉살 좋게 말했다.

「아따, 그럼 수고하시는데 거저라도 몇 개 입맛 좀 다시구려.」

위원장은 내 말에 비실비실 웃음을 터뜨렸다. 피하지 않고 이런 식으로 나오니까 그들은 오히려 나에 대한 의심을 털어 버렸다.

나는 용인에서 그렇게 악전고투를 하다가 서울 수복 직후에 상경했다. 부리나케 성라암으로 달려가 보니 절에는 어머니 스님이 혼자 있었다. 나는 어머니와 살아서 다시 만나게 된 것이 무엇보다 기뻤다. 우리 모녀는 부둥켜안고 눈물을 흘렸다. 어머니의 은사 스님은 국군이 입성하면서 당신의 암자가 있는 충청도 계룡산으로 돌아갔고, 두 명의 상좌를 비롯해 다른 사람들도 다 어디론가 갔다고 했다. 재회의 감격을 나누고 나자 어머니 스님이 말했다.

「애, 네가 떠나고 바로 인민군들이 절에 들어와서 부처님 탱화를 찢어 내고 여기다가 병원을 차린다고 하지 뭐겠니. 그런데 나에게 그런 말을 하던 인민군 장교가 갑자기 배탈이 난 듯 허리를 구부리더니 나뒹구는 거야, 급히 인민군들이 업어서 옮겨가는데 겨우 도량을 벗어나 요 아래 폭포 옆을 지나갈 때 그가 죽었다는구나, 글쎄. 신장님이 노해서 벌을 내리신 거야.」

기적은 그뿐이 아니었다. 대포가 우리 절 바로 앞마당에 두 개나 떨어졌지만 하나도 터지지 않아서 도량은 폭격의 피해를 전혀 입지 않았다. 그러니 탱화가 찢어진 정도의 피해가 전부였다. 어찌 부처님이 지켜준 것이 아니라고 할 수 있겠는가.

북쪽으로 밀려갔던 인민군들의 반격이 시작되자 나는 일찌감치 이번에는 해방 전에 살았던 풍기의 금계동으로 트럭을 타고 피난을 가 버렸다. 거기서 나는 종전이 될 때까지 살았다. 내가 풍기에 있을 때 나의 아버지께서 세상을 뜨셨다는 소식을 들었다. 아버지는 약대의 언니네 집에 가 계시다가 세상을 뜨신 것이었다.

부모상을 당했어도 장례 모시는 데 참여하지 못했으니, 어찌 불효를 저지른 것이 아니겠는가. 나는 전쟁을 저주하며 피난지 풍기에서 머리를 풀고 곡을 했다. 하늘과 땅으로 헤어지면서 작별 인사도 제대로 드리지 못한 부친의 명복을 빌 뿐이다.

전쟁이 끝나 서울로 돌아올 때 풍기에서 쌀과 보리쌀, 조 팥 따위들의 곡식을 많이 가지고 왔다. 전쟁 중에 식량이 다 떨어졌으리라고 여긴 때문이었다. 과연 성라암에 도착해 보니 숟가락 몽당이 하나 남기지 않았을 정도로 몽땅 쓸어가 버렸다. 그런 중에도 어머니 스님이 무사한 것이 천만 다행이었다.

내가 풍기에서 가져온 식량들은 곧 필요가 없어졌다.

전쟁은 많은 사람들의 목숨을 앗아갔다. 신도의 가족들 중에서 유명을 달리한 사람들도 많았고, 이웃에도 피해자는 많았다. 하루에도 몇 명씩 재를 올리러 절을 찾아왔다. 불전이 많이 들어올 수밖에 없었다. 이 때 우리 절 앞쪽에 있던 8백여 평의 앵두밭이 매물로 나왔다. 나는 재를 올려 들어온 불전으로 그 땅을 사들였다. 역시 부처님이 허락해 주신 땅이라고 생각한다. 그 땅이 오늘날과 같이 큰 규모의 성라암을 중건(重建)하는 데 결정적인 공헌을 했다.

126

6·25는 우리에게 형언할 수 없이 참혹한 피해를 남겼다. 남북으로 가족이 이산이 되는 아픔을 낳기도 했고, 사랑하는 사람을 잃은 수효가 또 얼마이겠는가. 재산을 폭격에 날려 버리고 거리로 나앉게 된 사람도 많았다. 그러나 부처님의 도량이었던 우리 절에는 소소한 피해가 좀 있기는 했지만 거의 화를 입지 않았다. 거기다가 도량을 넓힐 수 있는 토지까지 허락해 주셨다. 부처님께 감읍할 따름이다.

이 무렵 성라암에 새 식구가 몇 명 늘었다. 우선 법경 스님이 우리 절에 부전(불당을 맡아 돌보는 스님)으로 들어왔다. 그의 나이 겨우 열 여섯이었지만 행자 과정을 마쳐 부전으로서의 역할을 훌륭히 해냈다. 다음으로 두 명의 보살들이 함께 살며 공양과 절 살림을 살아 주었다. 그중 광재행 보살이라는 분은 전쟁 중에 가족을 모두 잃은 분이었다.

호법선신을 위하여

절에는 반드시 신장들이 있다. 신장들은 도량을 지켜준다. 그들을 홀대하면 꼭 심술을 한번씩 부린다는 것을 나는 여러 번 체험했다. 또한 그들을 지성껏 위하면 그만한 은덕을 입게 되는 것이다. 우리 절이 6·25 전란의 피해를 전혀 입지 않았다는 점만 보아도 호법선신(護法善神)들이 절을 지킨다는 사실은 증명이 된다.

성라암에 와서 잠을 자 본 사람 중에는 가끔 간밤에 왜 그렇게 밖이 소란했느냐고 묻는 사람이 있다. 산중의 절에 시끄러울 일이 무에 있었겠는가. 신장들이 돌아다니는 소리를 들은 것이 분명했다. 어떨 때는 사람의 이름을 부르기도 하고, 저벅저벅 도량을 돌아다니는 소리가 들려오기도 한다. 그러기에 불자들은 도량에 가면 침을 함부로 뱉어서도 안 되고, 좋은 생각으로 찾아왔으면 신장들의 보호를 받아서 심중 소구소망(所求所望)을 성취할 수 있도록 정성을 잘 드려야 한다.

대개의 불자들은 부처님이 계시는 도량에 들면 경건한 마음을 가지고 합장을 한다. 그러나 불자도 아닌 사람이 불자로 위장하여 도

128

량에 들었을 때 그들에게는 경건한 마음도 경배심도 없다. 방약무
도한 짓을 서슴없이 행하는 자들도 있다. 도량을 함부로 유린하는
상식 없는 행동을 대할 때면 분노가 치밀지 않을 수가 없다.

6·25 직후의 일이다. 자기 남편이 국회의원에 출마했다가 낙선
했다는 한 부인이 찾아와 정신 수양을 하고 싶으니 방 하나를 빌려
달라고 청해 왔다. 도량 내에서는 고기 음식을 먹지 못한다는 단서
를 붙여서 마침 비어 있던 방 하나를 내주었다. 그러나 이 여자는
애초의 약속을 어기고 고기를 넣은 요리를 해먹기 시작했다. 도량
을 자기네 살림집과 다름없이 여긴 것이었다. 어머니 스님이 요리
를 하고 있은 그 여자를 찾아가서 말했다.

「절에서는 고기를 먹을 수 없다고 말씀드렸을 텐데요?」

여자는 딱 잡아뗐었다.

「고기는 안 먹습니다.」

냄비에서는 찌개가 부글부글 끓고 있었다. 코가 고장나지 않은 사
람이면 그것이 고기찌개라는 것을 모를 리가 없었다. 냄새가 진동을
하고 있기 때문이었다. 어머니 스님은 냄비 뚜껑을 열어 보았다.

「이래도 아니라고 할 수 있겠소?」

그러자 여자는 화를 벌컥 냈다.

「왜 마음대로 남의 찌개 그릇을 열어 보는 겁니까?」

여자의 서슬이 시퍼렇다. 상황을 모르는 사람이 이 장면만 목격
했다면 어머니 스님이 마치 큰 잘못을 저질렀고 그 여자는 아무 잘
못을 하지 않은 것으로 오인할 수 있을 거 같았다. 이 때 내가 끼여
들었다.

「절에서는 고기를 못 먹는다고 미리 말씀드렸는데, 잘못을 한 주제
에 속인도 아닌 스님을 지금 어디서 눈을 치뜨고 몰아세우는 거예요!」

적반하장도 유분수요, 굴러온 돌이 박혀 있는 돌을 친다더니, 어디서 흘러 들어와 얹혀 사는 주제에 안하무인격이었다. 나는 그런 꼴을 더 볼 수가 없었다. 당장 방을 비우라고 하자 그 여자는 며칠 간의 말미를 달라고 사정했다.

우리 절에 강도가 든 것은 그 일이 있는 이튿날이었다. 이상한 기척에 눈을 떠보니 복면 강도가 내 얼굴에 손전등을 비추고 있었다. 나는 벌떡 일어났다. 강도는 나를 위협했다.

「돈 가져와!」

「절에 무슨 돈이 있어요?」

강도가 다락을 가리켰다.

「저기 돈이 있는 줄 다 알고 왔어.」

사실 그 당시 재가 많이 들어와서 절에는 돈이 좀 있었다. 일일이 은행에 갔다 올 시간이 없어서 돈을 다락의 궤짝에 넣어 두었는데, 그런 내부 사정을 강도가 알고 있다는 것이 이상했다. 강도는 다락으로 올라가서 돈을 탈취해 유유히 사라졌다.

강도가 모습을 감춘 직후였다. 밖에서 인기척이 들려 문을 열어보니 산발한 모습의 여자가 서 있었다. 머리칼이 이마 위에 아무렇게나 흘러 내려와 있고, 얼굴에는 새하얀 분칠을 했으며, 입술에 진한 핏빛 루주를 바르고 있는 여자는 사람이라기보다 귀신을 연상시켰다.

나는 강도를 당한 뒤끝에 여자 귀신이 출몰하여 그야말로 혼비백산 자지러지게 놀랐다. 귀신은 천천히 방안으로 들어왔다. 뒤로 물러나며 귀신을 자세히 살펴보니 귀신이 아니라 문제의 낙선 국회의원 사모님이었다. 기실 그녀의 남편이 말대로 국회의원 선거에 출마한 일이 있는지도 의심스럽지만⋯⋯.

나는 여자를 알아보자 소리를 질렀다.

「이게 무슨 짓이에요?」

「무슨 짓이냐니오? 강도가 내가 자고 있던 방에도 들어왔었어요. 걱정이 돼서 달려왔죠!」

「일부러 귀신처럼 꾸미고 나타나서 사람을 놀라게 하는 저의가 뭐예요?」

「어머, 내 모습이 귀신같아요? 강도가 들어 얼마나 놀랐던지 귀신 꼴인지도 모르고 찾아왔어요. 경찰에 신고는 했어요?」

「아직 안 했는데 신고하려던 중이었어요.」

그러자 여자가 이해할 수 없는 말을 했다.

「신고하지 마세요 신고해 봤자 범인 잡기는 힘들고 오라 가라 귀찮기만 할거예요.」

그 여자의 말을 듣자 강도가 바로 이 여자와 한 패거리가 아닐까 하는 생각이 들었다. 여자는 내부 사정을 염탐하기 위해 정양을 가장하여 절 방을 빌려 머물고 있었던 것 같았다. 해괴한 모습으로 나타나 우리를 놀라게 한 것도 의심이 가는 일이었다. 나는 망설이지 않고 경찰에 신고를 했다.

수사를 맡은 형사는 이것저것 물어 본 다음 여자의 방으로 가서 여자로부터 강도가 든 경위에 대한 설명을 들었다. 그리고 다시 나에게로 와서는 여자가 들어 있는 방 쪽을 가리키며 말했다.

「저 방에 살고 있는 여자에게 당장 방을 비우라고 했다면서요?」

「그런데요?」

「이 넓은 집에 살면서, 더욱이 자비를 베풀라는 부처님 도량에서 그렇게 매정하게 사람을 내쫓으려 해도 되는 겁니까?」

이건 또 무슨 홍두깨 내미는 소리란 말인가?

나는 형사에게 말했다.

「지금 강도 사건을 수사하러 온 겁니까, 여자 편을 들려고 온 겁니까? 자세한 내막도 모르면서 남의 일에 간섭할 것이 아니라 강도 잡는 게 당신이 할 일이니 당신 일이나 해요!」

그러자 형사는 더욱 이해할 수 없는 말을 했다.

「우리를 건드려서 좋을 게 없을 텐데요?」

형사는 완전히 시비조로 나왔다. 그 여자는 어느새 형사까지 매수를 한 것 같았다. 미인계를 쓴 것일까? 어쩌면 처음부터 다 한통속이었는지도 모른다. 여자 하나가 절에 들어오더니 별 요망한 일이 다 발생하고 있는 것이다. 도저히 그대로 지나칠 일이 아니었다. 대명천지에 이런 횡포가 존재할 수 있다는 것이 놀라웠다. 결과만 얘기하면, 나는 이때 이들을 모두 의법조처 시켰다.

도량은 부처님을 모신 곳이고, 스님들의 수도정진처요, 상구보리(上求菩提) 하화중생(下化衆生), 즉 위로는 지혜를 구하고 아래로는 중생을 제도함을 지향하는 요람이다. 부처님은 중생제도와 대자비심을 발할 것을 역설하셨다. 스님들은 언제 어느 때나 자비를 베푸는 일에 인색하지 않지만 이재(理財)에 밝지 못한 편이다. 이 점을 악용하려 하는 사람을 마주하게 되면 하화중생의 길이 참으로 멀다는 생각을 하게 될 때가 있다.

일부 그런 사람도 있지만 대개의 신심 깊은 불자들은 도량에 들면 경건한 마음을 가지고 부처님께 불공을 드리며 신장들에 대해서도 심중 소구소원을 빌고 있는 줄 안다.

신장들이 절을 지켜 준다는 것을 나는 믿는다. 전쟁 중에 우리 절이 화를 입지 않았다는 사실만 보아도 그것은 입증이 될 것이다. 훨씬 뒤에 내가 출가를 했을 때의 일이지만, 꿈과 신장에 얽힌 이야기가 있기에 아주 이곳에서 소개를 하겠다.

우리 신도 중에 관음행 보살이라는 분이, 하루는 무명옷에 짚신을 신고 장죽을 입에 문 웬 할아버지를 꿈에 보게 되었다고 한다. 할아버지는 벼락같이 소리를 질러댔다.

「해도해도 너무 하는군. 나를 이렇게 괄세할 수가 있는가!」

관음행 보살이 나를 찾아와서 그 꿈 이야기를 해주며, 꿈에 만난 할아버지가 누군지 모르겠다는 말을 했다. 나는 그 이야기를 듣고 생각에 잠겼다.

무명옷에 짚신을 신고 장죽을 입에 물고 있었다면……. 그 할아버지는 내가 성라암을 구입하기 전날 밤에 꿈에서 만났던 할아버지임에 틀림이 없었다. 샘물을 지키던 분이니 용궁 할아버지가 아니겠는가.

나는 용궁 할아버지로부터 표주박을 얻어 물을 마시는 은혜를 입었다. 그런데도 도량을 세운 이래 그를 위해 한 번도 정성을 들인 일이 없으니, 신도의 꿈에 나타나 해도 해도 너무 한다고 화를 낸 것이다.

「틀림없이 용궁 할아버지야. 우리 절에는 용궁 할아버지가 같이 살고 계시는데 그를 위해 한 번도 지성을 드리지 않으니까 참다 참다가 화를 낸 것 같아.」

「아이구, 그러면 제가 용궁 할아버지를 받들게요.」

보살이 과일을 사 오겠다고 말했다. 세 개의 떡시루를 앉혔다. 그 중에서 두 개는 용궁 할아버지에게 바치고 하나는 산신각에 올리기로 했다.

떡이 만들어져서 옮길 때의 일이다. 두 시루는 무사히 약수터까지 운반을 했는데, 마지막 남은 하나를 산신각으로 옮기려고 들어

올리자 시루 밑 구멍이 폭 빠지며 떡이 쏟아져 내렸다. 사람들은 정성이 부족해서 이런 일이 생긴 줄 알고 사색이 되었다.

그러나 나는 정성이 부족해서가 아니라 용궁 할아버지가 나머지하나도 산신각으로 가져가지 말고 자기에게 갖다 바치라고 심술을부렸다는 것을 알았다.

나는 태연히 말했다.

「떡을 쟁반에 옮겨 담아요. 그리고 그것도 용궁 할아버지에게 갖다 올리세요.」

용궁 할아버지에게 지성을 드리고 나자 관음행 보살에게 당장에보답이 뒤따랐다. 관음행 보살은 당시 집이 없었다. 그런데 관악구어디엔가의 아파트에 살고 있던 사람이 외국으로 나가게 되면서 집만 봐 달라는 조건으로 그 아파트에 들어와 살 사람을 구했다. 그곳에 말이 되어 관음행 보살네는 관악의 아파트로 이사를 할 수 있게되었다.

외국에 나갔던 집주인들은 3년 만에 귀국했다. 3년 동안 돈을 모은 관음행 보살네는 아파트를 내줄 때쯤 집을 장만할 수 있게 되었다. 어찌 용궁 할아버지가 보살펴 주지 않았다고 할 수 있겠는가.

그런 일이 있고부터 우리 절 신도들 열 명이 용궁 클럽을 조직하여 매년 용궁 할아버지를 위해 정성을 들여 주고 있다. 절 재산을넘보거나 절을 지키는 신장들을 홀대하면 재난이 뒤따른다는 것을나는 체험을 통해 알게 되었다. 반대로 보시를 하거나 지성을 드리면 반드시 은혜를 받게 된다.

빈녀일등(貧女一燈)의 정성으로

내가 절 앞의 땅을 샀을 때 한 청부업자가 찾아와서 은행의 융자를 받아 집을 짓지 않겠느냐는 제안을 해 왔다. 요사채를 증설할 필요도 있었고, 집을 지었다가 팔아도 많은 이문이 남을 것 같아 나는 그 말을 솔깃하게 들었다. 그러나 어머니 스님은 반대를 했다.

「집을 장만한다지만 뚝배기 장만하는 격이야.」

잘못하다가는 깨지기 십상이어서 땅만 잃고 말 것이라는 말씀이었다. 나는 어머니 스님의 의견에 동의할 수가 없었다. 집이 결코 뚝배기일 수는 없다고 생각했던 것이다. 주택은행으로부터 융자를 받아 다섯 채의 양옥을 짓기 시작했다.

이 무렵, 나의 유일한 형제인 무순 언니는 그때까지도 처음에 시집을 갔던 약대에 살고 있었다. 언니는 성라암으로 어머니나 나를 만나기 위해 올 때면 약대에서 성북동까지 걸어왔다. 여비로 쓸 돈이 없을 정도로 가난했기 때문이었다. 당시 백 원이면 여비로 충분했다. 절에 왔다가 돌아갈 때 언니가 약대까지 또 걸어갈 것이 안쓰러워 내가 여비를 주려고 하면 어머니 스님은 펄쩍 뛰었다.

어머니 스님은 먼저 언니에게 말했다.

「절에 올 때는 불전을 한푼이라도 가져와야 하는 법이다. 가난해서 그렇게 하지 못했다면 그것은 할 수 없지만 남들이 가져온 불전을 사사로이 쓰기 위해 얻어 갈 수는 없는 일이다.」

그런 다음 나를 보았다.

「부처님 돈을 사사로이 쓰게 하는 것은 자손 대대로 뼈가난이 들라고 저주하는 것이나 마찬가지야.」

어머니는 우리가 부처님 심부름을 하는 관리인이라고 말했다. 회사에서 돈을 관리하는 사람이 돈을 유용해서는 안 되듯, 부처님 관리인도 단 한푼이라도 유용해서는 안 된다는 것을 강조했다.

인천의 약대에서 서울의 성북동까지 올 여비가 없을 정도니 언니의 가난은 일일 필설로 헤아리기 어려울 정도였다. 돈은 그만두고라도 절에는 불공을 드리기 위해 가져온 쌀이 많았기에 그것을 좀 나눠주고 싶은 것이 솔직한 내 마음이었다. 그 역시 어머니 스님은 엄격히 통제했다.

「네가 언니를 생각하는 마음은 고맙지만 사람들의 무수한 소원이 들어 있는 쌀을 얻어다가 먹으면 자손 대대로 가난하게 살게 돼. 도와주는 것이 아니라 장래를 아주 망쳐 놓는 길이니 행여 나 몰래 쌀을 퍼 주어서는 안 된다.」

옆에서 그런 말을 듣고 있는 언니의 얼굴이 참담하게 일그러지고는 했다. 동기간이 많은 것도 아니요, 단 자매뿐인데, 혈육이라고 찾아왔다가 도움을 받기는커녕 굴욕적인 말만 듣게 되니 기분이 좋을 리가 없었을 것이다. 언니는 너무 힘들고 어려워서 찾아왔다가 번번이 눈물만 쏟고 돌아가고는 했다. 돌아가는 언니에게 어머니 스님은 못을 박듯 한 말씀 덧붙였다.

136

「부처님 돈은 양잿물보다 더 독한 줄만 알아라. 너는 죽어도 좋으니 양잿물을 달라고 할지 모르지만, 나는 내 딸에게 양잿물을 먹일 수는 없다.」

언니는 딸을 열한 명 낳았다가 여섯 명을 살렸고, 아들은 두 명 생산했다가 한 명밖에 건지지 못했다. 딸 여섯에 아들 하나, 모두 일곱 명의 자식을 길렀다. 딸들이야 언감생심 상급학교 진학은 꿈도 꾸어 볼 수 없었지만 외아들 하나만은 어떻게 하든 가르쳐야 하는데 그도 여의치 않았던 것이 솔직한 언니의 형편이었다. 나에게 조카가 되는 언니의 외아들 이름은 종원이었다.

종원은 중고등학교를 우수한 성적으로 졸업한 수재였다. 그는 6 · 25 전쟁 중에 부산으로 옮겨가 있던 고려대학교에 응시했다. 언니는 종원이 대학 시험을 치르던 무렵, 차라리 똑 떨어졌으면 하고 빌었다고 한다. 합격을 하고 나면 뒷돈 대줄 일이 난감했기 때문이었다. 하나밖에 없는 아들을 가르치고 싶으면서도 한편으로 떨어지기를 바라야 했을 정도니 언니의 한이 얼마나 컸으리라는 것은 미루어 짐작할 수 있을 것이다.

종원은 고려대학교 입학 시험에 턱 합격을 했다. 역시 합격 사실은 기쁨이 아니라 우환 같았다. 부산으로 유학을 시킬 수 있는 형편이 도저히 되지 못했던 것이다. 그는 가슴을 끓이다가 2차로 서울에 있던 중앙대학교에 응시했다. 역시 무사히 합격하여 중대를 다니게 되었다. 약대에서 등하교가 불가능하기에 절에 머물면서 학교를 다녔다.

어머니 스님은 종원에게 외할머니가 되고 나는 이모가 되는 셈이다. 여느 속가 같으면 외할머니가 외손주를 무척 귀여워하리라. 어머니 스님도 외손주 종원을 사랑하는 마음에는 다름이 없었겠지만 용돈 한번 주지 않았다. 뿐만 아니라 이모인 나에게도 돈을 주지 못하게 했다. 종원이 급한 용돈이 필요하여 손을 내밀 때가 있었다. 그러면 어머니 스님은 말했다.

「이녀석, 부처님 돈 얻어 다가 담배 사 피우려고 하지?」

종원은 화를 벌컥 내면서 달려들었다.

「무슨 외할머니가 그래요?」

「녀석아, 너를 사랑하기 때문에 그런 줄이나 알아라.」

어머니 스님의 절돈 관리는 이렇게 철저했다. 이때까지 나는 출가를 하지 않았기에 속가식 사고방식에서 많이 벗어나 있지 않았다. 어머니가 좀 지나치지 않은가 속으로 생각했다. 그러나 나중에 막상 머리 깎고 불문에 들어와 보니 어머니 스님의 말씀이 백 번 지당하며, 성직자는 모름지기 어머니 스님과 같은 마음으로 부처님의 돈을 관리해야 한다는 것을 알게 되었다.

수도 정진을 위해 출가를 한 스님에게 무슨 돈이 필요하겠느냐고 말할 사람이 있을 것이다. 그러나 스님들이 모여 있는 절간도 먹고 살아야 하니까 돈이 필요하고, 아프면 병원에 갈 돈이 필요하며, 출입을 위해서도 돈은 있어야 한다. 필요 불가결한 데 불전을 사용하는 것은 응당하려니와 그렇지 않은 곳에 사용하는 예도 없지는 않은 것 같아 그것이 문제다.

더욱이 근자 몇 년 사이, 전국에 사찰을 중심으로 한 국립공원이 지정되면서 입장료를 받기 시작하고부터는 국립공원을 끼고 있는 유명 사찰의 수입이 엄청나게 늘어나게 되었다. 막대한 돈을 불사와 포교에 사용하고 스님네들의 복지를 위해 지출한다면 이는 잘못이 아니겠지만 일부 절의 소임을 맡은 스님들의 주머니 속에서 녹아나는 예가 없지 않다는 풍문이니 이래가지고는 불가의 기강이 서지

138

않을 수밖에 없을 것이다. 몇몇 사람의 주머니로 들어간 돈은 반불교적, 반성직자적인 행위를 부추기는 독약이 될 뿐이 아니겠는가.

조사(祖師)들의 은덕에 먹고 살 수 있는 것만도 황감한 일인데 스님이라는 신분을 망각한 행동을 위해 불전으로 들어온 돈을 사용한다면 그 죄를 다 어떻게 갚으려는지 모를 일이다.

나는 불전에 관한 한은 엄격하게 관리를 해왔다. 내 상좌들이나 가까운 사람들이 나를 가리켜 지독한 사람이라고 말하는 것을 모르는 바는 아니다. 그러나 잠시라도 도에 어긋난 마음을 품고 흥청거리면 그것이 큰 죄를 짓는 것이라고 알고 있기에 나는 어머니 스님에게서 배운 대로 실천에 옮기며 살 수 밖에 없다.

각설하고, 종원은 이러다가 보니 하나밖에 없는 외할머니나 이모로부터 소외감을 느꼈을 법도 하다. 먹고 자는 것은 절에서 했지만 종원은 그 고모들 세 명의 도움을 받아 어렵게 어렵게 학교를 마쳤다.

문제는, 그렇게 공부를 하고 군복무를 마친 뒤 사회로 돌아온 다음 취직을 하려는데 될 듯 될 듯 하면서도 취직이 되지 않았다는 데 있었다. 언니의 살림 형편이 어려웠기에 돈을 빨리 벌어야 하는데 이 모양이니 본인도 안타까웠겠지만 주위 사람들도 애를 태울 수밖에 없었다.

이 무렵 언니가 사는 동네에 떠돌아다니며 점을 봐 주는 점바치가 들어왔다.

언니는 복채로 줄 돈은 없고 점은 보고 싶고 하여 점쟁이가 머무는 방에 들어가 옆에서 남들 점치는 것을 하루 종일 지켜보았다고 한다. 점은 보지 않고 온종일 옆에 붙어 앉아 있는 언니에게 점쟁이가 사람들이 없을 때 한마디 툭 던졌다.

「찢어질래야 찢어질 것도 없구나.」

언니의 전신에 붙어 다니는 궁기(窮氣)를 점쟁이가 아니라고 해서 모를까만 그런 말을 듣고 보니 언니는 점쟁이가 용하게 느껴졌던가 보았다. 점쟁이는 아는 소리를 한마디 더 던졌다.

「당신은 불교가 센데…….」

언니가 반색을 했다.

「어머님이 스님이고 동생도 절에서 사는 집안이라우.」

「그러면 그렇지. 당신이 왜 못 사는 줄 알아요? 바로 당신 어머니가 계시는 절의 신장들이 당신을 미워하기 때문이오. 가져오기는 밤톨만큼 가져오면서 바라기는 태산만큼 바란다고 신장들이 당신에게 눈을 흘기고 있어.」

언니는 절에 올 때 점바치의 말마따나 그냥 오기 뭣하다며 쌀 한 되를 가져오고는 했다. 쌀 한 되를 바치고 바라는 것은 컸을 테니 용하게 맞힌 셈이었다.

언니는 점쟁이에게 물었다.

「아들이 취직이 안 되고 있는데 언제쯤이면 취직이 될 수 있는지 나 좀 알려 주시구려.」

「그 절에 흠뻑 갖다가 바쳐요. 그러면 취직이 될 거요.」

언니가 찾아와서 점쟁이와 그런 말을 주고받았다고 털어놓았다. 그리고 한숨을 쉬었다.

「쥐뿔이나 뭐가 있어야지 흠뻑 갖다 바치며 빌지…….」

내 생각에도 점쟁이가 공연한 말을 한 것 같지는 않았다. 그러나 차비가 없어 걸어서 나를 찾아온 언니에게 불공을 한번 잘 드려 보라고 권할 수도 없는 노릇이었다. 언니는 한숨을 내쉬고 들이쉬고 하다가 어디 잠깐 다녀오겠다며 밖으로 나갔다.

한시간 후엔가, 언니는 지게꾼에게 쌀 한 가마를 지게하고 자기

140

는 과일 봉지를 잔뜩 부여안고 절에 나타났다.

「언니, 어디서 돈이 나서 이런 걸 다 사 왔어요?」

「정희를 찾아갔었다.」

정희는 종원의 여동생으로 당시 재봉틀로 수를 놓는 공장에 다니고 있었다. 언니는 정희를 공장 밖으로 불러냈다.

「정희야, 너 월급 가불 좀 할 수 없겠니?」

정희가 대답했다.

「엄마, 사장님이 얼마나 무서운데 가불을 해주겠어요 그나저나 무엇에 쓰려고 그러는데요?」

불공을 드린다고 하면 정희가 공감해 줄 것 같지 않아 언니는 거짓말을 했단다.

「네 오빠가 취직을 해야 우리가 다 살수 있을 것 아니냐? 취직을 하려면 뒷돈 좀 써야 하나 봐.」

「안 될 거야. 그래도 내가 말은 한번 해보고 올게요.」

정희는 자기 어머니는 공장밖에 세워 두고 안으로 들어갔다가 얼마 후에 나와서 당시로서는 거금인 만원을 내놓았다.

「무슨 마음이 들었는지 사장님이 이 돈을 선불해 주시네요.」

「아이구 고맙기도 해라.」

언니는 피 같은 돈을 받아 들고 시장으로 가서 한푼도 안 남기고 모조리 투자하여 쌀을 사고 과일을 비롯한 진수 거리를 장만해 가지고 왔다는 설명을 덧붙였다. 즉시 떡쌀을 담그고 음식을 차리는 순서가 끝나자 정성을 다해 불공을 드렸다.

언니는 정희에게 받은 돈을 한푼도 안 남기고 다 투자했지만 그래야 겨우 만원이었다. 더 크게 정성을 들리지 못해 가슴 아파하는 그녀에게 어머니 스님은 〈현우경(賢愚經) 빈녀난타품(貧女難陀

品))에 나오는 이야기를 들려주었다. 이때 어머니 스님은 건강이 매우 좋지 않은 상태였다. 어머니 스님은 천천히 입을 열었다.

저 인도의 마가다라는 나라에 빔비사라라는 이름을 가진 왕이 있었다. 빔비사라 왕은 늙도록 아들이 없어서 걱정하고 있었다. 그런 그에게 한 점술가가 일러주기를 비부라 산에 있는 선인이 죽으면 아들이 태어날 것이라고 했다. 그 말을 들은 왕은 선인이 죽기를 기다리지 않고 선인을 죽여 빨리 아들을 얻으려고 했다. 어쨌거나 선인이 죽으니 왕비가 임신을 하게 되었다.

그러자 이번에는 태어나는 아이가 반드시 아버지를 죽이게 될 것이라고 점술가가 예언했다. 나기 전에 원한을 맺었기 때문이라고 했다. 그래서 빔비사라 왕은 원한을 품고 태어나는 아들을 없애려고 높은 누각에서 떨어뜨렸다. 그러나 손가락만 다쳤을 뿐 아이는 죽지 않았다. 장성한 태자는 새 교단을 조직하려는 야심을 가진 제바달다의 꾐에 넘어가서 부왕을 죽였다. 점술가의 예언이 실현된 것이었다.

부왕을 죽이고 임금이 된 그의 이름은 아사세였다. 아세사 왕은 즉위 후에 작은 나라들을 합병하여 인도를 통일할 기틀을 세웠다. 그런데 그의 몸에 종기가 생기기 시작했다. 아무리 좋다는 약을 써도 종기는 더 퍼질 뿐 낫지를 않았다. 그는 부처님을 찾아가서 과거의 죄를 참회했다. 그러자 그의 몸에서 종기가 사라졌다. 그는 부처님께 귀의하여 교단의 보호자가 되었고, 불경을 첫 번째로 결집할 때 이를 도와 대사업을 완성할 수 있도록 했다. 아사세 왕은 부처님께 귀의함으로써 새롭게 태어날 수 있었던 것이다. 이러니 그의 부처님에 대한 경배심은 대단했다.

아사세 왕은 부처님 재세시(在世時)에 부처님을 궁으로 청하여 공양을 올리고 나서 부처님이 기원정사로 돌아가실 때는 왕궁 문에서 기원정사까지 마유고(麻油膏), 즉 삼씨 기름으로 등불을 밝혔다고 한다. 왕궁에서 기원정사 사이에는 아사세 왕이 밝힌 수많은 등불이 일대 장관을 이루었다.

그때 난타(難陀)라는 노파가 이 등불을 보게 되었다. 그 노파는 항상 부처님께 공양을 올리려는 마음이 지극했으나 가난하여 실행에 옮길 수가 없었다. 마침내 난타 노파는 아사세 왕이 그러한 공덕을 짓는 것을 보고 감격하여 구걸해서 번 돈을 가지고 기름집을 찾아갔다. 기름집 주인은 노파에게 물었다.

「어려운 처지에 음식이나 사 먹지 기름은 무엇에 쓰려고 그러시오?」

노파가 대답했다.

「부처님 세상은 백겁에도 만나기 어려운데, 내가 다행히 만났으나 공양을 못 올려서 한이 되는구려. 오늘 왕이 짓는 큰 공덕을 보니 다시금 감격하여 비록 가난하지만 초라한 등 하나라도 밝히려고 합니다.」

노파는 기름을 사서 등불을 밝히며 한숨을 쉬었다.

「이 적은 양으로는 반야(半夜)도 못 가겠구나.」

그녀는 서원했다.

「만약 내가 후세에 도를 얻게 된다면 이 불이 밤새 꺼지지 않으리!」

그녀는 절을 한 뒤 물러갔다.

아사세 왕이 밝힌 등불은 새벽녘이 되자 거의 다 꺼졌으나 이 노파가 밝힌 불은 그때까지도 유독 밝음이 더했다. 기름도 줄지를 않았다. 날이 밝아 목련존자가 등을 끄는데 이 노파의 등은 세 번이나 끄려고 해고 꺼지지 않았다. 가사 자락을 휘둘러 바람을 일으켜 끄려고 해도 등불은 꺼지기는커녕 더욱 밝아 졌다.

목련은 신통력으로 바람을 일으켜 끄려고 했다. 그래도 등불은 꺼지지 않았고, 마침내 불빛은 하늘에까지 비쳤다. 부처님이 목력존자에게 말했다.

「그만두어라. 그것은 당래불(當來佛)의 광명공덕(光明功德)이다. 너의 위신력으로는 끌 수 없느니라. 이 노파는 30겁 후에 부처가 되어 수미등광여래(須彌燈光如來)라고 하리라.」

어머니 스님은 이야기를 마치고 나서 언니에게 말했다.

「너는 비록 가난하여 공덕을 적게 울렸다고 할지는 모르지만 내가 생각하기에는 이 도량을 드나든 이래 처음으로 빈녀 난타와 같은 등불을 밝힌 거야. 네가 법당에 밝힌 촛불은 영원히 꺼지지 않을 것이라고 믿는다. 종원 이에게도 좋은 소식이 있을 테니 두고 보아라.」

종원은 그때 제대 후 2년째 취직을 못 하고 있었다. 하루는 내가 신문을 뒤적이다 보니까 법무부에서 공무원을 공개 채용한다는 광고가 눈에 뛰었다. 내가 종원에게 말했다.

「애, 너 여기 원서 한번 내 봐라.」

종원은 심드렁하게 말했다.

「이모, 뽑을 사람들을 이미 다 내정해 놓고 형식만 갖추자는 수작이야. 내가 그런 일에 왜 들러리를 서요?」

「그래도 누가 아니? 시험이나 봐 보자.」

사실 당시엔 취직 문이 좁았다. 문이 좁으니 줄을 대고 목적을 달성하는 사람들이 너무나 많던 때였다. 분명히 합격할 수 있는 점수

144

를 받았다는 것을 확신하는데도 종원은 돈이 없고 백이 없어 실직자로 놀 수밖에 없었다. 그런 그였으니 불신이 골수에 박혔을 수밖에……. 나는 싫다는 종원을 설득하는 데 많은 시간을 쏟아야 했다. 어쨌든 나의 강권에 의해 종원은 시험을 보았다.

열반적정에 드신 어머니

1960년도 유월로 접어들면서 어머니 스님의 건강은 더욱 나빠졌다. 이때 어머니 스님이 기르던 고양이가 여섯 마리의 새끼를 낳았다. 어머니 스님은 그 고양이들을 모두 다른 곳으로 옮기라고 말씀하시고는 덧붙였다.

「사람 죽은 방에 고양이가 있으면 안 되는 법이다.」

마치 당신이 곧 세상을 뜬다는 것을 알고 있기라도 한 말투였다. 그렇지 않아도 건강이 악화되어 걱정하던 차에 그런 말씀을 하시니 가슴이 철렁했다. 나는 애써 태연하게 말했다.

「왜 그런 말씀을 하세요.」

「나 살아 있을 날이 멀지 않았어.」

어머니 스님은 두 번째로 당신의 방에 사람들의 출입을 엄격하게 금했다. 참선을 하시겠다는 거였다. 부득이 들어올 일이 있으면 잡소리는 일체 하지 말고 용건만 간단히 말한 다음 밖으로 나가라는 주문을 했다.

그 다음 어머니 스님은 당신이 데려왔던 공양주인 광재행과 만리동 보살 등 두 명에게 집에 다녀오라는 분부를 내렸다. 느닷없이 휴가를 주겠다는 것이었다. 두 보살들에게 당신이 눈을 감는 마지막 순간을 보여 주지 않기 위해서 그러는 것이 아닐까 하는 예감이 들었다. 그래서 나는 두 보살들에게 말했다.

「어머니 방 근처에만 가지 마시고 좀 같이 있어야겠어요. 아무래도 저 양반이 세상을 뜨시려나 봐요.」

보살들은 내 말에 따라 그냥 절에 머물고 있으면서 어머니 눈에만 뛰지 않도록 행동을 하고 있었다.

어머니 스님의 건강이 나빠지기 시작한 것을 일년 전부터였다. 기력이 떨어지고 특히 하초가 부실하여 늘 자리를 보전하고 누워 계셨다. 어머니 스님은 이러한 자신에 대해 이렇게 설명을 했다.

「내가 어린 시절을 보냈던 시골의 고향에는 잠자리가 많았다. 나는 그때 잠자리를 잡아 똥구멍에다 기름을 묻힌 짚순을 꽂아 불을 질러 날려보내는 장난을 많이 했었다. 잠자리는 똥구멍이 뜨거워지니까 기를 쓰며 공중으로 날아오르다가 죽고는 했어 그게 왜 그리 재미있었던지 장난을 해도 말 못하는 짐승을 가지고 그렇게 잔인하게 했으니 인과를 받을 수밖에…… 잠자리 똥구멍에 불을 질렀던 벌로 나는 엉덩이를 못쓰다가 죽게 될 거야.」

듣고 보니 그것도 인과의 중요성에 대해 말씀해 주시는 법문이었다. 어머니 스님은 그 무렵 삼척의 정암사로 데려다 달라는 말씀을 했다.

「아니, 몸도 불편하신 데 왜 거기로 가시겠다는 거예요?」

「내가 여기서 죽으면 화장터로 가야 하잖아 정암사에 다비장이 있어요. 다비장에서 가려고 그래.」

「여기서 돌아가셔도 화장터로 모시고 가지는 않을게요.」

이런 말씀을 했던 것을 보면 머지 않아 당신이 열반하리라는 것을 알고 있었음이 분명하다. 나는 긴가민가하면서도 아직은 좀더 사시겠거니 여겼다.

종원이가 취직 시험에 합격했다는 소식을 가지고 언니가 성라암으로 찾아온 것은 유월 열 사흗날이었다. 낙타가 바늘구멍을 통과하기보다도 어렵던 취직 시험에 종원이 턱 합격을 한 것이었다. 언니는 숨이 턱에 넘어갈 정도로 뛰어들어왔다.

「종원이가 시험에 합격을 했어!」

나도 기쁘기 그지없었다.

「잘됐네요, 언니 이제 언니도 고생은 끝났어.」

「한시름 놓게 되었어. 다 부처님 은공이다.」

우리 자매는 어머니가 누워 계신 방으로 들어갔다. 어머니 스님에게도 종원의 합격 사실을 말씀드렸다. 어머니 스님은 고개를 끄덕이며 천천히 입을 열었다.

「거 봐라. 내가 좋은 일 있을 거라고 하지 않았니? 부처님은 못하시는 일이 없는 분이다.」

언니는 어머니 스님의 용태가 좋지 않은 것을 알자 그 날 저녁 성라암에서 머물렀다.

이튿날 아침에 일어났을 때였다. 아무래도 심상치가 않아 나는 평소에 잘 알고 있는 윤 박사를 모셔 왔다. 어머니 스님은 윤 박사를 바라보다가 나에게 물었다.

「누구시냐?」

「의사 선생님이세요.」

「아이구 얘, 나는 사람 백정에게 몸을 안 맡긴다.」

윤박사의 면전에서 의사를 백정이라니 무안하기 짝이 없었다.

본인이 극구 진료를 거부하니 윤 박사는 하릴없이 병원으로 돌아
가고 말았다..

「어머니, 의사가 왜 백정이에요?」

「사람에게 칼을 들이대니 백정이랄 수밖에…….」

「수술을 해서 죽을 사람을 살리는 일을 하는 거예요.」

어머니는 미음을 넘기시지 못했다 그래도 정신만은 또렷했다. 어
머니가 나에게 말했다.

「나 좀 업어라.」

「왜 갑자기……?」

「어릴 때 내가 많이 업어 길렀으니 이제는 네가 나 좀 업어라.」

나는 언니에게 말했다.

「언니가 업어요.」

어머니는 고개를 내저었다.

「아니, 네가 업어라.」

나는 왜 구태여 나에게 업히고 싶어하는지 모르겠다는 생각을 하
며 등을 돌려 댔다. 어머니가 내 등에 상체를 갔다 댄 순간이었다.
내가 막 일어서려는 데 갑자기 어머니 스님의 뱃속에서 구렁이 같은
것이 회를 틀면서 꾸불텅했다. 나는 깜짝 놀라 어머니를 내려놓았
다. 장회를 틀었던 어머니는 자리에 누웠다. 어머니의 입이 열렸다.

「나무아미타불.」

처음 그 소리는 또렷이 들렸다. 어머니는 눈을 지그시 감았다. 이
어서 타불 타불 타불 하고 외기 시작했다. 나중에는 입술은 움직이
는데 소리는 들려오지 않는 것이었다.

핏기가 아랫배에서부터 차츰 위쪽으로 걷혀 올라오는 것이 보
였다. 그것은 마치 구름이 올라오는 것 같았다. 핏기가 목을 지날

때까지 입술이 타불 하며 들썩거렸다. 얼굴을 지나 눈 위쪽으로 올라가면서 어머니의 숨은 이승을 하직하고 말았다. 경자년 유월 열 나흗날의 일이었다.

상사(喪事)는 그것이 자기와 무관한 것이라도 보는 사람에게 얼마쯤의 슬픔과 인생에 대한 허무를 느끼게 하는 것이 인지상정이다. 하물며 피와 살을 나눠주신 육친의 것이니 망극하기가 이를 데 없지 않으랴. 언니는 통곡을 했다. 그러나 나는 어머니 스님이 극락왕생했다고 믿어 의심치 않았고, 청정하게 회향을 마칠 수 있었음에 대해 경건한 애도의 뜻을 표해야 마땅하다고 생각되었다. 나는 오열을 참으며 언니에게 말했다.

「언니, 비록 어머님은 눈을 감으셨지만 그 영혼은 아직도 멀리 떠나가시지 않고 지금 우리와 같이 있을 거예요 너무 망령되어 울어서 영혼을 놀라게 해드리지는 맙시다.」

나는 마음을 다잡아먹고 장례 모실 문제에 대해 생각을 했다. 어머님이 스님이었기에 다비장을 치러야 마땅하겠지만 막상 세상을 뜨고 나니 그에 대한 준비가 전혀 되어 있지 않았다. 어쨌든 당신은 화장터로는 가고 싶지 않다고 말씀했었다. 나는 일단 산소를 썼다가 3년상을 벗을 때 화장을 해 드리는 쪽으로 마음을 정했다. 언니와 나는 우선 어머니를 칠성판에 모시면서 아직 떠나가지 않고 우리 곁에 있을 어머니 스님의 영혼에 중얼거렸다.

「망우리에다가 어머니를 임시로 모실까 해요 그러니 어머니가 먼저 있을 자리를 봐 두세요.」

그런 다음 나는 종원을 불렀다.

「너 망우리에 가서 산소로 쓸 땅 백 평만 사 놓고 오너라.」

종원은 나의 말에 따라 다음날 아침 일찍 망우리로 갔다가 성라암으로 돌아왔다. 나는 종원에게 물었다.

「산소 자리를 잘 보고 골라서 샀지?」

「아뇨.」

「아니, 왜?」

「그럴 필요가 없었어요. 그곳에 가니까 묘역 사무실 직원이 기다리고 있던데요, 뭐.」

「무슨 소리야?」

「묘지를 사러 왔다니까 그곳에 있는 직원이 묻더라고요. 돌아가신 분이 뭐하던 분이냐구요. 스님이라고 했더니 이 친구 무릎을 탁치며 말하는 거예요 자기가 간밤에 꿈을 꾸었노라고…….」

그는 꿈에 부처님이 가부좌를 틀고 구름을 타고 공중에서 내려와 상상봉에 앉는 것을 보게 되었다. 그래서 그가 〈부처님께서 여기 웬일이세요?〉하고 물었다. 그 말에 부처님이 태연스럽게 대답했다.〈나 여기로 이사를 왔네.〉

종원이 말했다.

「부처님이 이사를 왔다며 내려앉았던 장소가 스님이 묻히실 곳이 아니겠냐며 그곳으로 안내를 해주더라니까요. 가서 보니 한강이 내려다보이는 아주 기가 막히게 전망 좋은 장소더라구요. 그래서 더 고를 것도 없이 그곳을 사 놓고 왔습니다.」

영혼은 분명히 있다. 나는 어머니를 칠성판에 모시면서 당신이 먼저 가서 있을 자리를 봐 두시라고 중얼거렸었다. 그 말을 듣고 어머니는 자기의 거처를 당신 스스로 선택했던 것이리라.

이튿날은 이슬비가 하루 종일 질척거리며 뿌려 댔다. 떡쌀을 담그고 장례 치를 음식을 장만해야 하는데 비가 내리니 밖에다가 솥을 내걸 수 없었다. 천상 어머니를 모셔 놓은 방의 솥에다가 불을 쳐

뗄 수밖에 없었다.

스님과 신도들이 조문을 하기 위해 몰려들었다. 어머니가 누워 계신 방으로 들어갔다가 방이 펄펄 끓으니, 어머 뜨거워라 하면서 나오고는 했다. 그들은 하나같이 시신이 있는 방에 너무 많은 불을 땠다고 혀를 찼다. 게다가 복중이었으니 이내 부패할 거라며 걱정들을 했다.

어머니의 염습은 나와 언니가 직접 했다. 어머니는 생시에 당신이 돌아가면서 죽은 몸이라도 남자에게 맡겨 염을 하지 말라고 했었다. 그러면서 염습하는 법을 가르쳐 주었다. 양반은 딸을 낳으면 염습하는 것도 가르쳐 출가를 시킨다는 것이 어머니의 말씀이었다. 월해사 주지 스님이 염습을 도와주려고 물었지만 나는 사양했다.

「스님은 시다림(죽은 이에게 마지막으로 하는 설법)이나 해주세요.」

어머니는 살아서 눈을 감고 있는 것처럼 청정했다. 평생을 청정하게 사신 분이니 만큼 시신도 그렇게 청정할 수가 없었다. 방바닥이 너무 뜨거워서 살도 딱딱하게 굳어 있지 않았다. 언니가 나를 쿡 찌르며 나직이 말했다.

「돌아 가시지도 않은 것을 염하는 것 아니니?」

운명하신 것은 분명한데 살이 굳지 않아서 살아 있는 사람처럼 눅신눅신한 것뿐이었다. 차갑고, 이질적인 감촉보다 훨씬 좋았다. 복중인데다, 시신을 모신 방에 불을 그리 지핀 까닭에 5일 장인데도 웃는 듯 평화롭게 눈을 감고 계신 어머니 스님의 모습을 대하니 내 마음까지 밝은 느낌이었다.

나와 언니는 염습을 진행했다.

나는 병풍 밖을 향해 소리를 질렀다.

「삭발이오!」

그러자 월해사 주지 스님을 비롯한 여러 스님네들이 염불을 외었다.

　이 세상에 태어나 올 때엔 어디로 쫓아 왔으며 이 세상을 떠나 죽어 갈 때엔 어디로 향해 가는가.
　사람이 태어나는 것은 한 조각 구름이 이는 것과 같고, 사람이 죽는 것은 한 조각 뜬구름이 사라지는 것과 같나니, 그러므로 뜬구름 그 자체가 본래 실다운 근본이 없나니 인생이 오고 가고 나고 죽는 그 역시 이와 같나니라. 그러나 오로지 한 물건이 오똑이 드러나서 맑고도 고요하여 나고 죽는 생사의 윤회를 따르지 않나니라.(후략)

다음으로 내가 소리를 질렀다.
「목욕이요!」
다시 스님들의 염불이 시작되었다.

　(전략)
　부처님의 위없는 법신은 둥근 보름달과 같고
　밝기는 일천 개의 빛나는 햇빛과도 같나니라.
　이제 이 목욕으로 허망하고, 거짓된 번뇌의 때를 씻었으므로 금강석처럼 튼튼한 몸을 얻으리라 청정한 법신 자체 안팎이 없으며, 나고 죽는 생사거래 똑같은 진면목이로다.

세수(洗手), 세족(洗足), 착군(着裙), 착의(着衣), 착관(着冠)의

순으로 염습이 진행되었다. 반야심경이 낭랑하게 울려 퍼지기 시작했다.

　　관자재보살이 크고 깊고 넓은 지혜로 바라밀을 행할 때에 오온이 다 공한 줄로 알아서 일체 고액이 됨을 제도하느니라.
　　사리자야, 빛이 공과 다르지 않고 공이 빛과 다르지 않아 빛이 곧 공이요 공이 곧 빛이라, 받는 거와 생각하는 거와 변천하는 거와 아는 것도 또한　이와 같으니라.
　　사라리자, 이 모든 법의 공한 상은 생지도 아니하고 멸하지도 아니하고 더럽지도 아니하며 깨끗하지도 아니하고, 더하지도 아니하고 덜하지도 아니하나니 이런고로 공한 가운데는 빛도 없고 받는 것, 생각하는 것, 변천하는 것, 아는 것도 없으며, 눈과 귀와 코와 혀와 몸과 뜻도 없으며, 빛과 소리와 향기와 맛과 닿임과 법도 없으며, 또한　무명이 다해 없어짐도 없으며 내지 늙고 죽는 것도 없으며, 또한 얻은 것도 없나니, 얻은 바가 없는 고로 보리살타가 지혜로 저 언덕에 건너갈 때 마음이 걸림이 없고 걸림이 없는 고로 두려움이 없고, 뒤바뀌어지는 꿈생각을 여의어서 필경 열반에 드시며 삼세 모든 부처님이 반야바라밀에 의지하는 고로 위없는 아뇩다라삼먁삼보리를 얻으시나니 그러므로 알라.
　　반야로 저 언덕에 건너감이 이 크게 신통한 주문이며 이 크게 밝은 주문이여 이 위없는 주문이며 이 무엇에 비길 수 없는 주문이라. 능히 일체고액을 제해 버리시어 진실하고 헛됨이 없나니 이런고로 저 언덕에 건너가느니라.

어머니 스님이 열반했을 때는 집 짓는 공사가 한창 진행중이었다. 목수들은 불사를 하다가 상을 당한 것을 보게 되었으니 널이나 잘 만들어 주겠다고 했다.

스님들은 어머니의 매장을 모두 반대했다. 어머니 스님 자신도 매장되기를 원하시지는 않았다. 불교 예식에 따라 다비장으로 모셔야 마땅했지만 그 무렵 화장을 하려면 화장터로 갈 수밖에 없어서 부득이 일시 매장을 했다가 화장을 시켜 드리는 것으로 결정했었던 것이다. 그때의 생각으로는 3년상만 지나면 화장을 하리라 했었는데 30년이 지나도록 나는 화장 절차를 밟지 못했다. 일상에 매여 바쁜 탓이었다. 어쩌면 그것을 절실한 문제로 받아들이지 않은 내 불효 탓이 컸을 것이다.

나는 더 이상 미룰 것이 아니라 내 살아 생전에 어머니 스님을 화장시켜 드리기로 결정했다. 그러나 아무 때나 산소를 팔 수가 없다 하여 윤달 드는 해 경오년 경오월의 경오일을 택하여 화장으로 모시리라 작정했다.

1990년 윤달이 들었고, 오월이 경오월이었으며, 12일이 경오일이었다. 그래서 나는 1990년 5월 12일, 어머니 스님이 세상을 뜨신 지 꼭 30년 만에 어머니를 불교 예식에 따라 화장으로 다시 모시게 되었다.

산소를 파보니 30년의 세월이 흘렀는데도 널은 썩지 않았다. 과연 목수들이 좋은 나무로 널을 잘 만들어 주었던 것이다. 붉은 색 가사도 색이 변하지 않은 채로 있었다. 그러나 어머니의 시신은 싹 탈골이 되어 있었다. 나는 정신 없이 목탁을 치며 염불을 했다.

나 죽으면 누가 어머니 산소를 찾아갈까. 화장을 끝내고 나니 내 나이 팔순을 앞에 두었다는 것이 새삼스러웠다. 회향을 하기 전에 꼭 해야 할 일을 내 손으로 했다는 생각이 들었다.

고분지통

어머니가 세상을 뜨신 망극한 슬픔을 무엇에 비교할 수 있을까. 우리네 여인들은 옛날에 우물에서 물동이로 물을 길어 날랐다. 식수가 떨어지지 않도록 하는 것이 여인의 중요한 일 중 하나였다. 어머니나 자기 부인이 죽었을 때 물동이가 깨어진 아픔이라 하여 고분지통(鼓盆之痛)이라고 표현했던 것을 보면 물동이도 그만큼 중요한 것으로 여겼던 것 같다.

그러나 어머니 스님의 죽음에 따른 내 슬픔을 어찌 고분지통이라는 한마디 말로 다 표현할 수 있으리오. 내 나이로 봐서는 가정을 이루고 슬하에 자식을 거느리고 있어야 마땅했겠지만 일찍 혼자되어 어머니 스님만을 의지하여 지금까지 살아왔다. 어릴 때부터 성인이 된 지금까지 어머니가 아니 계셨다면 내 어찌 목숨인들 부지했을 것인가. 아니, 어머니가 없었다면 내가 세상에 태어날 수나 있었겠는가. 어머니는 내 전부였고 나의 기둥이며 나를 지켜 주신 수호신과도 같았다. 그런 어머니를 여의었으니 고분지통이 아니라 나는 하늘이 무너진 것 같은 슬픔 속에 잠겨 있었다.

게다가 집 짓는 공사 또한 처음 생각했던 것과는 판이하게 시행착오를 빚고 있었다. 생각지도 않았던 악재까지 겹쳤던 것이다. 우선 공사 기간이 예상보다 길어져 해를 넘겼다. 거기다가 공사비가 한 채당 백만 원씩 모두 5백만 원이 초과되었다. 공사 대금이 초과되면 일시로 돈을 변통해 주겠다는 보살이 있었는데 공사 중에 4·19가 터지자 말을 바꾸었다.

「빌려 주었던 돈도 돌려 받을 난리통에 어떻게 돈을 빌려 준단 말이에요.」

참으로 난감한 일이었다. 인부들은 밀린 공사 대금을 달라고 아우성인데 돈을 변통할 길이 없어지자 나는 일찍이 겪어 보지 못한 낙망중에 처하게 되었다. 다섯 채의 집중에서 두 채를 팔아 밀린 임금을 지불할 수밖에 없다는 결론을 내렸다. 그러나 혼란 중이라 팔릴 기미가 전혀 없었다. 생전의 어머니 스님이 집 장만하려는 내게 깨질지 모르는 뚝배기 장만하는 격이라고 했던 말이 뼈저리게 실감되었다.

당시 불사에 네 명의 청부업자가 동업을 해서 참여했었다. 이중에 전씨 성을 가지고 있던 업자가 특히 심하게 나를 닦달했다. 시달리다가 못한 나는 복덕방마다 매매를 의뢰해 놓은 다음 거래가 이루어질 때까지 잠시 절을 떠나 있자는 생각을 했다. 은처(隱處)에서 며칠 후에 절로 전화를 걸어 보았더니 내가 도주한 것으로 판단한 인부들이 내 방을 점거하고 들어앉아 농성을 하고 있다는 것이었다.

나는 이런 식으로 피해 있어서 될 일이 아니라는 것을 알았다. 전화를 끊은 즉시 나는 성라암으로 돌아왔다.

말대로 인부들은 내 방을 점거하고 들어앉아 술을 마시고 있었다. 자기네끼리 싸워서 피투성이가 된 사람도 있었다. 집기들이 깨지고 피가 벽과 천장에 튀어 있는 방은 그 잔해들로 해서 전쟁터를 방불케 했다. 인부들은 나를 보자 말했다.

「아이구 이제야 돈을 가지고 오셨군요?」

나는 인부들을 상대로는 일이 해결되지 않는다는 것을 잘 알고 있었다. 네 명의 청부업자들을 부르고 그들을 시켜 우선 인부들을 해산하도록 했다. 그리고 청부업자들에게 말했다.

「일을 하다가 보니 차질이 생긴 거지 처음부터 여러분들에게 피해를 주려고 한 것이 아니라는 것은 여러분도 잘 알고 있을 거예요 이런다고 돈이 금방 나오는 것도 아니니 조금만 기다려 주시면 집이 팔리는 대로 밀린 대금을 해결해 드리겠습니다. 제발 좀 이해를 해 주세요!」

주씨가 나에게 종주먹을 들이대면서 언성을 높였다.

「돈 떼먹고 도망갔던 주제에 웬 말이 많아. 당장 돈 내놔!」

「떼먹고 도망갔던 것이 아니라 나름대로 돈 만들어 보려고 돌아다녔던 거예요.」

주씨는 육두문자를 쓰면서 없는 돈을 당장 자기 앞에 갖다 놓으라고 나를 들볶았다. 집이 팔리는 대로 갚겠다고 하자 그는 기다릴 수 없다며 나를 대서방으로 끌고 갔다. 저당 설정을 해달라는 것이었다. 그는 나를 어르고 위협하고, 폭언까지 마구 퍼부었다. 나는 도저히 참을 수가 없었다.

「나는 공짜 욕은 안 먹는 사람이에요. 당신 욕 한마디에 백만 원씩 쳐서 깎고 나머지 돈을 주든지 당신이 나에게 욕을 한 대가를 톡톡히 치르게 해줄 테니 그리 아시우.」

말을 마친 나는 잘 알고 지내던 김창현 변호사를 불렀다. 그는 나와 둘도 없이 친한 김복업의 동생이었다. 복업과 나는 소학교 동창으로서, 어린 시절 우리는 의형제를 맺은 일이 있었다. 그러니 창현은 나를 누나라고 불렀고, 나도 그를 동생으로 여겨온 터였다.

김 변호사는 나의 다급한 전화에 급히 차를 몰고 달려왔다. 대서소로 들어오면서 그가 물었다.

「누님이 왜 여기 와 있습니까?」

나는 변호사에게 그간의 경위를 들려주었다. 이들에게 끌려오듯 여기까지 오게 된 전말을 듣고 난 변호사는 청부업자들에게 명함을 건넸다. 명함을 받아드는 청부업자들의 얼굴색이 파랗게 변했다. 김 변호사가 차분한 어조로 말했다.

「당신들은 남의 방에 무단으로 침입한 죄를 범했고, 기물을 파손했으며, 사람을 불법 연행했고, 폭언 폭행까지 자행했어요. 나는 당신들을 형사 고소하겠어요.」

주씨가 볼멘소리로 항의했다.

「공사 대금 떼먹은 것은 죄 아닙니까?」

「떼먹은 것이 아니라 잠시 연체한 것뿐입니다. 그것은 민사 사항이니 민사소송을 걸어서 공사 대금을 받아 가시오.」

그런 다음 그는 나에게 말했다.

「누님 제 차를 타십시오. 경찰서로 같이 가서 당장 고소를 합시다.」

비록 내가 대금을 지불하지는 못했지만 주거 지역을 무단 점거하여 난동을 부린 죄는 형사 처벌 대상이라는 것이었다. 그들의 입장에서 보면 대금은 못 받고 외려 유치장에 가서 갇힐 판이었다. 형세가 다급해지자 그들은 나에게 애원을 했다. 김 변호사는 나에게 그런 얘기 듣고 있지 말고 어서 차를 타라고 독촉했다. 청부업자 이씨가 나는 붙들고 늘어졌다.

「보살님, 보살님이 하자는 대로 다 해 드릴 테니 좀 참으십시오.」

소행은 괘씸하지만 일단의 원인 제공이 나에게 있다고 여겨지자 매정하게 그들을 구속시킬 수만은 없었다. 나는 그들에게 말했다.

「집이 팔리는 대로 공사 대금을 지불할 테니 그때까지 기다려 줄 수 있겠어요?」

그들은 울며 겨자 먹기로 내 말에 동의했다. 욕 값은 받은 셈이었다. 나는 그들에게 집이 팔리면 대금을 지불하겠다는 각서 써 주었고, 그들은 나에게 집이 팔리기 전까지는 대금 독촉을 하지 않겠다는 각서를 써주었다.

김 변호사가 말했다.

「이러려면 무엇 하러 저를 불렀습니까?」

그가 나타나지 않았다면 문제가 쉽게 해결되지 않았을 것이다. 그는 충분히 나를 도와준 셈이다. 나는 김 변호사가 여간 든든하지 않았다.

결국 다섯 채 중에서 두 채를 팔아 공사 대금을 지불해 주는 것으로 위기를 모면했다. 집 두 채분의 땅을 날리게 되었다. 기어이 뚝배기가 깨진 것이다. 그때 그 땅을 잃지 않았다면 날로 규모가 커져서 넓은 주차장을 필요로 하게 된 지금에 이르러 주차 공간으로 활용해도 좋고, 보다 멋있는 조경을 꾸밀 수도 있었는데, 너무 성급하게 불사를 하려다가 규모만 축소시킨 형국을 초래하고 말았다. 이것도 고분지통이다.

어머니가 세상을 떠 그 슬픔이 망극한 중에 이런 시달림까지 당하고 보니 나는 삶에 대한 깊은 회의와 절망의 수렁에 빠지고 말았다. 나는 그 어느 때보다 외로웠다. 스스로 그 외로움을 극복하고 수렁에서 헤어나기란 쉬운 일이 아니었다. 나는 어머니 같은 넓은 품에 안기고 싶었다. 부처님의 품에 안기고 싶다는 생각을 하는 때가 많아졌다.

나는 지금까지 부처님께 귀의하기 직전까지의 내 삶의 지나간 족적을, 아무리 많은 시간이 흘러도 지워지지 않는 아픔과 기쁨의 편린들을 여기에 옮겨 보았다. 내가 비록 성라암이라는 절을 창건하였고, 대강의 불법을 이해하며 스님을 모시고 살았다고는 하나, 여기까지의 삶은 아직도 부처님이 계신 문 밖에서 살았다고 생각한다. 범어사에 가 일주문(一柱門)을 지나 사천왕의 탱화가 안치되어 있는 천왕문(天王門)을 지나면 도량에 이르는 제 3문이자 마지막 문인 불이문(不二門)에 닿는다.

불이(不二)는 둘이 아니고 하나인 진리를 나타낸다. 진리는 둘이 아니고 하나지만 사람들은 이를 여러 가지로 말한다. 일체에 두루 평등한 불교의 진리란 세상의 지식이나 알음알이를 통해서 얻어지는 것이 아니다. 불이문 안으로 들어서야만 그 진리가 전개된다. 그러기에 불이문이란 문 안과 문 밖 세계의 한계를 분명하게 긋고 있다.

지금까지의 내 삶은 겨우 일주문이나 천왕문을 통과한 정도였달까. 그러기에 그것은 불이문을 향한 간주곡 같은 것이었다고 돌아보게 된다.

제 3 부

성라 언덕에 구름이니 북악산에 비 나리네

기신사바(奇身娑婆) 기심정토(奇心淨土)

법경 스님은 이미 밝힌 바대로 6·25 직후부터 성라암의 식구가
되어 있었다.

그는 말이 별로 없는 내성적인 성정(性情)의 소유자였다. 그가
시름없이 먼 산을 바라보고 있는 모습이 자주 내 눈에 뛰었다. 기척
을 내고 곁으로 다가가 코앞에 닥치기 전까지는 사람이 나타나는 줄
도 모른 채 상념에 빠져 있기 일쑤였다. 나는 그에게 물었다.

「무슨 걱정되는 일이 있어요?」

「……」

「나를 남이라고 생각하지 말고 가족처럼 생각하고 얘기해 봐요.
도움이 돼 줄 수도 있잖아?」

그는 망설이다가 나의 되풀이되는 채근을 받고서야 겨우 입을
열었다.

「제가 서울에 온 것은 공부를 하고 싶어서였습니다. 그런데 마음
먹은 대로 되지 않는군요.」

법경 스님이 머리를 깎은 것은 초등학교를 다니던 때였다. 여러

명의 자식을 두었다가 잃은 경험이 있던 그의 부모는 스님이 되면 명(命)을 연장할 수 있다는 말에 따라 그를 출가시키기로 결정했었다고 한다. 그래서 그는 부득이 초등학교를 중퇴해야 했다. 자기의 의지에 따라 스님이 된 것이 아니라 부모가 그렇게 만든 것이었다. 하지만 그도 스님이 된 것을 후회하지는 않았다. 학업을 중도에서 포기한 것은 한이 되었을 뿐이다. 그는 남달리 향학열이 매우 높았다. 배우고 싶은 마음은 강렬한데 방법을 찾을 수 없는 것이 그의 고민이라는 것을 얘기 가운데 알 수 있었다.

「진작 말을 하지. 지금부터라도 내가 시켜 줄 테니 공부를 해요.」

「어떻게 무턱대고 보살님 신세를 집니까?」

내가 아직 출가하기 전이니 그는 나를 보살이라고 불렀다. 우리의 나이 차이는 30년에 이른다. 내가 스스럼없이 제한했다.

「그럼 나를 어머니라고 불러요. 내가 어머니로서 공부를 시켜 줄게.」

그는 그 자리에서 어머니라고 부르겠다는 말을 하지는 않았다. 그러나 생각을 거듭한 끝에 나를 어머니라고 부르겠다는 것을 글로 써서 내 책상 위에 갖다 놓았다. 그 정도로 그는 숫기가 없었다.

나는 그가 공부를 계속한다면 언제까지라도 뒷바라지해 주겠다고 마음을 먹었다. 법경 스님은 초등학교와 중학교 과정을 검정고시를 통해 마친 다음 고등학교에 진학했다. 그는 하고 싶었던 공부를 할 수 있게 되자 아주 열심이었다. 노력이 장한 만큼 우수한 성적으로 고등학교를 졸업할 수 있었다. 그는 성균관대학교에 입시 원서를 냈다.

그런데 이 입학 시험에서 해서는 안 되는 결정적인 실수를 했다. 시험을 잘 보고는 답안지에 이름을 쓰지 않았던 것이다. 그는 펄쩍 펄쩍 뛰며 애석해 했지만 버스 떠난 다음에 손드는 격이요, 엎질러진 물이었다. 엎질러진 물을 다시 주워 담을 수는 없었다.

성균관대학교는 이차 전형을 치렀기에 거기서 실패를 하자 그 해에는 대학 진학의 길이 막혔다. 혹시 지방 대학이라면 입학할 수 있을까 싶어 내가 동행하여 찾아가 알아보았지만 방법이 없기는 마찬가지였다.

나는 실의에 빠져 있는 그에게 말했다.

「인생은 길어요. 앞으로 살아야 할 날이 많은데 까짓 한 해 늦는다고 낙담할 것 없어. 기왕 시골에 내려온 김에 어디 가서 바람이나 쐬고 갈까?」

나는 그가 입시에 실패한 것보다 마음을 잡지 못하는 것이 더 걱정이었다. 기분 전환을 시켜 주고 싶었다. 우리는 함께 거제도로 갔다. 그곳에는 법경 스님의 도반인 남춘 스님이 살고 있는 절이 있었다.

그 절에서 공양주로 일하고 있는 보살에게는 네 명의 외손이 딸려 있었다. 그 중에 나이가 제일 많은 아이는 열 살이 넘었음직한 사내 아이였고, 아래로 세 명은 여자아이들이었다. 막내의 나이가 네 살이라고 했다. 공양주 보살의 머리에는 서리가 내려 있었고 이마에는 주름이 깊게 패여 있었다. 보살은 한숨을 쉬며 말했다.

「저것들 어미의 팔자가 기구해서 내가 맡아 기르고 있는데 나이는 많고 걱정이 태산이에요.」

공양주 보살의 딸은 남편과 사별했다고 했다. 어린 자식들을 절에 있는 친정 어머니에게 맡겨 두고 돈벌이를 나섰다는 것이었다. 시시콜콜 사연을 들어보니 딱하기 짝이 없었다. 남춘 스님이 여섯 살 먹은 계집아이를 가리키며 나에게 말했다.

「보살님, 저 아이 좀 데려다가 길러 주십시오. 저 아이는 한 번 어느 곳에 움직이지 말고 가만히 앉아 있으라고 하면 하루 종일이라도 꼼짝 않고 앉아 있는 아이입니다. 말썽을 피우지 않아요. 산부처라니까요.」

내가 관찰해 보기로도 얌전해 보였다. 다른 형제들은 까불고 법석을 떨며 돌아다니는데 그 아이만은 조용히 앉아 있었다. 공양주 보살도 주지의 말끝에 내게 하소연을 했다.

「나로서는 저것들을 다 가르치고 기를 자신이 없어요. 즈이 어미라는 것은 몇 년째 소식이 없어요. 맡아 길러 주신다면 정말 한시름 놓을 수 있겠어요.」

나는 그 말을 듣고 생각에 잠겼다. 불쌍한 아이 한 명쯤 맡아 길러 주는 게 크게 어렵지는 않을 듯싶었다. 자식이 없는 나로서는 아이를 돌보며 정을 붙이다 보면 사는 보람을 느낄 수 있을 것도 같았다. 나는 결단을 내렸다.

「사정이 그러시다면 제가 한 명만 맡아 길러 드리죠.」

「아이구, 이런 고마울 데가…….」

나는 그 아이를 서울로 데리고 와 이름을 순봉이라고 지어 주었다.

순봉이가 성라암에 같이 살게 된 얼마 후의 일이다.

우리 절의 공양주인 광제행 보살에게는 아들이 둘 있었는데, 이들은 6·25때 모두 월북했다. 전쟁이 끝나자 월북한 아들들과 광제행 보살 사이에 연락이 오고 가는가 싶어서 경찰들이 가끔 우리 절을 드나들곤 했다. 마침 또 경찰이 찾아와서 광제행 보살을 상대로 이것저것 물었다. 내가 참다못해 나섰다.

「자식이 월북했다고 해서 부모까지 사상이 이상한 사람 취급을 하면 곤란해요. 이 보살님은 아무 죄도 없으니 더 이상 귀찮게 좀 하지 마세요.」

우리가 이런 말을 나누고 있을 때였다. 웬 홀아비가 허리에 어린 애를 업고 나타났다. 그는 전쟁 중에 다른 가족을 다 잃고 딸 하나 가 남았는데, 홀아비 몸으로 도저히 어린것을 기를 수가 없어 찾아 왔으니, 좀 맡아서 길러 줄 수 없겠느냐는 청을 해 왔다.

「다 길러 놓으면 내 자식이라면서 찾아가려구요?」

「저 하나 잘 자라면 못난 아비야 더 바랄 것이 뭐가 있겠습니까 요. 내가 기르다가는 거지 만들기 십상이니 맡아 길러만 주신다면 찾아가지는 않겠습니다.」

형사가 우리 사이에 끼여들었다.

「보아하니 자기 몸 하나 추스르기도 힘든 사람 같습니다. 자식 기 를 여력이 없겠어요. 맡아 길러 주시면 기른 보람 느낄 수 있잖겠어 요?」

내가 형사에게 물었다.

「철날 때쯤 해서 나타나 내 딸이라고 달라면 아이에게도 안 좋을 거고, 나도 그렇게 기르다가 다시 내주고 싶지는 않으니, 형사님이 그런 일 일어나지 않는다는 보장을 할 수 있겠어요? 보장만 해주면 맡아 기르죠.」

형사가 아이의 아버지에게 물었다.

「당신 각서 쓰겠소, 아이를 나중에 찾아가지 않겠다는……?」

홀아비는 고개를 끄덕였다. 사상 심문을 나왔던 형사가 뜻하지 않게 입회인이 되고, 아이의 아버지가 각서를 써서 나에게 주었다. 이래서 나는 아이를 맡게 되었다. 그 아이의 이름은 순보라고 지었 다. 아이에게 호적을 만들어 준 다음 그때부터 내가 맡아 길렀다. 이때 순보의 나이 겨우 두 살이었다.

나는 순봉이나 순보가 아프면 옆에서 밤을 새웠다. 남에게 뒤지지 않는 좋은 옷을 입혀 기르고자 했다. 기르는 정이 낳은 정만 못할 것인가. 나는 분명히 말할 수 있다. 꽃이 아무리 아름다워도 사람만큼 못하다는 것을. 아이들이 재롱을 부리며 별 탈 없이 무럭무럭 자라나는 것을 지켜보는 즐거움이 어찌 꽃을 대하며 느끼는 기쁨 따위에 비교될 수 있을 것인가. 나는 이들이 나를 고독에서 구원해 주고 사는 보람을 느끼게 해준 것에 대해 부처님께 감사 드린다.

순봉이와 순보는 성격이 아주 대조적인 편이었다. 내가 머리를 깎은 다음의 이야기지만, 순봉이는 학교로 찾아가면 숨고는 했다. 스님 어머니가 찾아오는 것을 부끄럽게 여긴 탓일 게다. 순보는 내가 나타나면 스스럼없이 달려오고는 했다. 순봉이는 내성적이라면 순보는 활달했다. 순봉이는 친구가 거의 없었다. 반면에 순보는 자라면서 보니 사람을 잘 사귀는 편이었다.

순봉의 머리를 깎아 준 것은 잘못이었던 것 같다. 본인이 원해서 그렇게 해준 것이었지만 자기 인생의 진로를 스스로 알아서 결정할 만큼 나이가 들었을 때의 일이 아니었기 때문에 내 분별이 좀 모자랐다는 생각을 해보게 되는 것이다. 순봉이는 초등학교를 졸업하던 해에 머리를 깎게 하고 동국대학교 부속명성중고등학교를 다니게 했다. 대학은 동국대학교로 진학시킬 생각이었다. 공부를 하고 스님으로서 살아가기를 바랐다.

순봉이 자취를 감춘 것은 고등학교 졸업식을 일주일 남겨 두었을 때였다. 나는 갑자기 아이가 없어지자 당황했다. 혹시 잘못되지나 않았는지 걱정이 되어 밥을 먹을 수도 없었고, 밤이 되어 자리에 누워도 잠을 이룰 수가 없었다. 길을 가다가 순봉이 나이 또래의 아이를 만나면 순봉인가 하여 얼굴을 확인해 보고는 했다. 경찰에 수사를 의뢰해 놓았지만 좋은 소식을 가져다 주지 않아 애간장을 태웠다. 졸업식 때 내가 대신 학교로 가서 졸업장을 받아 오며 얼마나 눈물을 흘렸는지 모른다.

그렇게 애를 끓이다가 나는 생각했다. 순봉이는 인연 따라 나에게 왔다가 인연 따라 가버린 것이라고. 전생에 내가 그 아이에게 빚을 졌었는데 그 빚을 다 받자 떠난 것이라고.

나는 주위 사람들에게 누구든 내 앞에서 순봉이 얘기를 다시 꺼내지 말라고 했다. 그리고 그 애를 잊었다.

3년의 세월이 흘렀다. 전화벨이 울려서 무심코 수화기를 들었다 순봉이의 목소리가 흘러나왔을 때 나는 잊은 줄 알았던 순봉이를 완전히 잊지 못했다는 것을 깨달았다. 나는 애써 태연한 체하며 물었다.

「너 지금 거기 어디냐?」

「대구예요.」

「거긴 왜 갔어?」

「여기에 저를 낳아 주신 어머니가 살고 있어요.」

「어머니 만났으면 잘 살지 전화는 왜 했어?」

「어머니하고 싸워서 집을 나왔어요. 스님, 보고 싶어요.」

그 말을 하고 순봉이는 흐느꼈다. 내 가슴이 짜르르 저려 왔다. 몇 마디 듣지 않아도 순봉이가 지난 몇 년 동안 결코 순탄하게 지낸 것이 아님을 알 수 있었다.

「나를 보고 싶다면 찾아오면 될 게 아니냐?」

「머리를 길렀어요. 이렇게 하고 어떻게 찾아가요.」

「네 발로 찾아오지 못한다면 나더러 너를 만나러 오라는 말이구나?」

순봉이는 기어 들어가는 목소리로 말했다.

「네..」

그리고는 또 흐느꼈다. 나는 망설이지 않고 말했다.

「알았다. 내가 내일 아침에 뜨는 첫 고속버스를 타고 대구로 갈 테니까 대합실에 나와 있어라.」

나는 순봉이가 절로 돌아오고 싶어도 머리를 길러 못 오는 것이라는 걸 알았다. 순봉이의 말을 들어 보고 경우에 따라서는 다시 삭발을 하여 데려오리라 작정했다. 나는 승복을 한 벌 준비해 가지고 전화로 약속했던 대로 이튿날 첫 고속버스를 타고 대구로 내려갔다. 대합실에 도착하여 사방을 아무리 두리번거려도 순봉이의 모습이 눈에 뛰지 않았다. 나한테 전화를 건 직후에 마음이 바뀌어 모습을 나타내지 않는 것이라고 여기던 참인데, 누군가가 헉 소리를 내며 내 가슴에 쓰러지는 것이었다. 순봉이었다. 머리를 길러 파마를 한 순봉이의 모습은 처음엔 영 딴사람 같았지만 다시 보니 영락없는 순봉이었다. 순봉은 흐느꼈고 나는 또 가슴이 찡해졌다.

「기르던 강아지가 집을 나가도 찾는 법이다. 항차 사람을 길렀는데 네가 온다간다 말도 없이 집을 나갔으니 내 심정이 어떠했는지 알 수 있겠니?」

「학교로 오빠가 찾아왔었어요. 대구에 엄마가 계시다며 같이 가자고 해서 갔다가 곧 돌아올 생각으로 따라갔는데 옷을 빼앗고 머리를 기르게 해서 올 수가 없었어요. 저는 스님 곁으로 돌아가고 싶어요. 데려가 주세요.」

「네 어머니라는 사람 좀 만나자. 내가 너를 다시 데려가더라도 네 어머니 승낙을 받아야 데리고 가지 그대로는 안 된다.」

「집에 가면 성질이 못된 오빠가 있어요. 스님이 져요.」

「누가 싸움하기 위해 만나자는 줄 알아?」

「아무튼 소용없어요.」

순봉은 한사코 머리를 다시 깎아서 절로만 데려가 달라고 애원했다. 가족들을 만나 다짐을 받고 되깎이를 해주려던 나는 이렇게 되니 본인에게 물어 볼 수밖에 없었다.

「어릴 때는 철이 없어 머리를 깎았겠지만 지금은 다르다. 너도 이제 어엿한 성인이 되었으니 진로를 스스로 판단하고 선택할 수 있어야 한다고 본다. 잘 생각해 보고 결정해라. 네가 시집을 가고 싶다면 내가 시집보내 줄 거야. 나는 너를 한 번도 남으로 생각해 본 적 없어. 꼭 중으로 살라고 권하지도 않겠다. 네가 하고 싶다는 대로 내가 도와줄 테니 신중하게 생각하고 대답해라.」

「시집은 안 가요.」

「깊이 생각하고 대답하라니까!」

「그 동안 많이 생각했어요. 머리 깎고 대학교에 들어가서 공부나 하고 싶어요.」

「정말이야?」

「그렇다니까요.」

「그럼 알았다. 대학은 내가 보내 주지.」

나는 순봉이를 데리고 호텔로 갔다. 방을 빌려 삭발을 해주었다. 머리를 깎고 준비해 온 옷을 입히니 다시 본래의 모습으로 돌아왔다. 시집을 갔던 아이도 아니고, 중 옷을 입혀 성라암으로 데리고 오니, 사중이나 신도들은 순봉이 머리를 길렀다가 되깎고 돌아온 것을 아무도 몰랐다. 비 온 뒤에 땅이 굳어진다고 했던가. 시련을 극복하고 모쪼록 순봉이 내 품에서 마음의 평온을 얻은 다음 깊이 정진할 수 있게 되기를 바랄 뿐이었다.

순봉이 성라암으로 돌아온 지 보름쯤 됐을까. 절에 큰 재가 들어 그 준비로 분주한데, 동네 꼬마가 와서 나에게 말했다.

「여기 순봉이라고 있어요?」

「녀석아, 순봉이가 네 또래인 줄 아니?」

「아무튼 순봉이라는 사람이 있으면 가게 앞으로 좀 나오래요.」

「누가?」

「웬 청년 아저씨가 그 말 좀 전해 달라고 하던데요.」

누가 순봉이를 찾아온 걸까? 나는 불길한 예감을 안고 순봉이를 대신해서 절 앞의 가게로 향했다. 그곳에서 순봉이를 기다리고 있던 사람은 그 성질이 고약하다는 오빠였다. 그가 말했다.

「순봉이를 불렀는데 왜 스님이 나오세요?」

「순봉이는 왜 찾아왔소?」

청년은 내 말에 대꾸도 없이 나를 밀치고 절을 향해 뛰어올라 가며 소리를 질렀다.

「순봉아, 순봉아!」

오빠가 찾아와 자기 이름을 불러대니 순봉이가 사색이 되어 나타났다. 그녀의 오빠가 버럭 소리를 질렀다.

「머리를 기르느라고 얼마나 애를 썼는데 왜 또 깎았어!」

이런 낭패가 없었다. 명색이 스님이 된 동생을 오빠가 대중과 신도 앞에서 망신을 주고 있으니 순봉이 당황하여 어쩔 줄을 몰라 했다.

이때 경산 큰스님께서 법문을 하러 오셨다. 경황없는 중에도 스님을 내가 법당으로 모시고 갈 수밖에 없었다. 법당까지 경산 스님을 모셔 드리고 밖으로 나와 보니 순봉이는 오빠의 손에 끌려 어디론가 갔다는 것이었다. 순봉이는 그렇게 다시 절을 떠났다.

어려서부터 착하고 순하기만 하던 순봉이는 결국 승복을 벗고 말았다. 몇 년인가 소식이 끊겼다가 다시 연락을 주고받아서 세연(世緣)이 완전히 단절되지는 않았다. 순봉이는 지금 경상도 땅 어디에

선가 한복 만드는 일을 하며 살아가고 있다. 머리를 길렀으면 가정이나 가질 일이지 여전히 혼자 살고 있으니 내 마음이 편치 않다.

나는 내 자신이 머리를 깎은 이래 오는 사람 막지 않고 가는 사람 잡지도 않으면서 살아왔다. 그러나 순봉이는 그 나이 여섯 살 적에 나와 인연이 맺어져 내가 보살로 있을 때부터 손때 묻혀 기른 아이이고 보니 생각만 하면 가슴이 답답해진다.

순봉이는 길러 준 정을 생각하여 해마다 내 생일 때가 되면 밤에 슬그머니 나타나 나에게 옷을 들이밀고, 내 곁에서 하룻밤 잔 뒤 아침이면 언제 갔는지도 모르게 사라지고는 한다. 모쪼록 늦게라도 인생의 구김이 펴져서 복된 삶을 영위하기를 간절히 바랄 뿐이다.

처염상정(處染常淨) 염정불이(染淨不二)라는 말이 있다. 연꽃이 더러운 연못에 뿌리를 내리고 있으면서도 항시 깨끗한 꽃을 피워 내는 것처럼 필경에는 더럽고 깨끗함이 둘이 아니고 하나 라는 말이다. 그런 보살도를 걸어갈 수 있다면 더 바랄 것이 없으리라. 기신사바(奇身裟婆) 기심정토(奇心淨土)도 같은 말이다. 몸은 사바에 있어도 마음만은 정토에 깃들라는 것이니 이를 명념하라고 당부해 둔다.

순보는 동구여중을 거쳐 동명여고를 졸업했다. 대학입시에 실패한 다음 그녀는 여러 가지 일을 했다. 전화 교환수가 되겠다고 학원을 다니다가 타자를 배운다고 한동안 그쪽에 몰두했다. 그러다가 미용 기술을 익힌다고 학원을 다녔다. 미용사 자격시험을 보고 왔을 때였다. 내가 물었다.

「합격할 자신 있니?」

「떨어졌을 거예요. 다 하지도 못했는데 종을 쳤거든요.」

같이 응시했던 친구는 끝을 냈으니 합격할 것 같다고 했다. 그런데 얼마 후에 밖에서 돌아온 순보가 깔깔거리며 말했다.

「글세 시간이 없어 마치지도 못한 나는 미용사 자격증을 땄는데 다 끝냈던 친구는 떨어졌어요. 이건 뭐가 잘못돼도 크게 잘못된 거 아니우?」

「어쨌거나 네가 합격했단 말이냐?」

「그렇다니까요.」

「부처님이 돌봐 주신 게야.」

순보는 그로부터 명동에 있는 미용실에 나가며 한동안 일을 했다. 그러더니 어느 날인가 나에게 말했다.

「이제는 일류 미용사가 되려면 일본에 가서 기술을 배워 와야 해요. 그렇지 않으면 행세를 할 수 없다구요.」

「그래서 일본에 보내 달라는 말이냐?」

「네.」

「안 돼. 곧 시집가야 할 나이에 대단한 것도 아닌 미용 기술을 배우자고 일본엘 가겠다는 게 말이 돼?」

나는 단호하게 말했다. 그러나 순보는 아침저녁으로 보채기 시작했다. 며칠 그러다가 말려니 했는데, 사생결단으로 일본엘 보내 달라고 조르니 그것도 못 견딜 노릇이었다. 나는 생각다 못해 오사카에서 보현사의 주지로 있는 소연 스님에게 순보의 유학을 위한 수속을 부탁할 수밖에 없었다. 비자가 나오기 어렵던 때였는데 턱 비자가 나왔다. 이렇게 되어 순보는 오사카로 떠나갔다.

순봉이에게 머리를 깎아 주었던 것이 실수였다면 순보를 일본에 보낸 것이 또 실수라면 실수였다. 그곳에서 몇 년을 유학하던 순보는 일본 청년과 교제를 하게 되었다. 두 사람은 서로를 잘 이해하고 사랑하는 사이로 발전했는데, 일본 청년의 부모들이 그들의 결혼을 반대한다는 소식을 전해 왔다. 나도 순보를 일본 남자에게 시집보낼 생각은 없었다.

나는 순보의 편지를 받고 곧장 오사카로 날아갔다. 나는 순보에게 말했다.

「공부 마치면 한국으로 돌아올 일이지 누가 너더러 연애나 하랬어? 당장 한국으로 같이 가자.」

「저도 처음에는 일본 사람과 결혼까지는 생각하지 않았어요. 사귀다 보니 사람이 워낙 좋아서……, 만나 보고 싫다고 하시면 저도 단념하겠어요. 한번 만나 봐 주세요.」

품안에 있을 때의 순보가 아니었다. 순보를 직접 만나 얘기를 나누어 보니 순보도 어엿한 성인으로서 알 만한 것은 다 아는 사람이 되어 교제를 한 남자인데, 일본 사람이라고 하여 무턱대고 내칠 수만은 없다는 생각이 들었다. 순보의 원에 따라 그를 한번 만나 보자는 결정을 내렸다. 순보가 교제하는 청년을 보현사로 불렀다. 나는 태현 스님에게 사람 됨됨이를 좀 살펴보라고 부탁했다.

그는 나와 태현 스님에게 공손히 인사를 하고, 우리의 마음에 들기 위하여 무진 애를 썼다. 해방된 지 오래되었지만 일본어로 교육을 받았던 나는 일본말로 듣고 말하는 데 불편이 없는 편이다. 나는 청년에게 몇 마디 질문을 던져 보았다. 그 결과 주관이 있고, 결코 일시적인 상대로 순보를 생각하는 게 아니라는 것을 알 수 있었다. 특히 순보를 아껴 줄 수 있는 사람이라는 점이 마음에 들었다.

태현 스님은 사람이 괜찮으니 결혼을 승낙해 주는 것이 좋을 것 같다고 했다. 나는 청년의 부모가 반대한다는 것 하나가 걸렸다. 반대하는 결혼을 강행하여 시부모의 눈 밖에 나서 심한 마음 고생을 하게 되지나 않을까 우려되었던 것이다. 나는 일본 청년에게 말했다.

「부모님들이 반대하지 않는다면 나도 반대하지 않겠어요.」

나로서는 승낙한다는 뜻이었다. 그는 무수히 머리를 조아리며 나에게 감사했다. 신랑측 부모들의 반대는 완강했다. 그러나 당사자인 신랑감이 순보가 아니면 결혼하지 않고 독신으로 살겠다고 버티자 그로부터 몇 년 후에 부모들이 손을 들기에 이르렀다. 마침내 약혼식을 갖게 되어 나는 그 자리에 참석했다. 신랑의 어머니가 나에게 말했다.

「일본인인 우리의 입장에서 보면 한국 여자라는 것도 내키지 않는데 고아라니 더 반대할 수밖에 없었어요.」

「이해할 수 있어요. 나라도 그랬을 거예요. 그렇지만 순보는 출신을 모르는 고아가 아니라 내 친척의 딸이에요 친척이 죽어서 내가 데려다가 기른 거예요.」

신랑의 어머니는 순보가 나의 친척이었다는 말을 듣자 반색을 했다. 그녀는 큰소리로 외쳤다.

「아, 그래요?」

순보가 나를 긴장하여 바라보고 있었다. 이 아이를 불행하게 만들어서는 안 된다는 생각뿐이었다. 부처님도 내 진실을 이해하신다면 방편을 내어 말하고 있는 나를 용서해 주실 것 같았다. 신랑의 어머니는 활짝 갠 얼굴로 천만다행이라는 듯 늘어놓았다.

「근본을 모르는 여자라고 해서 더 반대를 했던 건데, 그런 줄 알았다면 진작에 승낙했을 거예요.」

나는 그녀의 말을 듣고 순보의 상처와 아픔을 보는 느낌이었다. 순보는 내가 아무리 잘 기르려고 했어도 스스로가 고아라는 생각을 떨쳐낼 수 없었던 모양이었다. 고아이기에 한국에 돌아와 집안 좋은 남자를 만나 결혼하겠다는 기대감을 버렸던 것은 아닐까. 그 애

178

의 유난히 명랑하고 활달한 성격도 자신의 처지를 감추기 위한 반작용에서 나온 것은 아니었을까.

그러나 그런 사실이 뭐 그렇게 중요하단 말인가. 우리는 부모를 선택하여 세상에 태어날 수는 없다. 좋은 가정에서 태어나지 못한 것이 결코 자식들의 잘못은 아니다. 그러기에 자기 출생의 비밀 때문에 괴로워하거나 떳떳하지 못하게 생각할 이유는 없을 것이다. 배울 만큼 배우고, 남에게 뒤지지 않을 정도의 지식을 쌓고, 건강하면 되는 것 아닌? 그러면 행복의 조건으로는 충분하지 않겠는가?

나는 순보가 구김살 없이 살며 긍정적으로 자기 인생을 바라 볼 수 있기를 바라 왔었다. 그런 면에서 순보는 아직 나를 실망시키지 않았다. 대견스럽다.

불광보소(佛光普照)라고 했다. 부처님의 자비광명은 삼천대천 세계를 넘어서도 두루 비추는 것임을 나는 믿는다 한국과 일본 사이에는 분명히 좋지 않은 민족 감정이 남아 있다. 그것은 정치력으로도 경제인의 힘으로도 쉽게 허물 수 없을 만큼 견고한 벽을 형성하고 있다. 종교는, 그리고 사랑은 그 벽을 헐어 낼 수도 있다. 그런 의미에서 순보가 불광보조라는 말을 늘 잊지 않고 양국 우호증진에 나름대로 기여할 수 있는 방법을 찾을 수 있기를 바란다. 그렇게 된다면 이 국제 결혼은 대성공이라고 할 수 있을 것이다.

나는 순봉과 순보를 직접 낳지는 않았지만 그들을 출가 전에 양녀로 받아들여 온 정성을 다해 길렀다. 그러기에 두 사람이 행복하게 되기를 바라는 마음은 세상 누구 못지 않다. 그만큼 나는 그들을 사랑했다. 이 이야기를 쓰면서 혹 그 아이들에게 누가 되는 것이 아닐까 하는 걱정을 제일 많이 했다. 이제는 다 성인들이니 담담하게 받아들일 수 있으리라 여기며 내 삶에서 빼놓을 수 없는

179

부분이기에 여기 적어 보았다.

　순봉이를 데려오게 된 계기를 마련해 주었던 법경 스님은 그 후에 동국대학교를 거쳐 파리에서 박사학위를 취득하고 귀국했다. 장장 17년이 걸렸다. 이에 따른 어려움을 어찌 필설로 다 헤아리겠는가. 그러나 그 모든 역경을 집념 하나로 극복하고 마침내 결실을 맺으니 자랑스러운 일이 아닐 수도 없다. 현재는 동국대학교에서 철학을 강의하며 후진 양성에 힘쓰고 있다.

삭발 염의

이야기가 많이 앞질러서 전개된 감이 있다. 지금부터는 내 인생의 가장 큰 전환점이 되었다고 평가하고 있는 나의 출가에 대하여 더듬어 보고자 한다.

어머니 스님은 살아 계실 때 여러 번에 걸쳐 나에게 머리를 깎고 불문에 귀의할 것을 종용했었다. 결혼한 지 두 달만에 병이 들었고, 8년 만에 남편과 사별하여 혼자 살고 있는 내가, 당신이 보시기에 다시 재혼하여 세속적인 행복을 추구해 나가기란 불가능하게 여기신 것 같았다. 나도 새로운 남자를 만나 가정을 갖고 싶다는 욕망은 없었다.

다만 머리를 기르고 있으면서도 불법은 믿을 수 있는 것이고, 구태여 꼭 성직자가 되어야 할 필요성을 느끼지 못했기에 결단을 내리지 않은 것뿐이었다. 성격상 스님이 될 바에야 철저하게 스님이 되어야 하는데, 결국 아니라고 해도 속세적 삶에 대한 향수나 미련을 채 다 버리지 못했고, 엄격한 구도자의 삶을 영위하는 데 대한 자신감이 없었던 탓에 어머니 스님 생전에 머리를 못 깎았던 것이다.

우리 성라암에서 조금 떨어진 곳에 청룡사라고 있었다. 어머니 스님은 그 절의 임상림 스님에게 나를 상좌로 데리고 가라고 말씀하신 적이 있었다. 임상림 스님은 오며 가며 성라암에 들러 나에게 언제 머리를 깎겠느냐고 묻고는 했다.

「전 아직 출가할 마음의 준비가 안 돼 있어요.」

「그럼 준비가 되어 머리를 깎게 되면 그때는 내 상좌가 되는 거요?」

나는 웃으면서 대답했다.

「네.」

나는 어머니 스님이 돌아가시고 나자 우유부단하여 생시에 소원을 못 들어드렸다는 자책감에 빠졌다. 그리고 어머니를 의지하여 살아오다가 당신이 떠나가시매, 형언할 수 없는 고독과 삶에 대한 깊은 허무를 체험했다. 나는 부처님의 품안에서 그 모든 것을 해결하고 싶다는 강한 욕망을 비로소 절실히 느꼈다.

나는 마침내 출가를 결심했다. 그리고 어머니 스님이 권유했던 대로 임상림 스님을 은사로 모시고 싶었다. 그러나 막상 마음을 정하고 났을 때 청룡사에는 임상림 스님이 계시지 않았다. 누구를 은사로 모셔야 할지 심각하게 고민했다.

어머니 스님이 돌아가신 지 몇 달이 흘러 동짓달이 되었다. 이때 청룡사의 주지인 운송 스님에게 내 고민을 털어놓았더니 그 스님이 말해 주었다.

「그렇다면 내가 아주 훌륭한 선객 비구니 스님을 은사로 모시게 주선해 드리죠.」

내가 물었다.

「그분이 어느 스님이신 데요?」

「김일엽(金一葉) 스님이라고 우리나라 비구니계에서 가장 큰스님으로 추앙 받고 있는 분입니다.」

일엽 스님에 대해서는 나도 전혀 모르는 것이 아니었다. 동경 유학을 한 신여성이요 시인이었다는 것, 만공(滿空) 스님에게 계를 받고 수덕사에서 출가하여 견성암을 몇 십 년 동안 지켜왔다는 것 등에 대해 익히 들어 알고 있는 터였다. 그런 큰스님을 은사로 모실 수 있다면 다시없는 영광일 것 같았다.

인연은 전혀 예기치 않았는데 맺어지는 경우가 허다하다. 나와 순봉, 순보와의 인연도 그렇고, 일엽 스님과의 인연도 그렇다. 전에는 어찌 상상이나 했던 일인가, 노상 출가를 하게 되면 임상림 스님의 제자가 되리라 했는데 막상 그때가 되니 인연이 닿지 않아 그분을 은사로 모시지는 못했다.

깨닫지 못한 인간의 상식으로 헤아리면 인연이란 전혀 뜻밖의 만남이지만 일체중생은 인(因)과 연(緣)에 의하여 생멸한다는 것이 불법이니 결코 우연의 결과를 인연이라고 할 수는 없을 것이다. 결과를 얻을 직접적인 원인과 그 인으로 말미암아 얻어지는 간접적인 힘의 귀결점을 스스로 헤아려 좋은 인연이 연계되도록 할 일이다.

나는 운송 스님에게 물었다.

「그럼 견성암으로 일엽 스님을 찾아뵈어야겠네요?」

「그럴 필요 없습니다. 일엽 스님께서는 지금 개운사에 와 계십니다. 개운사로 찾아뵈면 됩니다. 일엽 스님은 산에 올라가신 지 몇 십 년 만에 처음으로 하산하여 서울에 오신 겁니다.」

「서울엔 무슨 일 때문에 오셨어요?」

비구 스님은 내 말에는 대답하지 않고 엉뚱한 질문을 했다.

「보살님은 불교계의 정화 바람을 어떻게 생각하고 계십니까?」

당시 불교계에서는 정화(淨化) 선풍이 거세게 몰아치고 있었다. 불자들이면 대강 다 알고 있는 사실이겠지만 우리나라의 사찰에 대처승이 생기게 된 것은 일제 시대였다. 우리의 종풍을 말살하기 위해 결혼을 한 사판 승려들로 하여금 각 사찰의 주지를 맡도록 했던 것이다. 일제가 물러갔으니 처자가 있는 스님들은 절에서 떠나야 한다는 것이 정화 측의 생각이었다. 대다수의 이판 스님들이 이에 동조했다. 그러나 청룡사 운송 스님은 견해가 달랐다.

　　「공부만 하는 이판 스님들이 절 살림을 할 수 없으니까 그들이 공부에 전념할 수 있도록 뒷바라지를 하는 사판승들을 몰아내려고만 할 것이 아니라 조화를 이룰 수 있도록 하면 좋지 않겠느냐는 것이 나의 생각입니다.」

　　일엽 스님은 연세가 들면서 여러 대의 치아를 못쓰게 되었다고 한다. 충치를 치료하고 아주 못쓰게 된 것은 뽑아낸 다음 틀니를 하기 위해 서울 나들이를 하게 된 것이었다. 그런 일엽 스님을 조계종 측에서 대처승들의 본부격인 개운사로 모신 것이었다.

　　청룡사 운송 스님은 나를 개운사로 데리고 갔다. 개운사의 안채에는 대처승들이, 큰방에는 정화를 지지하는 비구니 스님들이 몰려들어 점거하고 있었다. 서로 첨예하게 대립되어 있는 분위기는 사뭇 삼엄했다.

　　운송 스님이 일엽 스님에게 말했다.

　　「스님께 상좌 한 분을 소개해 드리려고 찾아뵈었습니다.」

　　일엽 스님은 그의 말을 듣고 나를 지그시 바라보았다. 밖에는 동짓달의 매서운 한파가 몰아치고 있었다. 바람이 불자 나뭇가지들이 사납게 울부짖었다. 정화를 둘러싼 불교계의 바람도 초강풍이었다. 그러나 개운사의 큰방에서 만난 일엽 스님은 그 모든 소요와 동요를 잠재우며 깊이 가라앉아 있는 호수나 태산과도 같았다.

일엽 스님이 나에게 물었다.

「출가를 하려고……?」

나는 공손히 대답했다.

「네.」

「삭발하는 것이 중요한 것이 아니라 중노릇을 제대로 할 수 있느냐가 중요한 게야. 아무려나 머리를 깎는 것은 인연따라 되는 것이지만 무슨 이유로 출가를 하려누?」

「저희 어머니도 스님이었습니다. 생전에 머리를 깎으라고 많이 권했었는데 못해 드려 불효를 저지른 것이 늘 후회가 됩니다.」

「어머니가 스님이었다면 대강의 불법은 알고 있겠군. 어쨌거나 불교와 인연이 깊은 보살을 만나게 되어서 반가워요.」

나는 일엽 스님에게 8년 앓았던 열네 가지 병이 부처님의 은덕으로 일시 소멸될 수 있었다는 것과, 어머니 스님이 살 수 있도록 절을 만들어 드렸던 일 등을 포함하여 그간의 경위에 대해서 소상히 아뢰었다. 그 자리에는 덕숭산 견성암에서 몇 십년 만에 하산한 일엽 스님을 시봉하기 위해 따라온 세 명의 비구니 스님이 함께 있었다. 그 중 나이가 많은 분이 경희 스님이었고, 젊은 두 비구니 월송과 정진 스님이었다. 경희 스님이 나에게 물었다.

「보살님, 그럼 보살님 절에 방도 여럿 있겠네요?」

「네.」

「그럼 우리가 그곳에 옮겨가서 좀 있어도 될까요?」

「그야 물론이지요.」

일엽 스님은 치과를 다녀야 하기 때문에도 덕숭산으로 돌아 갈 수가 없는 입장인데, 해소병까지 앓고 있었다. 난방이 제대로 되지 않아 방안에서도 이불을 뒤집어쓰고 있어야 하는 그곳은 노선사가 머물기에는 너무 좋지 않았다. 공기가 험악할 뿐만 아니라 거처도 불편했다.

경희 스님이 일엽 스님에게 말했다.

「우리, 보살네 절로 옮겨가요. 그곳에 머물며 스님 이도 치료하시고 정화 추이를 지켜보시는 것이 좋지 않겠어요?」

운송 스님이 일엽 스님을 나에게 소개해 주는 진짜 이유는 일엽 스님이 개운사에서 거처를 옮겨갔으면 하는 계산 때문이었을 것이다. 일엽 스님 같은 비구니계의 지도자 스님이 계속 개운사에 버티고 계시는 것이 대처 스님들에게는 여간 큰 부담이 아니었던 모양이다. 나로서는 물론 일엽 스님을 모실 수 있다면 그보다 더한 영광은 없을 것이다. 그래서 여러 사람에게 일엽 스님의 성라암행이 바람직하다는 생각을 갖도록 했던 것이다. 그러나 처음에 일엽 스님은 경희 스님을 책망했다.

「왜 너희들이 서두는 게야. 나는 아무 곳에나 있어도 괜찮아.」

내가 조심스럽게 말했다.

「가까운 시일 내에 한번 오셔서 보시고 마음에 들면 아주 성라암에서 사십시오. 제가 성심껏 모시겠습니다.」

일엽 스님은 가타부타 말씀이 없었다. 나는 재차 스님을 모시기가 원이라는 청을 드렸다. 여러 번 권유를 받고서야 스님은 성라암 방문을 허락했다. 그 날 성라암으로 돌아오는 나를 따라 시봉하는 스님들이 성라암을 방문해서 노스님이 머물 수 있는 곳인가를 답사했다. 그리고 일엽 스님이 성라암을 찾아오신 것은 우리가 개운사에서 만난 사흘 후였다.

일엽 스님은 성라암에 머물게 되었다. 어느 날 스님이 내 출가 문제에 대해서 말씀하셨다.

「꼭 지금 당장 머리를 깎아야 할 필요는 없으니까 얼마간의 기간을 가지고 충분히 생각해 봐요. 그리고도 마음에 변화가 없으면 내가 제자로 받아들이지.」

「감사합니다.」

경자년이 피안(彼岸)으로 사라져 가고 새로 맞은 신축년도 서너 달이 물 흐르듯 흘러간 무렵의 어느 날, 일엽 스님이 나에게 물었다.

「어머니 생전에 저질렀던 불효를 갚는 뜻으로 출가를 하고 싶다고 했었지?」

「네.」

「아직도 그 생각에 변함이 없어요?」

「네.」

「새삼스러운 말이 될지는 모르지만 출가라는 것은 단순히 속인이었던 이가 머리를 깎고 스님이 되는 통과의례를 말하는 것이 아니에요.」

「……」

「출가라는 말이 온전한 의미를 획득하려면 그에 합당한 진리를 향한 삶의 내용으로 채워져 있어야 하는 것이에요.」

일엽 스님은 출가를 세 단계로 나누어서 정리해 들려주었다.

첫째는 육친출가(六親出家)다. 부모, 형제, 처자 등의 친족으로부터 떠나는 경위를 말한다. 그것은 곧 혈연과 인습에의 복종을 중시하는 세속적인 가치로부터의 이탈을 의미한다.

둘째는 오온출가(五蘊出家)다. 색수상행식(色受想行識)의 오온은 인간의 육체와 정신을 포괄하는 말이다. 인간은 자기에 대한 집착을 쉽게 버리지 못한다. 모든 고(苦)와 이기심은 아(我)에 대한 집착에서 비롯된다. 육친출가를 했더라도 자기에 대한 집착을 버리지 못할 때의 출가란 형식에 그친다고 할 것이다.

셋째, 법계출가(法界出家)다. 이는 우리가 진리라고 믿는 세계로부터 떠나야 한다는 뜻이다. 세상에는 많은 주의 주장이 있고, 그것은 저마다 정당성을 앞세우고 있다. 대립과 갈등이 여기에서 비롯된다. 법계출가란 진리라고 믿는 독단과 오류로부터 벗어나야 비로소 출가가 완성된다는 의미다.

일엽 스님은 설명을 마치고 물었다.

「능히 그 단계를 거쳐 출가한 참뜻을 깨닫게 될 수 있을까?」

「열심히 정진해 보겠습니다.」

일엽 스님은 천천히 고개를 끄덕이고는 마침내 말했다.

「그럼 소상 때를 맞춰 수계식을 갖도록 해야겠어요.」

유월 열 나흗날이 어머니 스님이 돌아가신 지 일주기가 되는 날이었다. 불효를 속죄하는 의미로 출가를 하는 것이면 그 일주기를 맞아 수계식을 갖는 것이 좋겠다는 말씀이었다.

마침내 머리를 깎게 되었다. 출가한다. 불문에 드는 것이었다. 세속적 삶에 대한 미련은 없었다. 두고 가기 차마 애석한 여정이 전혀 없다면 거짓말이겠지만, 비교적 걸리는 것이 없어 담담하게 떠날 수 있는 입장이었다. 피를 나눈 혈육이라고는 언니뿐이었다. 언니는 딸을 시집 보내는 어머니처럼 내 손을 잡고 눈물을 흘렸다.

「꼭 스님이 되어야 하니?」

「어머니가 원했던 일이고 나도 결심이 섰어요. 보다 더 넓은 자유와 이상을 향해 나가는 것이니 슬퍼하지 마세요.」

나에게 사미니계를 내려 줄 계사로는 경산(京山)큰스님을 모시게

188

되었다. 법경 스님의 은사가 경산 스님이었다. 법경 스님이 중간에서 다리를 놓아 경산 스님을 계사로 모시는 인연을 맺게 된 것이었다. 은사 스님은 나에게 법성(法性)이라는 법명을 지어 주었다.

신축년 6월 13일, 양력으로는 1961년 7월 25일에 수계식을 가졌다. 이때의 내 나이가 마흔 여덟이었다. 일년 전 어머니 스님이 열반하시던 때에는 이슬비가 내렸었는데, 내가 출가하는 소상날은 구름 한 점이 없이 쾌청했다. 성라암의 법당에는 은사 김일엽 스님을 비롯하여 나와 인연이 있는 여러 비구, 비구니 스님들과 신도들이 자리를 같이 했고, 경산 스님이 법상(法床)에 오르셨다.

계사 스님은 먼저 계정혜(戒定慧) 삼학이 불교의 근본 이념이며 전체의 법상이라는 말씀을 했다. 계학은 율(律)이요, 정학은 선(禪)이요, 혜학은 교(敎)니, 율은 불행(佛行), 선은 불심(佛心), 교는 불언(佛言)을 나타낸다고 전제한 다음, 정계(定戒)가 없는 혜는 건혜(乾鞋)요, 계혜(戒慧)없는 정은 고선(枯禪)이요, 정혜(定慧)가 없는 계는 편협한 소절(小節)에 불과할 것이므로 이 세 가지는 부즉불리(不卽不離)해야 한다고 설했다.

경산 스님의 말씀이 계속됐다.

「경(經)이 우주의 진리를 설파한 것이라면 논(論)은 체계적인 이론을 갖춘 것이고 율(律)은 실천 도덕을 강조한 것입니다. 세 가지 불법이 섭심(攝心)으로써 계를 삼으니 계율(戒律)은 그 터전이 되어서 계행을 인(因)하여 정력(定力)이 생겨나고 선정(禪定)으로 말미암아 지혜가 일어나는 것입니다. 초심 학인들이 이같은 심학을 알지 못하고 계행을 무시함으로서 스님의 위의(威儀) 탈선이 있는 즉, 그것이 또한 종단의 위신을 손상시키는 원인이 된다고 볼 수 있습니다. 모쪼록 이 점을 명심하고 수계에 임하기 바랍니다.

이로부터 사미니 수계식이 진행되었다. 사미는 범어로서 모든 번뇌는 쉬고 부지런히 수행을 닦아서 자비를 행한다는 뜻이다. 나쁜 짓을 쉬고 자비를 행하는 것, 세간에 물드는 짓은 쉬고 중생을 자비로써 제도하는 데 부지런히 힘쓰고 열반을 구한다는 것 등이 포함되어 있는 말이다. 그것을 열 가지로 요약해 놓은 것이 사미니 계율이다. 경산 스님은 그 열 가지를 조목조목 열거하며 계를 설했다.

첫째, 중생을 죽이지 말라〔不殺生〕.
위로는 부처님, 성인, 부모로부터 아래로는 날아다니고 기어다니는 보잘것없는 곤충에 이르기까지 생명이 있는 것을 죽이지 말고, 남을 시켜 죽이거나, 죽이는 것을 보고 좋아하지도 말아야 한다.
경에는 겨울에 이가 생기거든 대통에 넣어 솜으로 덮고 먹을 것을 주라고 했다. 얼고 굶어 죽을 것을 염려해서다. 보잘것없는 것에도 그렇게 하거늘 큰 것은 말할 것도 없을 것이다. 죽이는 것을 보고도 자비한 마음을 내라 하였으니 어찌 경계하여 살생을 금하지 않을 수 있겠는가.

둘째, 훔치지 말라〔不盜〕.
귀중한 금과 은으로부터 바늘 한 개, 풀 한 포기까지라도 받지 않은 것은 갖지 못한다. 상주물(常住物)이나 시주의 것이나 대중의 것, 관청의 것, 개인 것 등을 빼앗거나 훔치거나 속여서 갖거나, 세금을 속이거나 뱃삯, 차비를 안 내는 것이 모두가 훔치는 일이다.
경에 상주 과일 일곱 개를 훔치고, 대중이 공양할 떡 두 개를 훔쳐 먹고 지옥에 떨어진 사미가 나온다. 그러므로 차라리 손을 끊을지언정 옳지 못한 재물을 가지지 말라고 하였으니 어찌 경계하지 않겠는가.

190

셋째, 음행하지 말라(不淫).

출가하지 않은 이는 사음(邪淫)만을 금하지만 출가한 이는 온갖 음행을 모두 끊으라고 하였다. 따라서 세간의 온갖 남성, 여성과 관계하는 것이 모두 계를 파하는 것이 된다.

수능엄경에는 보련향이라는 비구니가 남모르게 음행을 하면서 음행은 중생을 죽이는 것도 훔치는 것도 아니니 죄 될 것이 없다는 말을 하는 대목이 나온다. 결국 보련향은 몸에 불길이 일어나서 산 채로 지옥에 들어가고 말았다. 세인들은 음욕으로 인하여 몸을 망치고 가정이 파산한다. 세속을 넘어 승(僧)이 되고서 어찌 다시 음행을 범할 것인가.

넷째, 거짓말하지 말라(不妄語).

거짓말에는 네 가지 종류가 있다. 첫째는 허망한 말이다. 옳은 것을 그르다고 하고 그른 것을 옳다 하며, 본 것을 못 보았다고 하고 못 본 것을 보았다고 하는 허망하고 진실치 않은 말이다. 둘째는 비단결 같은 말이다. 푸짐한 말을 늘어놓으며 애끓는 정열을 하소연하여 음욕으로 인도하고 동정을 돋워 남의 마음을 방탕케 하는 말을 이른다. 셋째는 나쁜 말이니 추악한 욕설로 사람을 꾸짖는 것을 말한다. 넷째는 두 가지로 하는 말이 있다. 이 사람에게는 저 사람 말을 하고 저 사람에게는 이 사람 말을 하여 두 사람 사이를 이간시키고 싸움을 붙이거나, 심지어 처음에는 칭찬하다가 나중에는 훼방하거나, 만나서는 옳다고 하고 딴 데서는 그르다고 하거나, 거짓 증거로 죄에 빠지게 하거나, 남의 단점을 드러내는 것들이 모두 두 가지로 하는 말이다.

그러나 거짓말이라도 남의 급한 재난을 구하기 위해 자비한 마음으로 방편을 내서 하는 거짓말은 죄가 되지 않는다.

어떤 사미가 늙은 비구의 경 읽는 소리를 비웃어 개 짖는 소리 같다고 했다. 비구가 사미에게 곧 참회토록 하여 사미가 지옥에 떨어지는 것만은 면하게 하였으나 개로 몸을 다시 받아 태어나는 것만은 면할 수 없었다고 한다. 나쁜 말 한마디의 해가 이처럼 크다. 사람의 입안에 도끼가 있어서 나쁜 말 한마디가 몸을 찍게 만든다고 하였다. 반드시 지켜야 할 계율이다.

다섯째, 술 마시지 말라〔不飮酒〕.

술로써 치료를 해야 할 사람은 대중에게 말하고 마셔야 한다. 그 외에는 한 방울도 입에 대지 말아야 하고 심지어 술 냄새를 맡지도 말고 술집에 머물러서도 안 되며 남에게 술을 먹여서도 안 된다.

술 한 번 마시는 데 서른여섯 가지 허물이 생긴다고 했다. 술을 즐기는 사람은 죽어 똥물 지옥에 들어가며, 날 때마다 바보가 되어 지혜로운 종자가 없어진다. 술은 정신을 어지럽게 하는 독약이어서 비상보다도 심하므로 차라리 구리물을 마실지언정 술을 마시지 말라고 했다.

여섯째, 꽃다발을 쓰거나 향을 바르지 말라 〔不着香華髮 不香塗身〕.

인도 사람들은 비단과 명주실과 금은 보석 따위의 패물로 관을 만들어 머리에 쓰는 풍습이 있었다. 그 사치가 도를 넘어 동시에 향을 바르고 연지와 분을 바르고는 했다. 호화롭게 치장하고 가꾸는 일은 출가한 사람이 할 일이 아니니 경계해야 한다.

일곱째, 노래하고 춤추고 풍류에 젖지 말며 가서 구경하지도 말라[不歌舞倡伎 不往觀聽].

옛날 어떤 신선은 여인들이 아름다운 목소리로 노래하는 것을 듣다가 신족통을 잃었다고 한다. 구경하는 해도 이러한데 하물며 자기가 할 수 있겠는가. 법화경에 비파, 광쇠, 요령으로 풍류를 잡힌다는 말을 듣고 제멋대로 풍류를 배우지만 법화경 말씀은 부처님께 공양하는 것이지 자기를 위한 것은 아니다. 시주를 위한 인간의 법사에서는 할 수도 있지만 출가한 사람으로서 옳은 일을 하지 않고 노래와 풍류를 배우며 보고 듣는다는 것은 도 닦는 마음을 어지럽히고 허물을 돕는 것이다.

여덟째, 높고 큰 평상에 앉지 말라[不坐高廣大牀].

부처님 법에, 평상을 만들되 부처님 손으로 여덟 손가락을 넘지 못하게 하였다. 따라서 이보다 지나치는 것은 계를 범하는 것이다. 더욱이 칠하고 단청하고 꽃무늬를 새기며 명주나 비단으로 만든 휘장이나 이부자리 같은 것은 사용하지 말아야 한다.

아홉째, 때아닌 때 먹지 말라[不非時食].

많이 먹지 말고, 좋은 음식을 먹으려 하지 말고, 마음놓고 먹지 말아야 함을 항시 경계하라는 계이다. 대중이 공양하는 시간 이외에는 절대로 함부로 음식을 먹지 말라는 뜻이다.

열째, 금이나 은, 다른 보물들을 갖지 말라[不捉持生像金銀寶物].

금은 보석은 모두 탐심을 돕고 도를 방해하는 것이다. 빈도(貧道)

라 자칭하는 스님네가 재물을 모아서 무엇하겠는가. 다른 사람들의 가난한 형편을 생각하고 항상 보시를 행할 것이요, 돈을 벌려고 하지 말며, 모아 두지 말며, 장사하지 말며, 귀중한 칠보로 옷과 기구를 장식하지 말아야 한다.

경산 큰스님의 계설이 끝나자 연비를 해주셨다. 팔뚝에 베오라기를 꽈 밀랍을 칠해서 만든 연비를 올려놓고 불을 붙였다. 따끔한 그 사이에 나의 모든 업장이 녹아지기를 부처님께 지극한 마음으로 참회했다. 그리고 마침내 모든 수계식 절차가 끝났다. 드디어 나는 승려가 된 것이었다.

처음 삭발을 하려고 결정했을 때 몇 년 동안은 바깥출입을 하지 않겠다고 마음먹었다. 세상과 인연을 끊겠다는 각오였다기보다 범사를 멀리하고 공부에 전념하고 싶어서였다. 그러나 막상 머리를 깎고 보니 그럴 수가 없었다. 돌봐야 할 일이 많아, 가급적이면 일상사에서 초월하여 공부하는 데 많은 시간을 할애하되 피치 못할 일이 생기면 조화롭게 병행해 나갔다.

처음에 사람들 중에는 나에 대해 혀를 차거나 가엾다는 반응을 보이는 이가 적지 않았다. 부처님은 왕자의 자리를 박차고 머리를 깎은 분이었다. 세속적인 가치의 최정점을 상징하는 왕자의 자리를 버렸기에 정신적인 초월성과 인류애로 상징되는 세존(世尊)으로의 이행(移行)이 가능했던 것이다. 두고 가기 아까운 대단한 것이 있는 것도 아닌 나야 희망을 가지고 기쁘고 홀가분하게 걸어갈 수 있었다. 오히려 나를 안타깝게 생각하는 그들이 더 불쌍하게 느껴질 정도였다.

나는 즐거움 속에서 경을 읽고 목탁을 치며 염불을 했다. 밤 9시면 잠자리에 들었다가 새벽 3시에 일어나 예불을 드리는 생활이 시작되었다. 그것은 내가 불문에 든 이래 지금까지 변하지 않는 일과가 되었다. 나는 그 속에서 보람과 기쁨을 느끼기에 한 번도 출가한 것을 후회해 본 일이 없다.

나는 이제 허허로운 아침을 맞이하지 않아도 되었다. 예불과 함께 시작되는 나의 아침은 공허롭지 않았고, 법열(法悅)로 충만해 있었다.

청춘(靑春)을 불사르고

나의 은사 일엽 스님은 스님이기 이전에 시인이며 수필가였다. 만공 큰스님이 일엽 스님을 제자로 받아들이기 전에 말했다고 한다.

「그대는 세속에서 여류시인이라는 말을 들었는데, 지금까지 쓰던 시는 새 울음소리고, 사람의 시는 사람이 되어 쓰게 되는 것이나, 그래도 시라고 쓰게 되고 그 문학적 수양을 하게 되는 것만도 그 방면에 연습을 많이 했기 때문이니 그 업을 녹이기는 대단히 어려운 일인데, 글 쓸 생각 글 볼 생각을 아주 단념할 수 있겠는가? 그릇에 무엇이든 다른 것이 담겨 있으면 다른 것을 담지 못하지 않겠는가?」

일엽 스님은 만공 큰스님에게 빈 마음으로 왔다고 했고 그때부터 절필을 했다고 한다. 그것이 장장 30년이 흐른 것이었다. 30년 동안 글을 쓰지 않던 일엽 스님께서 성라암에 머물던 어느 날 나에게 말했다.

「나는 출가를 한 이래 그릇 한 번 치워 본 일이 없고, 빨래도 내 손으로 한 일이 없어. 사중(寺中)의 도반들이나 여러 대중들에게 빚이 많으니 이번에 글을 써서 그것을 갚아야겠어.」

196

나는 오랫동안 글을 쓰지 않았던 스님께서 다시 펜을 들 생각을 했다는 것만으로도 기뻐서 말했다.

「원고지와 만년필은 제가 대 드리겠습니다.」

「고맙네.」

나는 일엽 스님에게 원고지와 만년필을 사다가 드렸다. 마침내 스님은 우리 성라암에서 집필을 시작했다. 스님은 아랫목의 벽을 향해 앉아서 글을 썼다. 면벽수도를 하는 것 같은 자세였다. 사람들이 편한 자세로 앉아서 글을 쓰시라고 권하면 스님은 이렇게 대답했다.

「나는 이렇게 하는 것이 편해.」

하루는 차를 대접해 드리기 위해 방안으로 들어가니 얼른 손수건으로 눈물을 닦으며 원고지 위를 달려가던 만년필을 내던지는 것이었다. 글을 쓰면서 감정이 복받치면 눈물을 흘리는데, 벽을 보고 앉아 있어야 눈물 흘리는 모습이 사람들 눈에 띄지 않을 것이라 여겨 돌아앉아 글을 쓴다는 것을 이때 알았다. 벽쪽을 보고 있는 것이 결코 편해서가 아니었던 것이다.

30년을 수도에 정진하며 마음을 가라앉힌 노선객이었건만, 저 가슴 깊숙한 곳에 숨겨 두었던 이야기들을 끄집어내어 글로 만들다 보니, 절로 눈물이 나는 것 같았다. 나는 일엽 스님의 그 글이 천하에서 짝을 찾기 힘든 역작이 되리라는 것을 믿어 의심치 않았다. 그리고 무엇보다 집필에 몰두하시는 스님을 시봉해 드리는 것이 기뻤고 자랑스러웠다.

은사 스님은 집필에 몰두했다. 그리고 마침내 탈고되어 1962년 5월에 《청춘(青春)을 불사르고》라는 제목으로 출판이 되었다. 베스트셀러가 될 것이라는 나의 예상은 빗나가지 않았다. 그 책은 세상에 나오자마자 낙양의 지가를 올리며 세인의 비상한 관심을 불러

모으기 시작했다.

이때 『청춘(靑春)을 불사르고』를 출판했던 출판사에서, 저자 김일엽 스님이 소설가 춘원 이광수 씨의 숨겨진 애인이라는 헛소문을 퍼뜨렸다. 충격적인 화제를 불러일으키기 위한 판매 전략이었다. 당시 이광수 씨는 납북 당해 있었으나 그의 부인인 허영숙 씨는 명륜동에 살고 있었다. 허영숙 씨는 일엽 스님과 평소 안면이 있었기에 가끔 성라암을 찾아오고는 했다.

출판사에서 이광수의 옛 애인 김일엽의 자전적 고백이라고 떠벌여대자 허씨가 헐레벌떡 성라암으로 달려왔다. 그녀의 얼굴에는 노기가 등등했다. 허씨가 일엽 스님에게 따졌다.

「스님이 그분과 아무 관계도 아니라는 것은 내가 알고 스님이 알고 있는 사실인데 이래도 되는 거예요?」

일엽 스님은 태연자약했다.

「웬 호들갑이오?」

「스님은 스님이 그분의 옛 애인이라고 거짓 선전을 떠벌려 대는데도 아무렇지도 않단 말이에요? 이것은 그분의 명예를 훼손시키는 중대한 일이에요.」

「이광수가 뭐 그리 대단하며 김일엽은 또 뭐가 그리 대단할 것이 있어요. 먹고사는 데 도움이 된다면 몸뚱이도 내줄 수 있거늘, 까짓 별 가치도 없는 허명을 좀 들먹인다고 펄쩍 뛸 것까지야 있겠어요? 내버려두시오.」

허씨는 약이 올라 얼굴이 상기되었다.

「도인 같은 소리는 그만 좀 하세요. 나는 참을 수 없으니 출판사 쪽에서 당장 사과하지 않으면 고소를 하겠어요.」

나의 은사 일엽 스님은 대범한 인물이라는 것이 내가 스님을 추억할 때 가장 먼저 떠오르는 생각이다. 일엽 스님은 스캔들까지도 대범하게 무시해 버렸다. 이런 큰 인물의 생각이 담긴 글이었으니 『청춘(靑春)을 불사르고』는 스캔들을 조작하여 세인의 관심을 끌지 않았더라도 베스트셀러가 되었을 것이다. 아무튼 『청춘(靑春)을 불사르고』는 출판사상 유래가 없는 베스트셀러가 된 동시에 성라암은 그 베스트셀러의 산실로도 기념비적인 장소가 되었다.

책을 출판해서 들어온 수입은 시봉이 관리했다가 스님이 열반하신 후에 불양답을 사는 데 썼다. 사중에 진 빚을 갚겠다던 스님의 뜻이 실천에 옮겨진 것이다.

일엽 스님은 법문을 걸레처럼 쓸 것이라고 말씀하곤 했다.

「걸레가 지나가면 더럽던 곳도 깨끗해지잖아. 내 법문을 듣고 마음이 청정해질 수 있다면 이 얼마나 다행한 일이야.」

그래서 노년의 당신은 사람 만나는 것을 그리 피하지 않은 편이었다. 해소병이 있어 말씀을 많이 하면 기침이 일어나고 건강이 악화되기 때문에 찾아오는 사람들을 가급적 중간에서 따돌려 만나지 못하게 했는데, 정작 당신은 누구라도 자기를 찾아온 사람이 있다는 것을 알면 방으로 들여보내게 했다. 그리고 스님은 상대에게 열과 성을 다하여 법문을 들려주시고는 했다.

6·25 사변 때의 일이었다고 한다. 수덕사에 드나들던 돌중 하나가 6·25가 발발하자 공산주의자였다는 것이 밝혀졌다. 세상이 바뀌었으니 누구도 그 빨갱이 중의 비위를 거스를 수가 없었다. 그는 일약 산중의 무법자가 되었다. 그의 횡포는 날이 갈수록 더해 갔다. 하루는 해가 중천에 떠 있는 벌건 대낮에 술에 취하여 비구니들만 있는 견성암에 벌거벗고 나타나서 소리를 고래고래 질러 댔다.

「이년들 다 나오너라!」

비구니들은 혼비백산하여 모두 다 지대방으로 숨어 버렸다. 고요한 산중에서 일어난 때아닌 소동의 불씨를 끈 사람이 일엽 스님이었다. 일엽 스님은 옷을 들고 밖으로 나와 돌중과 마주섰다.

「스님이 이성을 잃어서야 되겠소, 빨리 이 옷 입으시오.」

고삐 끊어진 망아지처럼 견성암 앞마당을 길길이 날뛰던 돌중은 일엽 스님의 한마디 말에 얼어붙은 듯 그 자리에 섰다. 두 사람은 대치하여 서로를 바라보고 있었다. 돌중의 눈이 이글거렸다. 그러나 일엽 스님의 눈은 호수처럼 가라앉아 있었다. 돌중이 먼저 시선을 떨구었다. 그는 일엽 스님의 기(氣)에 눌려 옷을 받아 입고 모습을 감추었다고 한다. 춘성 큰스님으로부터 들은 말이다.

비구니는 물론 비구 스님들까지 겁이 나서 못 나서는 판에 담대하게 앞에 나서서 일을 처리할 만큼 여유가 있던 분이 일엽 스님이다.

당시에는 비구니들이 서울 나들이를 오면 마땅하게 바랑을 풀어 놓고 볼일을 볼 수 있는 거처가 없었다. 일엽 스님은 성라암을 전국 비구니들의 회관으로 가꾸면 어떻겠느냐고 말씀하셨다.

「좋은 생각이십니다.」

우리는 뜻을 세우고 요사채를 증축하려 했으나 이곳이 공원 부지여서 당시의 건축법에 따라 건축 허가가 나오지 않았다. 일엽 스님은 손수 진정서를 작성하여 관계 요로에 보내는 등 비구니 회관 건립을 위해 앞장을 섰다. 그러나 결과부터 얘기한다면 이때 스님의 뜻은 이루어지지 못했다. 건축 허가가 쉽게 나오지 않은 것이 제일 큰 장애였지만 그보다 수덕사 쪽에서 스님을 자꾸 모셔 가려고 한 때문이었다.

일엽 스님을 시봉하고 있던 경희 스님과 월송, 정진 스님 등이 먼저 수덕사로 내려간 뒤에도 스님은 성라암에 머물고 계셨다. 그들은 이따금 찾아와서 스님을 졸랐다.

「스님, 이제 볼일이 다 끝났으니 견성암으로 돌아가시지요.」

「내가 무슨 보따리냐. 이리저리 끌고 다니려고 하게. 너희들이나 거기 가서 살아라. 난 여기서 지내련다.」

일엽 스님은 여러 명의 상좌를 두었지만 말년에 주로 경희 스님과 경희 스님의 제자들인 월송, 정진 등의 시봉을 받았다. 이들은 노스님을 편히 모신다는 명분으로 세숫물을 방으로 들여가는 등 손발을 까딱하지 못하게 했다. 선객이어서 가뜩이나 운동이 부족한데 이런 식으로 감싸니 잘 시봉한다고 하는 것이 내가 보기에는 명 단축시켜 드리는 것같이 느껴질 뿐이었다. 그래서인지 스님은 잘 다니시지 못했다. 나는 스님에게 말했다.

「스님, 힘들어도 운동을 좀 하셔야겠어요.」

나는 찬물로 매일 마사지를 해드리면서, 손수 밖으로 나와 세수를 하게 하고 화장실도 다니시게 했다. 처음에는 내가 부축했으나 곧 당신이 손수 할 수 있다며 지팡이에 의지하여 출입을 했다. 하루는 당신이 잡수신 밥상을 들고 부엌까지 오셨다. 나는 깜짝 놀랐다.

「아이구, 스님. 무거운 걸 드시면 안 돼요.」

스님은 웃음을 띠었다.

「내가 할 수 있나 한번 해봤다.」

몸을 움직이니 방안에만 계실 때보다 빠른 속도로 건강이 좋아졌다. 당신도 기뻐하고, 우리 보기에도 좋았다. 이럴 때 수덕사의 벽초 스님이 성라암을 찾아왔다. 벽초 스님은 불사(佛事)에 대해서 설명을 했다.

「이번에 견성암을 증축 이전시키려고 하는데 이런 큰 불사를 앞두고 스님이 이곳에 와 계시면 되겠습니까?」

「나 없이 하면 안 되겠어요.?」

「일엽 스님이 계셔야 일이 잘 풀려 나가게 생겼으니 모시러 온 거지요.」

일엽 스님은 벽초 스님이 3일을 묵을 동안 따라가겠다는 말씀을 하지 않았다. 나흘째 되는 날 나를 불렀다.

「법성, 아무래도 내가 내려가서 좀 봐주어야 할 판이야. 그쪽 일이 어지간해지면 다시 올라올게.」

성라암에 오신 지 꼭 3년만의 일이었다. 스님은 3년 동안 이곳에 머물며 《청춘(靑春)을 불사르고》 외에도 계속해서 집필에 매진했으며, 서울의 불자들을 위해 많은 법문을 들려주셨다. 벽초 스님을 따라 덕숭산 수덕사로 내려가신 은사 스님은 좀처럼 다시 서울 나들이를 하지 못했다.

나는 그 후로 은사 스님이 생존해 계시는 동안 툭하면 수덕사로 향했다. 공부를 위해, 상의드릴 일이 있을 때, 문안 여쭙기 위해 찾아뵌 것이었다.

일엽 스님이 환희대에 계실 때였다. 한번은 내가 내려가서 인사를 여쭙고 나니 스님이 말씀하셨다.

「법성, 나 견성암에다 좀 데려다 줘.」

「아니 왜요, 이곳이 불편하세요?」

일엽 스님은 방문을 열었다. 스님이 손가락으로 수채 구멍을 가리켰다. 그곳에는 밥알과 고춧가루 등이 내버려져 있었다.

「저런 것을 함부로 버리면 지옥에 떨어져 아귀와 함께 살아야 하는 거야. 나는 지옥에 가기 싫어. 견성암에서는 저러지 않을 테니 견성암에 가서 지내야겠어.」

「먼저 그러지 말라고 잘 타이르시지요.」

「내가 한두 번 타일렀는 줄 알아!」

또 한번은 은사 스님을 찾아뵙자 내 손을 잡고 말했다.

「내가 법성 오기를 기다렸어..」

「왜요?」

「눈이 좀 이상해. 연전에 중앙의료원에 입원했을 때 백내장이라며 수술하라고 권하는 것을 마다했더니 잘못됐나 봐. 눈이 안 보여..」

스님은 물체가 흐릿하게 보인다고 했다. 그래서 사물이 잘 식별되지 않기 때문에 손으로 더듬어 확인하는 버릇이 생겨 있었다. 관세음보살 42수 진언 중에 눈 밝아지는 진언이 있다. 나는 스님을 위해 그 진언을 정성껏 외었다. 일엽 스님은 홍성 병원에 입원하여 눈 수술을 받았다. 의식이 돌아왔을 때 스님은 내 손을 찾아 잡으시더니 눈물을 흘렸다. 경희 스님이 펄쩍 뛰며 말했다.

「눈 수술 후에 눈물을 흘리면 안 된다고 했는데 잘못되면 형님 책임인 줄이나 아시우!」

나는 가슴이 철렁했다. 나 때문에 수술 결과가 나쁘게 나오면 큰일 아닌가. 그러나 다행히 안대를 풀었을 때 스님의 눈은 정상으로 회복되었다. 나는 비로소 안도하며 속으로 나직이 외쳤다.

「나무관세음보살!」

은사 스님에 대한 일화를 여기에 다 소개하려면 책 한 권으로는 모자랄 것이다. 이제 열반에 드시던 때를 회고하는 것으로 마치고자 한다.

일엽 스님은 열반에 드시기 얼마 전부터 입버릇처럼 말씀하시고는 했다.

「제사 지낼 걱정 안 하게 만들어 주마.」

나는 그 말씀의 정확한 뜻을 쉽게 알아듣지 못했다. 스님이 열반적정에 드시고야 확연히 알 수 있었다.

일엽 스님은 1967년 춘원의 《이차돈(李次頓)의 사(死)》를 각색, 포교 법극을 공연케 했는가 하면, 68년에는 윤형중 신부와 지상 종교 논쟁을 치열하게 전개하는 등 끊임없이 세인들의 관심을 불러일으켰지만 그 무렵에도 실상 건강이 매우 좋지 않았다. 정신력으로 버티신 것뿐이었다.

1970년 11월 하순에 노환이 악화되어 이듬해 1월 28일 총림원 별실에서 열반하셨다. 세수(世壽) 76이고 법랍 43년이었다. 1월 28일은 음력으로 정월 초이튿날이었다. 초이튿날 열반하셨으니 기제사가 초하룻날에 든다. 설음식 장만해 놓았던 것으로 차사겸 기제사까지 한꺼번에 지내니 여간 수고를 덜어 주는 것이 아니었다. 스님은 제사 지낼 걱정하지 않도록 해주겠다는 약속을 지키신 것이었다.

늙고 병들어 죽음을 눈앞에 두고 보면 인간은 누구나 생명에 대한 강한 집착을 느끼게 될 것이다. 애착을 버렸다고 해도 마음대로 죽을 수 있는 의지를 발동하기 어려운 것이 인지상정이다. 그러나 일엽 스님은 제삿날을 정월 초하루로 잡아 놓고 초이튿날이 되기를 기다렸다가 숨 한 번 크게 들이쉬고 다시는 내쉬지 않는 것으로 옷 갈아입듯 육신에서 영혼을 분리시키신 것이었다. 도의 경지가 하늘에 닿아 있지 않다면 어찌 가능한 일이었겠는가.

전국 비구니장으로 총림원에서 영결식이 거행되었다. 덕숭산 기슭에서 다비식이 엄수되는 동안 나는 은사 스님을 추모하여 뜨거운 눈물을 흘렸다. 님은 가셨지만 님이 우매한 나의 가슴에 심어 주고 머리에 일깨워 주신 것들은 내 생명이 다하는 날까지 남아 있을 것이다. 나는 은사 스님의 시 한 구절을 떠올려 본다.

세존이 계실 때에
세상 나지 못하였어도
세존이 예던 길이
내 앞에 놓였으니
예던 길 앞에 있으니
아니 예고 어이리.

〈세존(世尊)이 예던 길〉이라는 제목으로 1932년 10월에 불교지
에 발표했던 시다. 시인 김일엽 스님은 세존에 대한 사모의 열도를
〈짝사랑〉이라는 제목으로 발표한 일도 있다.

1
못 안아 볼 님이라서
가슴 홀로 울고 있고
못 미칠 두 팔이라
빈 가슴만 비벼댈 제
네 혼은 철없는 아가 같아
울부짖어 마잖으니
님도 하마 응하옴 있사올듯
봉(峰) 윗 구름 비 되어 나리듯이
단 윗(壇上) 손길 한번만 드리소서

2
짝사랑의 그 열도는
악마의 열병 같아

도(度)를 넘는 그 고열이
이 몸을 다 사르고
혼자서 마구 태워
몸부림치다 못해
소리조차 높아질 제
창문을 차던지고
산으로 기어올라
어쩔까요. 어쩔까요?
이 일 장차 어찌해요!
터져 넘친 혼의 신음
마음놓고 울부짖으니
산천은 예삿일로
웃어 웃어 버려 두고
타심통신(他心通神) 산령(山靈)들은
눈물지어 동정을 하나마나
다만지 그 님이라
그리 덥지 않더래도
미온루(微溫淚) 한 방울만
이 혼 위에 떨구소서

　김일엽 선니는 〈어느 수도인(修道人)의 회상(回想)〉을 60년에
발표했으며, 성라암에 머무시는 동안인 62년에 최대 역작인 《청춘
(靑春)을 불사르고》를 출간했다. 64년에는 《행복(幸福)과 불행
(不幸)의 갈피에서》를 내었다. 74년에는 유고를 모아 《미래세
(未來世)가 다하도록》 상·하권과 《청춘(靑春)을 불사른 뒤》 등

206

을 출간, 전집으로 묶었다.

시인 김일엽 스님은 육당 최남선의 〈해(海)에게서 소년(少年)에게〉라는 신체시보다 1년 앞서 〈동생의 죽음〉이라는 제목의 시를 써 신시의 효시를 이룩한 시인이었다. 국문학사상 큰 위업을 달성했다고 아니할 수 없을 것이다.

문인이요, 언론인이며 교육가였고, 여성운동가였으며 종교인이었던 일엽 스님은 한 세기를 화려하게 풍미하고 열반적정에 드신 것이다.

경산 큰스님

내가 경산 큰스님을 처음 뵙게 된 것은 경산 스님의 제자인 법경 스님의 소개로해서였다. 출가를 앞두고 계사 스님으로 모시기 위해서였고, 장소는 상도동의 백련암이었던 것으로 기억한다.

내가 3년 동안 모시고 있던 은사 김일엽 스님이 견성암으로 돌아가시고 난 얼마 후에 경산 스님은 장파열을 일으켰다. 정양을 하루할 수 있는 조용한 곳을 물색하던 중에 우리 성라암이 적격이라는 판단을 내렸다며 연락을 주셨기에 찾아뵙고 모셔온 것이 계기가 되어, 경산 스님도 그로부터 꼭 3년을 성라암에 머물렀다. 그러고 보면 나는 은사나 계사 스님을 3년씩만 모시게 되는 인연을 허락 받았나 보다.

경산 스님은 3년 동안 성라암에 있으면서 한 번도 비구니들이 머무는 요사채를 들여다본 일이 없었다. 절 살림에는 도통 관심도 없고 전혀 모르는 분 같았다. 그러나 그것은 오판이었다. 어느 땐가 한 보살이 스님에게 광목 한 통을 시주했다. 스님은 그것을 나에게 주면서 말했다.

「광목 한 통이면 옷을 몇 벌 만들 수 있는지 알고 있소?」

나는 그렇게까지 자세히 알고 있을 턱이 없었다. 대답을 못하자 스님은 빙그레 웃으시면서, 바지저고리에 다른 것도 몇 벌 만들 수 있다는 것을 정확히 일러주었다. 나는 그 광목에 물을 들인 다음 잘 손질하여 스님과 시봉이 입을 옷을 지어 드렸다.

스님은 쌀 5홉이면 세 사람이 공양을 할 수 있다는 말씀도 했다.

「통도사 행자로 있을 때 밥도 짓고 채공도 하고 방아도 찧고 바느질도 했어요. 그런 과정을 다 거쳤으니 내가 모를리 없지요.」

경산 스님은 제자들에게 항시 말을 낮추지 않을 만큼 겸손한 분이었다. 스님은 참선을 할 때도, 주무실 때도 라디오를 틀어 놓았다. 나는 이것이 이상하여 물어 보았다.

「선을 하면서도 라디오를 들으시니 방해가 아니 되는지요?」

「그렇지 않아요. 산중 공부 10년이 요중 공부 10년을 못 당해 낸다는 말이 있어요. 조용한 곳에서만 선을 해버릇하면 조금만 시끄러워도 몰두할 수가 없거든, 종로 네거리에서도 화두를 놓치지 않으려면 시끄러운 중에도 공부하는 노력이 필요한 거예요.」

앉아서 하면 좌선(坐禪)이요, 거리를 다니면서 하면 행선(行禪)이고, 누워서 하면 와선(臥禪)이다. 언제, 어느 때, 어느 순간에도 선을 하는 노력을 기울이라고 스님은 일러주셨다.

「화두가 따로 없어요. 일을 하는 중에도 이것이 무엇인가에 대해 골똘히 생각하는 습관을 기르도록 해요.」

나는 경산 스님의 말씀에 따라 설거지를 하면서도 더러움을 씻는 이것은 무엇인가에 대해 생각을 했고, 길을 걸어갈 때도 그랬다. 화를 내다가도 무엇이나를 화나게 하는가에 대해 거듭 생각하며 마음 자리를 찾기 위해 정진했다.

경산 스님이 건봉사 주지를 겸하고 있을 때의 일이다. 당시 건봉사에서는 화엄경을 많이 찍어다 놓은 일이 이었다. 당신의 상좌 중에 한 분이 통도사 강원(講院)에 가기 위해 화엄경 한 벌과 바리때를 달라고 찾아왔다. 스님은 제자에게 말했다.

「이 화엄경과 바리때는 건봉사 사중의 것이지 내 것이 아니라서 줄 수 없어요.」

자리를 같이했던 나는 스님에게 말했다.

「제자가 강원에 가기 위해 필요하다는데 주셔야 되지 않겠어요?」

경산 스님이 그 말을 한 나를 쳐다보았다.

「법성 수좌는 법도 모르면서 나서지 마시오.」

미동도 하지 않는 스님의 얼굴에는 범접할 수 없는 기운이 감돌고 있었다. 서늘한 기운이 내 등줄기를 타고 흘러내리는 것을 느낄 수 있었다. 스님은 주지라고 해도 사중의 물건에는 손을 댈 수 없다고 할 만큼 청정한 분이었다. 이런 경산 스님을 두고 더러 융통성이 전혀 없는 분이라고 말하는 사람도 있었지만, 나로서는 방편이 없는 분이라기보다는 역시 청정한 분이었다는 생각이다.

경산 스님이 돈암동의 적조암에 계실 때의 일이다. 큰 재가 들어와서 나는 스님에게 법문을 청하기로 했다. 장흥정을 해서 먼저 시좌에게 들려보낸 다음 적조암을 찾아갔다. 나는 스님이 거처하고 계시던 방 앞으로 다가갔다.

「스님!」

대답이 없었다. 나는 다시 스님을 찾았다.

「스님 안에 계십니까?」

그러자 가녀린 응답이 있었다.

「누구요?」

210

「법성입니다.」

법성이라는 말을 듣고도 또 한동안 기척이 없었다. 나는 이상한 생각이 들어 문을 열어 보았다.

스님은 누워 있었다. 담요를 덮고 계셨는데 거기에 선혈이 배어 있었다. 나는 깜짝 놀라 물었다.

「스님, 웬 피예요?」

「응, 또 장혈간이 터진 모양이오.」

「그런데 이러고 계시면 어떡해요. 병원으로 가셔야죠.」

「뭘, 살만큼 살았으니 죽을 때도 됐지…….」

얼굴색이 숫제 백랍처럼 새하얗게 변하고 있었다. 아무래도 심상 치가 않았다. 살만큼 살았다는 말만 듣고 그대로 둘 수는 없는 일이 었다. 나는 그 길로 한달음에 병원으로 뛰어내려와서 윤 박사를 모시 고 다시 적조암으로 갔다. 윤 박사는 응급처치를 해준 다음 말했다.

「입원을 시키셔야 합니다. 큰 병원으로 곧 모시고 가십시오.」

사중에는 쌀이 떨어져서 밀가루로 연명을 하고 있었다. 청정도 이 정도면 혀를 내두르지 않을 수 없었다. 경산 스님은 신도들이 어 쩌다가 용돈을 드려도 곧 봉투째로 시봉에게 내주며 살림에 보태라 고 하는 분이었다. 따로 마련해 둔 것이 있을 턱이 없었다. 결국 법 문을 청하러 갔던 내가 입원비까지 책임을 질 수밖에 없었다.

경산 스님은 총무원장으로 재직하면서도 당신의 상좌들에게 절 주지 자리하나 준 일이 없는 분이다. 그만큼 청정했다. 그 도가 지 나치다고 제자들이 가끔 원성을 늘어놓았다. 그는 일체의 청탁을 배격하고 곧기가 대나무 같은 분이셨다. 이러니 주위에 적이 생기 지 않을 리가 없었다.

경산 스님은 특히 두 사람으로부터 미움을 받았다. 첫 번째로는

모 장관이 스님에게 원한을 가지고 있었다. 그가 서울대학교에 재
직중일 때였다. 총무원장과 동국대학교 이사장직을 겸임하고 있는
경산 스님에게 그들 부부가 함께 찾아와 전국 신도회장 자리를 맡게
해달라고 부탁한 일이 있었다. 그러나 이미 소설가 김팔봉 씨를 신
도회장으로 내정해 놓은 상태였기에 바꿀 수 없다며 그들 부부의 청
을 들어주지 않았다. 아니 청을 들어주지 않았다기보다 총무원장이
라고 해서 이미 결정되어 있는 것을 번복할 수 없기에 부득이 거절
을 할 수밖에 없었던 것이다.

이들 부부는 얼마 후에 이번에는 동국대학교 총장직을 맡게 해
달라는 부탁을 해왔다. 이것도 같은 이유에서 거절했다. 한 번도 아
니고 두 번씩이나 거절을 당한 그들 부부는 경산 스님에 대해 앙심
을 품고 두고 보자며 잔뜩 벼러 왔던 터였다. 그러던 그에게 관운이
열려 장관이 된 것이다.

두 번째는 당시의 종정(宗正) 스님이 총무원장을 싫어했다.

종정 스님은 공공연히 불평을 했다.

「경산은 명색이 종정인 나를 발의 때만큼도 안 여겨. 얼마나 도도
한지 알아? 차 좀 한번 빌려 달라고 해도 들은 척도 안 해요.」

당시에는 업무가 바쁜 총무원장 앞으로는 차가 한 대 배정이 되
어 있었지만 종정 전용의 차는 없었다. 설마 경산 스님이 종정을 그
런 식으로 푸대접했을까마는 은근히 총무원장을 경질시키고 싶었던
종정은 사사건건 경산 스님을 미워하고 있던 터였다. 이들 두 사람
이 모의해서 경산 스님을 배임죄로 고소하는 사건이 터졌다.

당시 채벽암 스님은 선학원(禪學院)을 증축하다가 3천만 원의 빚
을 진 상태였다. 당시로서는 거금이었다. 빚을 쉽게 갚을 길이 없게
되자 총무원장인 경산 스님을 찾아가서 원조를 요청하게 되었다.

벽암 스님이 경산 스님에게 말했다.

「총무원이 탄생할 때 우리 선학원에서 돈을 대주었으니 이번에는 총무원에서 선학원을 좀 도와주셔야겠어요.」

총무원이 탄생할 당시 선학원 원장이었던 적음 스님은 인천에 소재하고 있던 선학원 소유의 땅과 초동의 집을 팔아 총무원의 탄생을 도운 바 있었다. 그 사실을 상기시키며 이번에는 총무원에서 선학원을 좀 도와달라고 하자 경산 스님은 이를 외면할 수가 없었다.

「어떤 식으로 도와주면 되겠습니까?」

벽암 스님은 두 가지 방법을 제시했다. 첫째는, 총무원 지하에 토산품을 파는 매점을 내고 싶어하는 사람이 있으니 그에게 매점을 주고 전세금을 선학원에 넘겨달라는 것이었다.

총무원 산하의 운문사가 위치해 있는 호거산(虎居山) 30만평에는 아름드리 나무가 꽉 들어차 있었다. 그것을 자기와 친분 있는 업자가 벌채할 수 있도록 도와 달라는 것을 두 번째 방안으로 제시했다. 그러면 그 업자가 수익금 중의 일부를 선학원에 무이자로 빌려주기로 약속이 되어 있다고 했다.

경산 스님은 벽암 스님의 제안을 받고 숙의한 끝에 운문사 삼직 스님들에게 이 사실을 말하고 같은 값이면 협조하는 것이 좋겠다는 식으로 말씀을 했다. 그러나 이 사정을 자세히 모르는 사람들은 경산 스님이 임의로 호거산을 벌매하고 지하실을 세 놓아 착복하는 것으로 오해했다.

종정이 총무원장을 고소하고, 모 장관이 수사기관에 압력을 넣어 경산 스님에 대한 구속이 신속하게 이루어졌다. 스님이 구속되자 적조암으로 상좌들이 모여들었다. 나도 참석을 했다.

나는 상좌들에게 말했다.

「빨리 변호사를 선임해서 스님이 나올 수 있도록 손을 써야 할 것 아니에요?」

그러자 한 상좌가 말했다.

「총무원장으로 있으면서 제자들에게 주지 자리라도 하나씩 주셨으면 이럴 때 일 처리할 돈을 동원할 수 있을 텐데, 변호사를 선임하려 해도 돈이 있어야 말이죠.」

또 다른 상좌가 맞장구를 쳤다.

「남의 절에 붙어서 먹고살다가 노자 돈도 얻어 가지고 왔는데 무슨 돈이 있어요.」

총무원 산하에는 수없이 많은 공찰(公刹)이 있다. 그런 사찰의 주지 임명권이 총무원장에게 있기는 하지만 이미 언급한 바와 마찬가지로 경산 스님은 자기 제자들에게 우스운 말사(未寺)의 주지 자리 하나 내준 일이 없을 만큼 청정한 분이었다. 그런 스님을 직권 남용과 배임죄로 구속한다는 것은 어불성설이었다.

경산 스님의 제자들은 돈이 없었을 뿐만 아니라, 곧 이어서 참고인으로 조사를 할 것이 있다며 경찰에게 모조리 연행해 가기 시작하여 더욱더 손을 쓸 수가 없게 되었다. 나는 결코 강 건너 불 구경하듯 그대로 있을 수가 없었다.

우선, 문제의 장관 부인을 만나 스님의 구명 운동을 꾀해 봐야겠다는 요량으로 그의 집이 있던 명륜동으로 찾아갔다. 그러나 그의 집 대문 안으로 들어가 보지도 못하고 내몰렸다. 심부름하는 사람은 종정 스님이 찾아와 계시기 때문에 지금은 누구도 만날 수 없다는 말을 전했다.

나는 경산 스님이 무고하다는 내용의 진정서를 작성하여 여러 스님들로부터 서명을 받으러 다녔다. 그 일로 대원사에 계시던 탄허

214

스님을 찾아가니 탄허 스님이 말씀했다.

「장관 부인이 나한테 전화를 걸었더라고. 이번 기회에 경산이 다시 햇빛을 못 보게 하겠다고 하더라니까. 그러면서 나더러는 나서지 말고 가만히 있으라는 거야. 보살은 나한테 뿐만 아니라 여러 스님네에게 그런 전화를 걸고 있다는 게야.」

그 보살은 전국의 여러 큰스님네들을 거의 다 알고 있을 만큼 발이 넓은 여자였다. 큰스님들에게 일일이 장거리 전화를 걸어 경산 스님을 모함하고 있으니 원한을 가져도 보통 원한을 가진 것이 아니었다. 탄허 스님의 말씀이 계속됐다.

「권력을 쥔 사람이 이런 식으로 벼르고 있으니 경산이 쉽게 풀려나기는 좀 힘들 것 같아.」

「어쨌거나 제자된 도리로 힘써 볼 때까지는 써 봐야죠. 서명이나 좀 해주세요.」

탄허 스님으로부터 서명을 받은 나는 종정 스님을 찾아갔다. 속인들은 그렇다고 쳐도 종정 스님이야 같은 성직자인데 설마 끝까지 모른 척할까 싶어 간곡히 경산 스님의 진실을 아뢰어 볼 참이었다. 그러나 종정 스님은 내가 말을 꺼내지도 못하게 했다.

「경산은 혼이 좀 나봐야 돼..」

이번 기회에 총무원장을 갈아치우려고 단단히 작정을 한 것 같았다. 스님의 구명 운동을 위해 동분서주 발벗고 나섰지만 아무 소득이 없었다. 애가 타서 견딜 수가 없었다. 건강도 좋지 않은 분이 감옥에 갇혔으니 울분이 겹쳐 건강이 극도로 악화되지 않을까 그것이 제일 걱정이었다. 그러나 정작 면회를 가서 만나 뵌 경산 스님은 천하 태평이었다.

「법성 수좌는 크게 걱정 말아요. 다 내가 부덕한 소치니까. 이곳에서도 참선은 할 수가 있어요. 그리고 시간이 지나면 진실은 밝혀지겠지.」

나는 성라암에서 그리 멀리 떨어지지 않은 곳에 살고 있는 국회의원 한모 씨를 찾아가서 상의를 했다. 그 동안 한 의원은 이웃해 살면서 음으로 양으로 나에게 도움을 준 분이다. 우선 당신도 불자이기에 더욱 나를 잘 이해하고 힘을 나누어 줄 수 있었겠지만, 인품 또한 모범이 되는 좋은 이웃이었다. 불교계에 공헌한 바도 크다. 부처님 오신 날인 사월 초파일을 공휴일로 제정하는 데 앞장섰을 뿐만 아니라, 승려가 군법사로 근무할 수 있도록 하는 제도를 만드는 데에도 지대한 공헌을 한 분이었다.

나는 한 의원에게 경산 스님이 구속되게 된 경위를 자세히 들려준 다음 도움을 청했다.

「내가 국회내 불자들의 모임인 정각회(正覺會) 의원들과 상의를 해서 무고하게 갇힌 총무원장이 빠른 시일 내에 풀려날 수 있도록 손을 쓰겠습니다. 스님께서는 정각회 앞으로 진실을 밝히는 탄원서나 한 장 써 주십시오.」

한 의원의 말을 듣고 보니 탄원서를 잘 쓰는 것이 큰 도움이 될 것 같았다. 그러나 내가 직접 그것을 작성해 보니 마음에 들지 않아 직업적인 문필가의 도움을 받아야겠다고 생각했다. 누구의 도움을 받을까 궁리를 하던 끝에 한 작가의 얼굴을 떠올릴 수 있었다.

그 작가와의 인연은 이렇다.

하루는, 한 신도가 전화를 걸어서 라디오 드라마를 들어 보라는 것이었다.

「갑자기 드라마는 무슨?」

「일엽 스님을 주인공으로 한 드라마인데 기가 차는 내용이더라 구요.」

「몇 시에 방송되던가요?」

「아침 6시에요.」

나는 그 말을 듣고 이튿날 그 시간에 드라마를 듣기 위해 라디오를 틀었다. 그리고 그것을 듣다가 깜짝 놀랐다. 스님이 출가를 하기 전 시절에 대한 것을 극화하여 방송하고 있었는데, 그 내용이 끝까지 듣고 있기가 민망할 정도로 난잡했던 것이다.

나의 은사 스님이 출가 전에 남자와의 교제가 없었던 것은 아니었다. 그렇다고 해서 파경으로 끝난 과거사를 새삼 들추어 세인들에게 널리 알린다는 것이 바람직하게 느껴질 수는 없었다. 좋게만 묘사되었다면 생시에 당신의 입으로도 대강 밝힌바가 있어 그런 대로 넘어갈 수 있었겠으나 드라마의 내용은 제자된 입장에서 도저히 참을 수가 없는 것이었다. 흥미 위주의 저속한 남녀상열지사로 묘사되어 버젓이 전파를 타고 있으니 과연 기가 찰 노릇이었다.

나는 라디오를 끄는 즉시 환희대로 전화를 걸어 월송을 찾았다. 월송의 승인이 없었다면 일엽 스님을 주인공으로 한 드라마가 제작될 수 없다는 것이 내 생각이었다. 나는 대뜸 소리를 질렀다.

「너 도대체 얼마를 받고 일엽 스님의 일화를 드라마로 만들어도 좋다는 승낙을 한 거야. 이런 식으로 스님을 욕되게 해도 되는 거야?」

월송은 변명을 했다.

「사숙님, 저 돈 받은 일 없어요!」

「그렇다면 속인도 아니고 스님이었던 분을 이런 식으로 망신을 주는데 가만히 있는 일은 잘하는 짓이야? 당장 서울로 올라와!」

월송은 내 전화를 받고 지체 없이 상경했다. 나는 월송을 데리고 드라마를 쓰고 있는 작가를 찾아갔다. 마침 그의 집은 내가 살고 있는 성라암과 같은 성북동에 있었다.

작가 이모(李某)씨는 우리의 방문을 받고 당황해서 말했다.

「저도 경산 스님의 유발 상좌입니다.」

그가 경산 스님과 같이 찍은 사진을 보여 주었다.

「불자라면 더욱더 스님을 욕보이는 글을 써서는 안 될 텐데 이럴 수가 있어요? 댁이 직접 목격한 것도 아닌데 꼭 본 것처럼 외설스러운 내용으로 일관된 드라마를 쓴 저의가 무엇이죠?」

「방송국 측에서 자꾸 흥미 위주로 써 달라는 주문을 하니 본의 아니게 그렇게 됐습니다. 일엽 스님에게 누를 끼쳐 드렸다면 용서를 바랍니다.」

「당장 중단해요. 지금까지 방송 나간 것만을 가지고도 명예 훼손으로 고소를 할 수 있겠지만 앞으로 중단하면 기왕에 방송된 것은 문제삼지 않겠어요. 약속할 수 있죠?」

이 작가는 우리의 요구대로 집필을 중단했고. 드라마는 중도에서 막을 내렸다.

탄원서를 작성해 줄 작가를 물색하던 중 경산 스님의 유발 상좌를 차지했던 그가 떠올랐다. 나는 그의 집을 찾아갔다. 공교롭게도 그는 집에 없었다. 부인이 말해 주었다.

「급한 원고를 집필하느라 호텔에 가 계시는데요.」

「꼭 좀 만나 뵈어야 할 일이 생겼습니다. 가 있는 호텔을 좀 일러 주십시오.」

부인은 처음엔 거절하려다가 나의 간곡한 부탁에 그가 투숙해 있는 호텔을 알려주었다. 그는 덕수궁 뒤에 있는 한 호텔에 들어 있었다. 나는 실례를 무릅쓰고 그를 찾아갔다.

「이런 곳에 들어앉아 있으면 세상 돌아가는 것도 모르는 겁니까?」

「무슨 말씀이신지요?」

「선생님이 경산 스님의 유발 상좌라고 했었죠? 지금 스님이 감옥에 갇혀 있단 말이에요.」

「그 말씀이라면 저도 알고 있습니다.」

「알고 있었으면서 제자라는 사람이 방에 틀어박혀 글만 쓰면 다예요?」

「제가 나선들 무슨 도움이 되겠습니까?」

「탄원서를 하나 써주세요. 경산 스님은 무고하게 누명을 쓰고 있는 것입니다.」

나는 작가에게 자세한 경위를 설명했다. 그는 내 말을 끝까지 다 듣고 탄원서를 써 주기로 약속했다. 이렇게 해서 작가가 작성한 탄원서를 손에 넣은 나는 그것을 백여 장 인쇄하여 한 의원에게 갖다 주었다. 한 의원은 국회내 불자들의 모임인 정각회 회원들에게 배포했다. 마침 임시국회가 열리고 있던 회기 중이었고, 정각회원들은 문제의 장관에게 경산 스님이 구속되게 된 경위를 질의하게 되었다.

나는 모 의원이 그 장관에게 질문을 했다는 라디오 뉴스를 직접 들을 수 있었다. 질의에 나선 의원은 말했다.

「장관은 사사로운 감정으로 대한불교조계종 총무원장을 구속했다는데 그 진위를 분명히 밝혀 주기 바랍니다.」

그 장관은 사사로운 감정이란 있을 수 없고 현재 수사가 진행 중이니 곧 진실이 밝혀질 것이라는 답변을 했다. 이에 그 의원은 확실히 죄가 있는지 없는지도 밝혀지지 않은 상태에서 도주의 우려가 전혀 없는 조계종 종단의 최고지도자인 총무원장을 구속시킨 가운데 수사를 진행시키는 것은 월권이 아니냐고 따졌다.

경산 스님이 풀려나게 된 것은 국회의원들이 그의 구속 수사를 문제삼기 시작한 직후의 일이었다. 그가 구속될 때 언론계에서 대서특필했듯 풀려나게 되었을 때도 신문은 물론 방송에서까지 보도를 했다. 모 장관의 부인이 졸도를 한 것은 경산 스님이 풀려나게 되었다는 뉴스를 듣던 도중이었다고 한다. 전해들은 바에 의하면 보살은 뉴스를 듣다가 벌떡 뒤로 넘어가 병원으로 실려갔다는 것이다..

나와 몇몇 상좌들은 감옥에서 풀려난 경산 스님을 백병원으로 모시고 갔다. 건강이 나쁜 분이라 건강 진단을 받아 봐야 했기 때문이었다. 종합 진찰을 받기 위해 스님을 모시고 갔던 백병원에 모 장관의 부인이 입원했다는 사실을 안 것은 우리가 그 병원에 도착하여 병실을 배정 받았을 때였다.

참으로 묘한 인연이라고 하지 않을 수 없었다. 그것도 입원실이 같은 층에 있었다. 이런 사실을 알게 된 스님은 말했다.

「보살이 죽으면 안 될 텐데, 내가 병문안을 좀 해야겠어요.」

스님은 우리의 만류를 뿌리치고 보살이 입원해 있는 병실 문을 두드렸다. 병실 문이 열리며 보살의 딸이 얼굴을 내밀었다. 그녀의 눈이 등잔만해졌다. 경산 스님이 감옥에서 나오게 되었다는 뉴스를 듣다가 자기 어머니가 졸도했는데, 그 당사자인 경산 스님이 모습을 나타냈으니 어찌 놀라지 않을 수 있었겠는가! 보살의 딸은 당황하여 말했다.

「면회 사절이에요!」

그녀는 쾅 소리가 나게 문을 닫아 버렸다. 스님은 이렇게 문전에서 박대를 받고 돌아섰다. 스님은 빠르게 염주를 돌리고 있었다. 스님의 입에서 나오는 소리를 나는 들을 수 있었다.

「나무관세음보살!」

보살은 끝내 의식을 되찾지 못하고 세상을 떴다. 스님은 보살이 죽었다는 소식을 듣고 기어이 조문을 다녀왔다.

종단에는 바람 잘 날이 없었다. 그 얼마 후에 종정 구타 사건이 발생하여 다시 한번 매스컴이 또 한번 짓떠들어 댔다. 여느 사람도 아닌 종정을 밤 9시부터 이튿날 아침 10시까지 지하실에 감금해 놓고 고문을 가했으니 보통 사건은 아니었다.

그 사건의 전말은 이렇다. 경산 스님이 갇혀 있는 사이에 채탈도첩을 당한 스님 한 분이 종정에게 승려증을 만들어 줄 것을 부탁했었다고 한다. 종정은 그 중에게 경산 스님의 비행을 찾아오면 승려증을 만들어 주겠다고 약조했다. 그러나 그 중은 백방으로 알아봤지만 경산 스님의 비행을 찾는 데 실패했다. 청정한 경산 스님이 달리 책잡힐 일이 없었던 것이다. 이에 종정 스님은 승려증을 만들어 주지 않았고, 앙심을 품은 중이 종정을 총무원 지하실에 감금하고 옷을 벗긴 다음 밤새도록 고문을 가했던 것으로 드러났다.

이 소문을 들은 경산 스님은 종정 스님이 입원해 있던 병원으로 병문안을 갔다. 당신을 핍박한 종정이지만 이런 식으로 변을 당하매 누구보다도 가슴 아파했다. 병원 복도에서 마주친 월주 스님이 말했다.

「과연 큰스님입니다.」

그 후 종정 스님의 처신을 문제삼아 종단 일에서 그 스님을 물러나게 해야 한다며 많은 원로 스님들이 들고일어났을 때도, 경산 스님은 누가 함부로 승복을 벗기느냐며 오히려 크게 노하여 반대를 했다. 역시 큰스님다웠다.

경산 스님의 주위에 협잡꾼들이 몇몇 몰려든 일이 있었다. 나는 스님이 그들의 농간에 말려들어 일을 그르치게 될지도 모른다는 우려에서 간곡히 말씀을 드렸다. 그러나 당신은 오히려 나를 책망했다.

「사람을 의심하면 인과가 돼서 못쓰는 법이오.」

「모두가 다 스님 맘 같지가 않으니 가까이하지 마시라는 겁니다!」

「내가 진심에서 대하는데 누가 나를 이용하려고 하겠소? 혹 나쁜 마음에서 나를 가까이했던 사람도 나와 만나다 보면 마음을 고치게 될 테니 법성 수좌는 과히 걱정 말아요.」

사람을 의심하지 않고 잘 믿는 것은 스님 같은 분이기에 가능하겠지만 턱없이 신뢰하고 믿으니 우려했던 일이 발생하지 않을 도리 또한 없었을 것이다.

스님은 종단에서 운영하는 동국대학교에 자금이 없어 여러 가지 사업을 펼 수 없는 것을 안타까워했었다. 이런 점을 이용한 협잡꾼이 사업을 통해 자금을 조성할 수 있다며 감언이설로 스님을 꾀었다. 그 결과 부도가 날 위기에 처하고 만 것이다. 당장 5백만 원을 막지 않으면 구속이 될 판이었다. 학교 간부들은 스님에게 간했다.

「잠깐만 어디 피해 계십시오. 그러면 어떻게 하든지 돈을 마련하여 사태를 수습하겠습니다. 잠깐이면 됩니다.」

그러나 경산 스님은 눈을 감고 염주만을 돌리고 있을 뿐 답이 없었다. 다시 시좌 중에 한 명이 말했다.

「스님, 이러고 계시다가는 경찰에 잡혀갑니다.」

스님은 천천히 눈을 뜨고 단호히 대답했다.

「내가 우매해서 잡혀가야 할 일을 저질렀으면 잡혀가야지, 피하는 추한 꼴까지 보일 수는 없다.」

총무원장이 부도를 내고 경찰에 연행된다면 종단이 벌컥 뒤집힐 노릇이었다. 그런데도 정작 당신은 남에게 책임을 전가하지 않고 자신이 떠맡겠다는 식이었다. 당신의 잘못이라면 사람을 믿었다는 것이지, 부도 위기가 스님 스스로 자초했던 것은 아니었다. 그것도 개인이 아니라 학교재단 이사장으로서 학교를 위해 일하려다 그리된 것이었다.

결국 이런 사정을 알게 된 한 재일 교포 불자의 도움으로 위기를 면하기는 했다. 사람을 의심하지 않은 것은 도인의 경지겠지만 의심하지 않는다는 것을 이용하여 도인을 바보로 만드는 일이 종종 발생하기에 안타깝지 않을 수 없다.

경산 스님은 본래 수좌로 생멸이 끊어진 법계의 진여(眞如)를 구하시니, 하시는 말씀이 곧 불음(佛音)이고, 하시는 일이 불행(佛行)이고, 하시는 생각이 불심(佛心)이었다. 따로 유적(遺蹟)을 두려고는 하지 않으셨다. 글을 남기지 않으시려 던 스님께서 〈삼처전심(三處傳心)〉이라는 제하로 옥고를 집필하기 시작했다. 세연(世緣)이 다해 가고 있음을 미리 아시고 인연이 다한 뒤에도 종단의 정화에 기여코자 하는 원력의 표출은 아니었던지. 가사가 다 해지면 거름으로 쓰라 하신 석가모니 부처님의 유훈을 받든 자비심의 발로였을 것이다.

〈삼처전심〉의 첫째는, 다자탑전 분반좌(多子塔前 分半座)로 다자탑 앞에서 반가부좌로 나누어 앉은 가르침이요. 둘째는 영산회상 거염화(靈山會上 擧拈華)로 영취산 법회에서 연꽃을 집어들어 이심전심의 뜻을 가르치심이요. 셋째는 사라쌍수 시쌍부(沙羅雙樹 示雙趺)로 사라쌍수 사이의 아래에서 열반하실 때 곽시쌍부(廓示雙趺) 가르침을 말한다. 이는 곧 대의적으로는 부처님께서 설하신 팔만대장경을 하나로 묶은 진수(眞髓)를 말함이요, 부처님께서 말씀하신 일대시교(一代時教)의 줄거리를 의미한다고 할 것이다.

부처님의 일대시교는 선(禪), 교(教), 율(律)로 집약시킬 수 있으니, 이 세 가지는 세 발 달린 솥과 같아서 어느 하나라도 없어지면 발 하나 떨어진 솥과 같이 될 것이다. 경산 스님께서는 저서를 통해 선, 교, 율을 풀어 부처님의 가르치심에 불자 제현들의 접근을 돕고자 했던 것이다. 탈고하여 출판사로 원고를 넘긴 스님은 로스앤젤레스에 건립한 달마사로 떠났다. 미주 교포들과 미국인들에게 포교를 하기 위해서였다. 그곳에서 한동안 머무시겠다는 말씀을 남겼다.

경산 스님이 로스앤젤레스에서 귀국한 것은 1979년 11월 하순경의 일이었다. 포교에 전념하겠다는 스님을 불러 다시 총무원장의 소임을 맡도록 했던 것이다. 이번에 또 총무원장을 맡으시게 되면 1963년에 초임한 이래 세 번째 소임을 맡으시는 것이었다. 스님이 미국에서 돌아오신 직후에 나는 경봉 스님을 만난 일이 있었다. 경봉 스님이 나에게 말씀했다.

「경산이 또 총무원장을 맡으면 끝장나. 말려서 이번에는 총무원에 들어가지 않도록 해요.」

나는 끝장이 난다는 말의 정확한 뜻을 이해하지 못했다. 다만 경산 스님이 다시 소임을 맡는 것을 말려야 한다는 말씀에는 전적으로 동감이었다. 그래서 나는 간곡히 간했다.

「스님, 경봉 스님이 절대 총무원에 들어가지 말라고 하시더군요. 저도 같은 생각이에요. 이 어지러운 때 그런 일을 다시 맡으시면 너무 힘이 드세요.」

이 무렵 총무원은 두 부류로 나뉘어 서로 치열한 암투를 벌이고 있었다. 정화를 위해 대처 비구가 다투던 때 같으면 명분이나 있지, 같은 비구끼리 서로 싸우니 이런 민망할 때가 없었다.

나는 스님께 그 소용돌이에 휘말려들지 말라고 재삼 권유했다.

스님은 고개를 끄덕였다. 그랬기에 나는 스님이 총무원장직을 고사할 것으로 알았다. 그러나 내 예상을 깨고 신문에 경산 스님이 다시 총무원장을 맡았다는 기사가 났다. 나는 어찌 된 일인가 싶어 스님에게 여쭈었다.

「내 의사와는 상관없이 자기들 멋대로 그렇게 발표한 거야. 어쨌거나 이리 됐으니 천상 내가 들어가서 바람을 재워야겠어. 좀 잠잠해지면 지체 없이 나와서 미국으로 건너가 선원이나 할까 해.」

결국 경산 스님은 총무원으로 들어가셨다. 그 자리가 탐이 났을 리는 없고 살신성인의 자세로 받아들인 것이었다. 이렇게 하여 경산 스님이 제19대 대한불교 조계종 총무원장에 취임한 것은 11월 30일의 일이었다.

경산 스님이 집필사신 《삼처전심(三處傳心)》이 그 동안 출간되었다. 그러나 그 책이 스님의 마음에 들지 않았던 것 같다. 오자가 많이 발견되었고, 편집 상태도 엉망이었다. 경산 스님은 그런 부분을 바로잡아 재출판하고 싶어하셨다. 스님의 옥고를 출판함에 있어 내가 그 비용을 대드리는 것이 마땅하다고 생각했다.

그 해 12월 24일이었다. 아침 6시에 책 출판 문제로 경산 스님이 나에게 전화를 걸어 왔다.

「김인봉 거사가 꼼꼼하게 원고 교정을 잘 본다고 해서 그 거사에게 출판 관계의 모든 일을 맡기려고 해요. 법성 수좌가 인봉 거사를 데리고 총무원으로 나오시오..」

「네, 찾아뵙겠습니다.」

「우리가 모여 잘 상의를 해서 이번에는 마음에 드는 책을 내봅시다.」

「알겠습니다. 스님. 10시까지 가겠습니다.」

내가 경산 큰스님이 위독하다는 전화를 받은 것은 스님을 만나기 위해 외출할 준비를 하고 있을 때였다. 9시경이었던 것으로 기억된다. 6시에 전화를 걸었던 분이 갑자기 위독하다니 믿을 수 없는 일이었다. 나는 스님이 입원해 있던 경희의료원으로 달려갔다. 대기실에는 자우와 향봉 스님이 있었다. 나는 황급히 물었다.

「어떻게 된 일이에요?」

「주스를 마시다가 갑자기 피를 토하며 쓰러지셔서 병원으로 모시고 온 겁니다.」

경산 스님은 몇 년째 장이 좋지 않았다. 또 장파열을 일으킨 것일까. 그렇지 않으면 주스 속에 극약이 들어 있었다는 말이 된다. 누군가가 경산 스님을 음독 시해하려 기도했을지도 모른다는 생각이 내 뇌리를 스쳐 지나갔다.

응급실 안으로 들어간 나는 오열을 참으며 스님에게 물었다.

「스님, 저 알아보시겠어요?」

스님은 나를 보시더니 말없이 눈물만 주르르 흘렸다. 눈에는 초점이 잡히지 않았다. 그 눈마저 감아 버렸다. 곁에 있던 의사가 말했다.

「아무래도 운명하실 것 같습니다. 병원에서 운명하시도록 할 것인지 모시고 갈 것인지를 결정해 주십시오.」

기왕에 돌이킬 수 없는 일이라면 병원에서 당할 것이 아니라 적조암으로 옮겨야 한다는 것이 내 생각이었다. 나는 지우, 향봉 스님과 더불어 급히 퇴원 수속을 밟고 스님을 적조암으로 모셨다. 그러나 곧 운명하실 것 같다는 스님은 적조암에 도착해서도 입적하시지 않았다. 나는 스님을 회생시킬 수 있을지도 모른다는 한 가닥 희망을 가지고 길음동 홍외과와 적십자병원의 의사 두 명을 청해 왔다.

두 의사들은 스님을 진료한 결과 심장이 다른 사람보다 튼튼하여 쉽게 운명하지 않을 것 같다고 했다. 우리는 의사들의 권유에 따라 스님을 고려대학교 부속병원으로 모시고 갔다.

그러나 끝내 경산 스님은 소생하시지 못했다. 스님은 고려대학교 부속병원에서 12월 25일 아침 6시경에 끝내 열반하시니 이때 스님의 세수 62세였다. 강원도 유점사에서 홍수암(洪秀庵) 화상을 은사로 하여 동진출가(童眞出家)한 것이 1936년 4월의 일이니까 법랍은 43세였다. 경산 스님은 해방되던 해에 범어사의 하동산(河東山) 스님을 법스승으로 하여 계를 받았으며, 대한불교 조계종 총무원장을 세 차례에 걸쳐 역임하며 종풍을 바로잡기 위해 진력하신 바 크다.

석가모니 부처님은 부처이시되 인간이었으나 중생으로서는 도저히 상상할 수 없는 불지(佛智)와 덕망을 갖추었기에 모든 중생이 그 자비광명으로 해탈을 얻었듯이, 경산 큰스님은 일거수일투족이 여법(如法)하여 범부로서는 감당키 어려운 인행(忍行)을 몸소 실행하심으로써 청정무구(淸淨無垢)한 비구로 종단의 사표가 되는 율사였다.

경산 스님이 지적했었다.

「율이 약해지니 자연 교단도 흔들려서 약해지게 되었다. 교단이 약해지니 수행하는 제자들이 힘쓰지 않아서 선이 약해졌다. 선이 약해지니 교학하는 제자들도 힘쓰는 경향이 희박하게 되어 교도 또한 약해졌다.」

이에, 처방으로는 다음과 같이 말씀하셨다.

「율을 힘써 일으키면 교단이 튼튼해지고 교단이 튼튼하면 선종이 일어나고 선종이 일어나면 교종도 또한 따라서 일어날 것이다.」

결국 경산 큰스님께서는 율을 본행(本行)으로 섬기는 비구 종단을 건전케하고 선·교가 융창하여 민족 중흥의 거울이 되게 하시고

자 비구 종단의 정화를 통한 정립에 평생을 진력하신 분이라고 할 수 있을 것이다.

아직은 한창 더 사실 나이에 홀연 주스 한 잔을 마시다가 쓰러져 열반하시니 이 죽음에 대한 의혹이 적잖았다. 나는 꼭 사인을 규명하리라 했었지만 어느 스님이 충고했다.

「경산 스님이 살해된 것이라면 말입니다. 그 사람이 사인을 규명하겠다는 스님인들 해치지 말라는 보장이 있겠습니까?」

그 말에 위협을 느껴 굴복한 것은 아니었다. 나는 이때 경봉 스님이 끝장난다고 말씀했던 그 끝장의 의미를 떠올렸던 것이다. 경봉 스님 같은 큰스님은 대강 미래를 내다보실 수 있는 것 같다. 그러기에 끝장난다는 것을 예견했던 것이다. 이미 그렇게 되기로 결정이 되어 있었던 것이라면 경산 스님은 죽음을 피할 수 없었다는 얘기가 된다. 따로 밝혀야 할 진실이 또 있을까.

평소 상태가 좋지 않던 장이 갑자기 파열하여 변을 당한 것일 수도 있고, 누군가에 의해 시해되었다고 해도 어쨌거나 그렇게 끝나도록 결정되어 있던 운명을 피할 수는 없었을 것이라는 생각을 하면서 나는 침묵을 선택할 수밖에 없었다.

스님은 가셨다. 시신을 총무원으로 옮겨 대한불교 조계종 총무원장(葬)으로 다비식을 갖게 되었다. 이 무렵은 박정희 대통령이 시해된 후 비상계엄이 선포되어 있던 때였다. 비상계엄 하에서는 가두행렬을 할 수 없다는 것이 종로 경찰서 측의 태도였다. 이때도 국회의원 한모 씨가 힘을 써주어 가까스로 종로 통만 보행할 수 있는 허가를 받아냈다.

총무원을 떠난 운구 행렬이 종로를 지나는 동안 많은 신도들이 뒤따랐다. 다비식은 화계사에서 엄수되었다. 이 기간 동안 눈이 많이 내렸던 기억이 난다. 눈은 마치 바가지로 퍼붓는 것처럼, 하늘에 구멍이라도 난 듯 쏟아 부으며 요란한 천둥 번개까지 쳐댔다. 동지 섣달에는 천둥 번개가 치는 예가 별로 없는데 큰 별이 떨어짐에 하늘이 이를 슬퍼하는 것 같았다.

경산 큰스님과 내가 마지막 나눈 대화는 《삼처전심(三處傳心)》의 출판에 관한 것이었다. 나는 당신이 곧 세상을 뜨게 되실 줄을 알고 나에게 유언을 남긴 것이라고 받아들였다. 스님은 가셨지만 스님의 마음이 담겨 있는 책을 펴내어 두루 읽히게 해드리는 것이 도리라 여겨져 출판을 서둘렀다.

나는 인봉 거사를 만났다. 스님이 살아 계셨다면 세 사람이 만났을 텐데 스님은 가고 아니 계시니 남은 우리가 만나 유언을 집행하는 마음으로 출판에 관한 상의를 했다.

김인봉 거사는 여러 차례 큰스님들의 법어집을 출판한 경험이 있는 분이었다. 그는 경구 해석의 오식과 오자를 바로잡고 출판사 선정과 제본에 이르기까지 하나하나 신경을 써주었다. 김인봉 거사의 도움으로 《삼처전심(三處傳心)》의 수정본이 출간된 것은 1980년 3월 25일이었다. 님이 가신 지 석달 만이었다. 나는 새로운 책을 받아들고 새삼 목이 메었다. 스님과의 지난 법연을 돌아보는 내 눈이 축축하게 젖어 오는 것을 알았다.

열반적정에 드신 큰스님이 서방정토에서 무생법락 누리시기를 빌 따름이었다.

강은 만리의 바람을 머금고

나의 맏상좌는 홍륜이다. 그 이전에 두 명이 제자로 들어왔었으나 인연이 닿지 않은 탓인지 내 곁을 떠나가니, 세 번째로 맞아들인 홍륜이 맏상좌가 되었다. 홍륜이 출가할 때의 일이다. 그녀의 속명은 봉자였다. 봉자의 부모님들은 출가를 순순히 허락해 주지 않았다.

「딸이 둘만 돼도 저 하고 싶다는 대로 하게 두겠지만 하나라 아니 됩니다. 내 나이 일흔인데 외손주도 안아 보고 싶소이다.」

본인은 한사코 불문에 귀의코자 하나 노부모의 뜻이 이러니 나는 봉자를 달랬다.

「불효를 저지르지 말고 집으로 돌아갔다가 부모님이 돌아가시고 그때도 마음이 변하지 않으면 나를 찾아와요.」

내 권유에 따라 봉자는 일단 부모님을 따라 고향인 강화로 갔다. 두 달 만인가 내 앞으로 편지를 보내 왔다. 거기에는, 화장실도 마음 대로 가지 못하게 감시를 하니 창살 없는 감옥이다, 숨이 막히는 것 같다, 한번 먹은 마음은 변하지 않을 것이다, 아버지 돌아가시기만을 기다리니 이런 불효가 또 없을 것 같다는 심정을 털어놓고 있었다.

봉자의 뜻이 이러하니 매양 모른 척하고만 있을 수가 없었다. 나는 봉자가 내 앞으로 보낸 편지를 동봉하면서, 활동을 하던 아이를 너무 억압하면 오히려 역효과가 나지 않겠느냐는 의견을 그녀의 부모 앞으로 적어 보냈다. 나의 말이 옳다고 생각한 홍륜의 어머니가 봉자를 데리고 서울로 왔다.

모녀는 방을 얻어 2년을 같이 지냈다. 그 동안에 어머니는 딸의 마음을 돌리기 위해 애썼지만 딸은 결코 생각을 바꾸지 않았다. 마침내 부모들이 졌다. 봉자는 이렇게 한번 먹은 마음을 꺾지 않고 기어이 뜻을 살려 불문에 귀의하여 홍륜으로 다시 태어났다.

홍륜은 스님들이 다 부처인 줄 알았나 보다. 스님이라고 해도 견성을 하기 전에는 속인과 과히 다를 것이 없다. 시기도하고, 질투를 부리며, 상호간에 첨예하게 대립하여 반목하고 갈등을 빚는 예가 허다하다. 속인 시절에 생각했던 절 생활과 막상 불문에 들어 몸소 부딪치며 겪어야 하는 현실과의 괴리감 때문에 홍륜은 처음부터 어려움이 많아 보였다. 성품이 곧고, 모두가 자기처럼 정직하고 진실되리라고만 믿는 아이다.

인행(忍行)의 법랍이 쌓이면서 절 법도에 익숙해져 갔다. 그릇이 맑아야 맑은 물을 담을 수 있을 것이다. 홍륜은 맑은 마음을 가진 아이다. 동학사, 해인사, 운문사 등을 찾아 정진을 거듭하고, 동국대학교에 다니며 학문의 깊이를 더해 가더니 현재는 운문사 강원에서 강사로 후학 지도에 힘쓰고 있다.

제 위치를 잘 지키고, 곧고 바르며, 개성을 살려 지도자의 입장에서 후학들의 존경을 받으니 이런 고맙고 다행한 일이 없다. 다만 시간이 없어 내가 하는 일에 적극 협조를 하지 못하고 있는 것이 나로서는 섭섭할 따름이다. 성라원을 복지재단으로 만들었으니 망상좌가 이 복지재단의 모든 일을 맡아 잘 키워 나가야 할 것으로 기대하고 있다.

두 번째 제자는 홍선이다. 홍선은 조계사 불교청년회에서 일찍부터 불심을 키우더니 나와 인연이 닿아 내 앞으로 머리를 깎은 이래 현재까지 살림을 잘 살아 주고 있다. 성격이 대범하고 씩씩하며 너그러운 편이다. 리더십이 있으니 성라암의 주지를 맡길 예정으로 있다. 절 살림을 잘하여 널리, 멀리 불심을 두루 펼 수 있기를 기대하고 있다.

현재 해인사의 삼선암에서 정진중인 셋째 홍수는 싹싹하고 약빠르며 무엇이든지 맡기면 틀림이 없는 아이여서 듬직하다. 석남사에서 3년 묵은 결재를 마쳤으니 이도 기특한 일이다. 좀 더 성라암 일에 적극적으로 협조하기를 바라고 있다.

넷째 홍조는 수유리에서 소림정사를 운영하고 있다. 처음에는 적응하는데 어려움이 많았을 것이다. 풍부한 사회 경험을 살려 모든 것을 잘 처리해 나가니 다행한 일이다. 인욕 공부에 정진하면 보다 큰 존경을 받을 수 있을 것으로 여기고 있다.

다섯째가 홍은동의 능인사 주지로 있는 홍진이다. 고암 스님이 종정으로 계실 때 내 앞으로 이름을 올렸다. 한방(漢方)에도 조예가 깊으니 특기를 잘 살리고, 소임 맡은 절이 번창하기를 빈다.

녹번동 관측사의 홍민 주지가 여섯번째 상좌다. 성격이 차분하고 얌전하며 신심이 깊다. 항시 몸이 허약한 것이 걱정이 된다. 의사의 왕이신 부처님께 지성으로 매달리기를 기원한다.

일곱째는 홍석이다. 손끝이 야무지고 무슨 일을 하든 몸 아낄 줄 모르고 최선을 다한다. 그렇게 열심히 한 공을 입으로 깨버리는 수가 있다. 혀가 도끼여서 사람을 찍을 수도 있다는 것을 명념할 일이다. 인욕 공부와, 대중들과 공동 생활을 함에 있어 모나지 않도록 노력하기를 부탁해 둔다.

여덟째 홍림은 캘리포니아의 카멜이라는 곳에 있는 삼보사의 주지로서 포교에 전념하고 있다. 홍림은 머리를 깎기 훨씬 이전부터 상품화 보살이라는 불명을 가지고 있는 신심 깊은 불자였다. 사별한 수좌의 남편 덕산 거사도 불심이 장하여 조계종 종단 일에 크게 협조를 하던 분이다. 불교신문사를 최초로 창간한 공덕을 짓기도 했다.

덕산 거사는 캘리포니아로 이민을 간 다음 삼보사를 세워 처음 나에게 운영해 줄 것을 부탁해 왔다. 지금은 미주에 여러 개의 절이 생겼지만 삼보사는 미국에 세워진 최초의 우리나라 절이었다. 그만큼 선구자적인 일을 한 사람이 덕산 거사다. 나는 그의 제안을 받고 여러 모로 생각했으나 당시에는 애로 사항이 많아 덕산 거사의 뜻을 받아들일 수 없었다. 이럴 즈음 덕산 거사는 홀연히 이승을 하직하고 말았다.

나는 그의 갑작스러운 부음을 받고 캘리포니아로 날아갔다. 장례식이 끝났을 때 혼자된 상품화 보살이 나에게 진지하게 말했다.

「남편이 살아 있을 때도 중이 되고 싶은 마음이 있었어요. 남편과 아이들 때문에 뜻을 펼 수가 없었는데 남편이 세상을 뜨셨고 아이들도 장성했으니 이젠 불문에 귀의할 때라고 생각합니다. 스님 밑으로 머리를 깎고 싶으니 허락해 주세요.」

나는 그 자리에서 선뜻 약속을 하는 대신 일년간의 말미를 주었다. 소상 때가 되어도 생각이 변하지 않으면 머리를 깎아 주겠다고 말해 두었다.

덕산 거사의 소상 때 나는 다시 도미했다. 마침 미국에 머물고 계시던 고암 스님과 행원 스님을 비롯하여 여러 스님들이 생전의 덕산 거사와 안면이 깊어 자리를 같이했다. 이때도 상품화 보살은 몇 가지 이유가 있어 머리를 깎지는 못했다. 그녀가 출가한 것은 그로부터 3년 뒤였다. 나이가 많이 들어 불문에 귀의했지만 보살 때부터 불심이 깊었기에 승 생활에 적응하는 데는 큰 문제가 없었다. 이역 만리 외국 땅에서 고달픈 이민 생활을 하고 있는 교포들에게 부처님의 말씀을 전파하며 진력함이 가상하다고 하지 않을 수 없다.

아홉째가 홍운이다. 선방을 찾아 정진중이다.

시애틀 동림사의 홍현이가 열 번째 제자이다. 역시 미국에서 포교 활동을 하고 있다. 부처님의 가피가 있기를 빈다.

일엽 스님을 은사로 하고 경산 스님을 법스승으로 하여 출가했던 내가 이렇게 인연 따라 여러 제자를 두었다. 이들이 가까이에서 혹은 멀리에서 나를 도와주니 여간 마음이 든든하지가 않다. 다만 명색이 스승으로서 제자들에게 큰 가르침을 준 것이 없는 것 같고, 마음 고생을 시킨 일도 적잖은 듯하여 미안한 마음 금할 길이 없다. 제각기 개성을 살리고, 기왕 불문에 들었으니 힘쓰고 진력하여 견성하기를 바랄 뿐이다.

제자들이라고는 해도 각기 인격을 가지고 있기에 이들의 이름을 거명함에 주저되는 부분이 많음을 알았다. 나로서는 내 팔십 인생을 정리하는 뜻에서 인연 따라 법 따라 맺어지고 흩어진 모든 것을 가능하면 소상히 적어 보리라 작정한 터여서 제자들과의 관계를 빼놓을 수는 없었다. 피를 나눈 형제나 법으로 맺어진 사문이나 일가를 이룸에 있어 첫째는 화목이고 둘째는 서로 돕는 마음이 있어야 할 줄로 안다. 각기 일심으로 정진하여 견성을 할 것이되 사형 사제 간에는 의리 있고 화목하게 지낼 수 있기를 기원한다.

제 4 부

물고기가 뿔이 나고 청학은 세 번 운다.

추운 겨울을 난 매화

성라암의 주변 환경은 내가 해방 직후 처음 이곳을 인수할 때와 비교하면 너무나 많이 변했다. 그때는 우선 성라암으로 오다가 보면 개울을 건너야 했다. 여름에 장마라도 질 양이면 제법 맹렬한 기세로 산에부터 내려온 물이 급류를 이루어 흘렀다. 근처에 폭포도 있었는데 복개 공사 뒤 이후로 자취를 찾아볼 수 없게 되었다.

지금은 한치의 공터도 없이 집들로 빼곡하게 들어차 있지만, 당시에는 성라암으로 들어오는 골목 입구에 연못이 딸린 집이 딱 한 채 있었다. 우리는 그 집을 연당집이라고 불렀다. 절이나 연당집의 뒷산은 그대로 숲이었다.

내가 아직 머리를 깎기 전의 일이다. 하루는 외출을 하려고 나오던 길에 연당집 앞을 지나다가 그 집 대문에서 나오는 50대 남자와 딱 마주쳤다. 나는 그를 알아볼 수 있었다.

「아니 경찰서장님이 아니세요?」

그는 분명 내가 해방 전과 6·25 피난 시절에 내려가서 살았던 풍기에서 만난 일이 있는 영주 경찰서장이었다. 풍기는 영주 경찰

서 소속이었는데, 무슨 볼일인가가 있어서 관내 경찰서장과 인사를
나눈 일이 있었다. 그는 나를 알아보지 못했다.

「누구시죠?」

내가 기억을 환기시켜 주자 비로소 나를 알아본 그가 반가워했다.

「아이구, 반갑습니다. 그런데 여기는 웬일이십니까?」

나는 성라암을 가리키며 대답했다.

「저기 저 절에서 살고 있어요.」

「그러세요? 그러고 보니 이웃이 되었군요.」

「서장님은 어떻게 이곳에……?」

「이틀 전에 이 집을 사서 이사 왔습니다.」

연당집은 성라암에서 가장 가까운 이웃이라고는 하지만 이사오
는 것을 알지 못할 만큼 서로 떨어져 있었다.

「서울로 전근이 되셨나 보군요?」

「아닙니다. 현직에서 떠났습니다. 겨우 집 하나 사서 서울로 이사
를 오게 된 겁니다.」

정년 퇴직할 나이는 아직 아니었다. 나중에, 어떤 사건에 연루되
어 면직되었다는 것을 알았다. 어쨌거나 나는 전직 경찰서장이 이
웃이 되었다는 사실에 대해 별 느낌은 없었다. 환영하는 마음도 거
부감도 느끼지 않았다는 말이다. 겨우 서너 번 전에 마주한 일이 있
지만 나는 그의 인간 됨됨이에 대해서는 자세히 알고 있지 못했다.
이때만 해도 그가 나에게 큰 해를 끼쳐 주리라고는 예상하지 못한
것이다.

성라암 뒷산은 국유림이다. 4·19를 전후해서 이 뒷산에 판잣집
이 생겨나기 시작했다. 시골에서 이농(離農)해 온 사람들이나, 집
없는 도시 근로자들이 무단으로 국유림을 차지하고 판잣집을 지은

238

것이었다. 일단 엉성하게나마 집을 짓고 나면 강제 철거를 시키지 않았다. 당국의 행정력이 거기까지 미치지 않았던 때문이라기보다, 형편이 어려운 사람들을 가혹하게 다룰 수가 없어서 묵인해 주는 것이었다.

산중턱에서부터 한 채 두 채 생겨나기 시작한 판잣집을 이런 추세대로라면 머지않아 성라암 법당 뒤에까지 내려올 것 같았다. 나는 철조망을 쳐서 판잣집의 접근을 막아야겠다고 생각했다. 그래서 연당집의 전직 경찰서장을 찾아갔다.

「서장님, 저와 같이 비용을 부담해서 철조망을 칩시다. 그대로 두었다가는 연당집이나 절이 온통 판잣집들에 둘러싸이겠어요.」

무허가 건물을 지어도 묵인하는 것으로 미루어 보아 철조망만 치면 기득권을 인정해 줄 것 같았다. 다시 말해, 비용을 반씩 부담하여 철조망을 쳐두면 연당집 뒷산은 연당집 소유가 되고, 절 뒤쪽은 절 재산이 될 수 있을 거라는 게 내 생각이었다. 그는 나의 제안에 흥미 없다는 듯이 대꾸했다.

「나는 그런 데 쓸 만한 돈이 없습니다. 아주머니께서 우리집 뒤쪽까지 모두 철조망을 치십시오. 말씀대로 기득권을 인정해 준다면 우리 집 뒤쪽도 다 절 재산으로 한다는 데 이의가 없다는 뜻입니다.」

선심을 쓰듯 말했지만 실제로는 이웃 간에 협조를 하지 않겠다는 이기심에서 그런 말을 하는 것뿐이었다. 그는 철조망을 치더라도 정부에서 기득권을 인정해 주지 않으리라고 믿은 것이었다.

힘을 합쳐 철조망을 치면 좋으련만 그 비협조적으로 나오자 나는 혼자 빚까지 내어 철조망을 사고, 인부들을 시켜 울타리 치는 공사를 했다. 정부에서 울타리 안쪽을 나에게 불하해 줄는지는 미지수지만, 내 예상대로 울타리를 치고 나자 일단 그 안으로는 판잣집이 들어서지 않게 되었다.

그리고 세월이 흘렀다. 내가 불문에 귀의하고, 국가적으로는 5 · 16이 발생한 후의 일이었다. 하루는 웬 낯선 사람들이 몰려 와서 내가 쳐놓았던 철조망을 철거하기 시작했다. 뿐만 아니라 보다 견고하게 새 철조망을 치기 시작했다. 이게 무슨 변고인가 싶어 나는 부리나케 공사 현장으로 내달았다. 인부들 사이에 감독을 찾아 따지고 들었다.

「그 철조망은 내가 쳐놓은 것인데 누구 마음대로 뽑아 버리는 겁니까?」

「우리는 시키니까 하는 것일 뿐 내막은 모릅니다.」

「누가 시켰는지는 알 것 아니에요?」

감독은 연당집을 가리키며 말했다.

「저 집에 가서 물어 보세요.」

나는 연당집으로 내려왔다. 그리고 집안으로 들어가서야 집주인도 바뀌었다는 것을 알았다. 전직 경찰서장은 이웃 간에 인사도 없이 집을 팔고 이사를 간 것이었다. 새 집의 안주인으로 보이는 여자에게 말했다.

「이 댁에서 내가 친 철조망을 철거하고 새 철조망을 치도록 했다면서요?」

새 주인은 당당했다.

「그런데요?」

「무슨 권리로 내가 친 것을 죄다 뜯어 내는 거죠?」

「이 집 전 주인에게 집을 살 때 철조망을 친 뒷산까지 끼워서 샀어요.」

그제야 전직 경찰서장이 나도 모르는 사이에 철조망을 자기가 친

것이라며 집을 팔 때 끼워서 팔았다는 것을 알았다. 내가 같이 철조
망을 치자고 할 때는 흥미 없어하던 사람이 나를 감쪽같이 속이고
이런 짓을 저지른 것이었다.

「철조망은 이 집 전 주인이 친 것이 아니라 내가 친 거예요 내 허
락 없이는 철조망을 철거하지 못합니다.」

「철조망을 스님이 쳤다는 증거가 있어요?」

「이 동네 사람이면 누구를 붙들고 물어 봐도 진실을 말해 줄 겁
니다.」

여인은 미간을 찡그린 채 잠시 생각하더니 말했다.

「실은 이 집은 내가 산 것이 아니라 주인은 따로 있어요. 우리는
잠시 이 집에서 살려고 온 것뿐입니다.」

갈수록 태산이었다.

「그럼 진짜 주인은 누구죠?」

「신문사 사장님이세요. 나는 사장님의 처제 되는 사람이구요.」

모 신문사 사장이 집을 산 다음, 집이 없는 처제네에게 관리를 겸
해서 살 수 있도록 해주었다는 내막을 알게 되자, 나는 이들을 상
대로 따져봤자 소용이 없다는 판단을 내렸다. 나는 연당집에서 나
오는 길로 신문사로 향했다.

신문사 사장은 부재중이라고 했다. 이튿날 다시 찾아가도 그를
만날 수는 없었다. 자리에 있는데도 일부러 나를 피하는 것이라는
심증이 가지만, 막무가내로 사장실까지 밀고 들어갈 수가 없었다.
나는 허행인 줄 알면서도 날마다 신문사를 찾아갔다. 내가 이렇게
찾아다니는 동안에도 철조망을 부수고 다시 세우는 공사는 착착 진
행이 되어 나갔다. 애간장이 탈 노릇이었다.

신문사에는 날고기는 신사들이 넘쳤다. 건물의 위용 또한 나를

압도하기에 충분했다. 나는 신문사 사장을 상대로 투쟁하기에는 너무도 미약한 존재라는 생각에 지레 주눅이 들었다. 하지만 그대로 있다가 다 빼앗길 수 없었던 나는 곰곰 생각을 거듭하여 절충안을 짜냈다.

처음부터 내가 원했던 것은 우리 절 뒷산뿐이었다. 연당집 뒷산도 내가 철조망을 쳤지만 그쪽은 양보하겠다는 것이 내 절충안이었다. 이렇게까지 양보를 할 용의가 있는데, 도대체 사장을 만날 수가 없으니 담판을 지을 수가 없었다.

밤이 되어도 잠을 잘 수가 없었다. 밥이 목으로 넘어가지도 않았다. 이렇게 애를 태우고 있던 며칠 후였다. 동네 사람 하나 가 나에게 와서 말했다.

「스님, 지금 연당집 앞에 자가용 두 대가 와서 멈추더니 그곳에서 내린 사람들이 뒷산으로 올라가더라구요. 신문사 사장이 친구들을 데리고 나타난 것 같아요.」

「일부러 찾아와 알려 주어서 고맙습니다.」

「철조망을 절에서 쳤다는 건 우리 동네 사람이면 다 알고 있는데 신문사 사장이면 다란 말이에요? 자기 마음대로 뜯어내고 새것을 치고 있게.」

나는 서둘러 밖으로 나왔다. 과연 연당집 앞에는 두 대의 차가 서 있었다. 그중 하나에는 신문사 이름이 새겨져 있었고, 사기(社旗)가 바람에 나풀거리고 있었다. 그것들은 당당한 위용을 뽐내기라도 하듯 나의 접근을 무언중에 거부하고 있었다. 그렇다고 물러날 수는 없었다.

눈을 산 쪽으로 돌리니 몇 명의 신사들이 보였다. 나는 서둘러 그들을 향해 올라갔다. 곁으로 다가가자 일행 중 한 사람의 말이 내

귀에 들려 왔다.

「여기다가 연극 전용 극장을 지을 생각이야.」

그는 극장뿐만 아니라 거창한 문화 공간 설립을 추진하겠다는 장래 계획을 설명하는 중이었다. 나는 신이 나서 떠들고 있는 그 사람이 신문사 사장이리라 믿었다.

「댁이 신문사 사장님이시죠?」

「그런데요?」

「저는 저 절의 주지입니다. 제가 여러 번 신문사로 찾아갔었다는 말씀 못 들었습니까?」

「용건이 뭡니까?」

「이곳에 철조망을 쳤던 사람은 저예요 사장님은 연당집 주인에게 속아서 산 겁니다.」

「그래요?」

나는 사장에게 그 동안 생각해 두었던 절충안을 제시한 다음 말했다.

「그러니 우리 절 뒤쪽의 철조망을 철거하지 마세요.」

신문사 사장은 내 절충안을 들었는지 못 들었는지 엉뚱한 말을 했다.

「스님이 철조망 안쪽 땅의 주인입니까?」

물론 그것은 아니었다. 철조망을 쳐서 기득권을 확보한 것뿐이지 뒷산은 엄연한 국유림이었다. 나는 되묻는 것으로 위기를 벗어나려 했다.

「그럼 사장님 땅이란 말씀입니까?」

「그것도 아니죠.」

「그런데 왜 먼저 쳐 있는 철조망을 걷어 내고 땅 임자처럼 새 철조망을 치는 거죠?」

「머지않아 내가 정부로부터 불하(拂下)받게 돼 있으니까 치는 겁니다.」

「연고권이라는 것이 있는데 어떻게 사장님이 불하받게 돼 있다는 겁니까?」

「스님이어서 사회 물정에 어두우신 것 같은데, 말하자면 이곳은 개똥참외 같은 겁니다. 거름 주고 길렀다는 걸 주장하시는데, 개똥참외는 처음부터 임자가 없는 것이어서 따먹는 사람이 임자죠.」

신문사 사장이라는 사람이 이런 억지를 부리고 있었다. 나의 절충안은 거절된 셈이었다. 이렇게 되니 빨리 손을 써서 정부로부터 불하를 받아야 한다는 생각이 들었다. 연약한 내가 언론사 사장을 상대로 싸워야 한다는 사실이 갑자기 불안해졌다.

나는 칠성각을 지을 때 성라암 소유가 아닌 산에다가 지은 바 있었다. 엄밀히 말하면 국유림에 불법 건축물을 세운 것이었다. 그러나 이때만 해도 국유림에 집을 짓는 것을 묵인했을 정도니, 사찰에서 칠성각을 세운다고 불법 건축물로 간주하여 철거하지는 않았다. 그들은 칠성각 안쪽까지 철조망을 치려고 했다. 나는 공사 감독에게 따졌다.

「이럴 수는 없는 일입니다. 부처님이 용서하지 않을 거예요!」

그가 나를 밀어내는 바람에 철조망 위로 넘어져 철사에 손이 찢기며 피가 흘렸다. 이런 억울하고 분할 데가 없었다.

나는 동사무소로 찾아가서 따졌다.

「우리 절 뒷산이 연고권이 있는 나에게 불하되지 않고 난데없이 나타난 신문사 사장에게 불하된다니 어떻게 된 일이에요?」

그들은 고개를 내저었다.

「우리는 모르는 일입니다.」

신문사 사장은 예상대로 이미 동사무소 직원들에게 손을 써 놓은 것이었다. 자칫하다가는 돌이킬 수 없을 것 같았다. 나는 절 문제를 해결하는 데 있어서만큼은 신도들의 신세를 지지 않겠다는 원칙을 세워 놓고 있었다. 그러나 워낙 문제가 다급하게 되자 재무부에 근무하고 있던 신도 이상복 씨를 찾아갔다. 당시에는 국유림 불하가 재무부 관재국 소관이었다.

이상복 씨는 그간의 경위를 듣고 나서 관재국 담당자에게 전화를 걸어 절 뒷산의 불하 문제가 어떻게 진행되고 있는지를 알아보기 시작했다. 통화를 끝낸 이상복 씨의 얼굴은 굳어 있었다.

「스님, 이미 신문사 사장이 동사무소를 거쳐 모든 불하 서류를 올렸다는군요. 별 이변이 없는 한 곧 그에게 불하될 거라는 게 담당자의 말입니다.」

「그럼 손을 써 볼 수 있는 방법이 없다는 말씀인가요?」

「늦기는 했지만 그대로 그자에게 넘겨줄 수는 없죠. 국유림은 원칙적으로 연고가 있는 사람에게 불하해 주도록 돼 있습니다.」

「그렇다면 당연히 우리 절에서 불하를 받아야죠.」

「그러나 동사무소에서 신문사 사장에게 연고권이 있다는 서류를 작성해서 올렸습니다.」

동직원들은 내가 찾아가서 물었을 때 모르는 일이라고 했었다. 그런 그들이 신문사 사장에게 연고권이 있다는 것을 증명하는 서류를 작성해 주었다는 것은 사장과 동직원들이 결탁돼 있다는 것을 단적으로 나타내는 것이었다.

「어떻게 해야 하죠?」

「재판을 청구해야 합니다. 주민들을 통해 절 뒷산의 연고권이 절에 있다는 것을 입증해야죠. 증인이 돼줄 만한 주민은 있을까요?」

「그럼요. 우리 동네 사람이면 누구나 다 신문사 사장이 최근에 집을 산 것이고 철조망은 내가 쳤다는 걸 잘 알고 있어요.」

「그러면 재판을 신청하십시오. 재판에서 이기기만 하면 산은 성라암에 불하됩니다. 저는 일단 신문사 사장에게 산이 불하되는 것을 연기하도록 조처해 놓겠습니다.」

재무부에서 나온 나는 김창현 변호사를 찾아갔다. 그는 내가 나타나자 반색을 했다.

「어쩐 일이십니까, 누님?」

「동생이 나 좀 도와주어야겠어.」

「무슨 일인데요?」

나는 변호사에게 그간의 상황을 자세히 들려주었다. 내 말을 다 듣고 난 그가 말했다.

「재판을 걸면 승소할 수 있습니다. 제가 도와 드리죠.」

「내가 재판에 이기게 되면 동사무소 직원들이 다치지는 않을까?」

「재판에서 이기려면 동직원이 허위 서류를 작성해 주었다는 것을 입증해야 하는데, 그렇게 되면 담당자가 신문사 사장과 결탁이 돼 있다는 사실이 밝혀지겠지요. 결탁 사실이 밝혀지면 파면이나 강력한 징계를 면하기 어렵습니다.」

동직원들은 연고권이 신문사 사장에게 있다는 서류를 작성해 주고도 나에게는 전혀 그런 사실이 없다고 잡아뗴었다. 그 소행을 생각하면 다치거나 말거나 재판에서 이기기만 하면 되는 것이지만, 또 한편 같은 지역의 동직원이 이유야 어떻든 나 때문에 직장을 잃게 되는 일이 발생하면 내 마음이 편할 리가 없었다. 나는 사전에 그들에게 자구책을 마련할 수 있는 길을 열어 주리라 작정했다.

246

「동생이 나하고 동사무소 좀 같이 가야겠어.」

「동사무소에는 왜요?」

「그들이 나 때문에 잘못되도록 내버려 둘 수는 없어. 이제라도 늦지 않았으니, 신문사 사장에게 연고권이 있다고 한 것은 행정 착오였고, 추후에 알아보니 사실은 연고권이 우리 절 측에 있다는 새로운 서류를 작성해 달라, 그러면 당신들은 재판이 되더라도 다치지 않는다, 이렇게 말해 주고 싶어요.」

「그들이 잘못되건 말건 누님은 땅만 찾으면 되는 것 아니에요?」

「땅 찾는 것도 중요하지만 나로 인해 불행해 지는 사람이 있어서는 안 돼. 그 점도 고려하지 않을 수 없어.」

「변호사가 동사무소에 드나들 시간이 어디 있습니까? 별 데를 다 가자고 하십니다. 그런 문제를 누님이 알아서 해주셔야죠. 법정 대리인으로서 내가 할 일은 변론입니다.」

신경이 예민할 대로 예민해져 있던 나는 그 말을 듣고 화를 벌컥 냈다.

「바쁘신 분을 몰라봐서 미안하게 됐군. 싫으면 그만 둬. 내가 알아서 동사무소도 찾아가고 재판도 신청할 테야.」

나는 벌떡 일어나 밖으로 나왔다. 계단을 걸어 내려오는데 등뒤에서 황급하게 부르는 소리가 들려왔다.

「누님! 누님!」

나는 대답 없이 층계를 내려왔다. 쿵쿵거리며 황급히 뒤따라온 김 변호사가 내 어깨를 잡으며 말했다.

「성미도 급하시기는……제가 같이 가겠습니다. 동사무소 아니라 지옥이라도 누님이 가야 한다면 가야죠.」

내가 화를 냈던 것은 바로 이렇게 나오기를 기대해서였다. 나는 걸음을 멈추고 얼굴에 미소를 띠며 깍듯이 말했다.

「고마워요, 변호사님!」

김변호사를 동사무소에 대동하고 간 것은 잘한 일이었다. 그가 동직원에게 명함을 내밀자 그것을 받은 담당자의 얼굴색이 하얗게 변했다. 변호사가 그에게 먼저 말했다.

「절 뒷산 연고권이 절 측에 있다는 것을 주장하기 위해서 재판을 신청하려고 합니다. 주민들은 모두 절에 연고권이 있다는 것을 인정하는데 동사무소에서는 엉뚱하게도 신문사 사장에게 있다는 서류를 작성해 주었더군요.」

변호사의 말은 의외로 강펀치가 된 것 같았다. 하얗게 변했던 담당자의 얼굴 색이 붉으락푸르락해졌다. 마지막으로 그에게 스트레이트를 던졌다.

「재판이 진행되면 자연 진실이 밝혀질 것이고, 그렇게 되면 당신네들도 어떤 식으로든 책임을 지지 않을 수 없을 것입니다. 여기 이 스님은 여러분들이 다치는 것을 원하기 않고 있습니다. 먼젓번에 작성된 서류는 행정 착오였고, 진짜 연고자는 성라암 측이라는 새로운 서류를 작성해서 재무부로 보내 주시면 모든 것은 원만하게 해결될 것입니다.」

동직원들은 순순히 백기를 들었다. 담당자는 우리의 제안대로 행정 착오였다는 것을 인정하고, 연고권이 성라암에 있다는 새로운 서류를 작성하여 재무부 관재국의 국유지 불하 담당자 앞으로 발송해 주었다. 이렇게 되니 우리는 법정에 증인을 세울 필요도 없어졌지만, 만사 불여 튼튼이라고, 진정서를 작성한 다음 주민들로부터 서명을 받아 증빙서류로 첨부한 다음 재판을 기다렸다.

일차 재판 때 신문사 사장은 결석했다. 이차, 삼차에도 결석이었다. 승산이 없다는 것을 알고 나오지 않은 것 같았다. 이렇게 되니 자동 승소였다.

나는 재판을 통해 연고권을 확보한 다음 재무부로부터 성라암 뒷산을 불하받게 되었다. 연당집 뒷산 중의 일부는 신문사 사장에게 양보해 주었다. 사실 그 동안의 소행으로 봐서는 그러고 싶지 않았지만 내 욕심만 차린다면 부처님의 노여움을 살지도 모르겠기에 선심을 쓴 것이었다.

자기 힘만을 믿고 부처님의 도량을 능멸했던 신문사 사장은 그런 일이 있는 직후에 구속되었다. 그 신문사의 인쇄기를 통해 불온 문서가 제작된 사실이 드러났기 때문이었다. 수사 결과 신문사 사장은 간첩이 아니고 직원이 간첩이었다는 것이 밝혀졌다. 그러나 신문사에서 불온 문서가 대량으로 제작 살포되도록 모르고 있었다는 점에서 사장이 도의적인 책임을 지지 않을 수 없었을 것이다. 그는 수사당국에서 풀려나는 즉시 신문사 사장직에서 물러났다. 그리고 얼마 후에 신문사는 폐쇄되었다. 문제의 사장은 다른 사업까지 망하면서 연당집을 팔고 내 주변에서 완전히 사라졌다. 그가 폐인이 되었다는 말을 풍문으로 들었다.

신문은 주인이 바뀌어 나중에 복간(復刊)되었다가 또 한번 폐간되는 우여곡절을 치르고 근자에 다시 신문을 제작하기 시작했는데, 결국 경쟁사에 뒤져서 독자가 별로 없는 신문이 되고 말았다.

속인들은 이럴 경우 사필귀정이라고 말하겠지만 승려인 내 입장에서 보면 인과응보(因果應報)라고 하지 않을 수 없다. 내가 재무부로부터 성라암 뒷산을 불하 받는 일이 매듭 됐을 무렵쯤 재무부에는 대대적인 감사 열풍이 몰아쳤다. 이때 나를 도와주었던 이상복 씨가 소속되어 있던 부서에서는 그의 상사와 부하 직원들을 포함하

여 여럿이 파면을 당했다. 구속된 사람도 있었다. 그러나 이상복 씨
만은 무사했을 뿐만 아니라 승진이 되었다. 어찌 부처님의 보살핌
이 있었다고 하지 않을 수 있겠는가.

어쨌거나 성라암 뒷산을 오르노라면 지금도 당시의 시련이 떠오
르면서 부처님이 계심을 다시금 되뇌이게 된다.

안이비설신의(眼耳鼻舌身意)를 6근이라고 한다. 색성향미촉법
(色聲香味觸法) 6진이라고 한다. 눈으로 보고 귀로 듣고 코로 냄새
맡고 혀로 미각을 분별하고 몸으로 느끼고 생각으로 법을 아는 것이
니, 근에서 진이 어우러진다. 해탈이란 6근 6진에서 벗어나 무애한
경지에 도달하는 것을 이른다고도 할 것이다. 중국의 한 화상이 시
를 한 수 남겼다.

근진형탈사비상　根塵逈脫事非常
긴파승두주일장　緊巴繩頭做一場
불시일번한철골　不是一番寒徹骨
쟁득매화박비향　爭得梅花撲鼻香
근진에서 벗어나는 일이 심상한 일이 아니구나.
노끈을 바싹 잡아당기듯 한바창 정진에 몰두하려는데
이 한번 뒤쳐서 찬 것이 뼈에 사무치지 않으면
어찌 매화의 향기가 코를 찌름을 얻으리오.

화두를 들 때는 노끈을 잡아당기듯 그렇게 바싹 몰두하는 인고를
거쳐야 추운 겨울을 지난 매화가 향기를 뿜듯 근진에서 벗어날 수
있음이 아니겠느냐는 내용이다.

시련이 지나갔다고 여겨지자 좀더 부처님 곁으로 가까이 가고 싶

다는 생각을 많이 하게 되었다. 그러나 절 살림을 살아야 하는 입장에서 보면 선방을 찾아갈 시간을 내기가 쉽지 않았다.

수덕사에서 비구니계를 받았고, 견성암의 선방을 찾아 노끈을 바싹 조이듯 정진에 몰두해 보기도 했지만 근진을 벗어나기는 역시 범상한 일이 아니라는 생각에 성라암으로 돌아오는 일이 반복되었다.

나는 늦었지만 학교 공부를 더 함으로써 학식을 넓혀 보자는 결심을 했다. 내가 동국대학교 대학원에 등록을 한 것은 1969년도였다. 대학원에 다닐 때 나는 또 한 번 시련을 겪어야 했다.

그 당시 우리 절 신도 한 명이 나를 찾아왔다. 해방 직후 어머니 스님이 살아 계실 때부터 신도가 되었던 보살의 아들이었다. 그 아들도 자기 어머니를 따라 오래 전부터 절을 드나들었기에 피차 잘 알고 있는 터였다.

그는 당시만 해도 흔치 않았던 외제 승용차에다가 쌀 한 가마니는 싣고 나타나서 척 시주를 한 다음, 법당에 들러 나온 뒤 나에게 말했다.

「스님, 제가 이번에 큰 사업을 하게 되었습니다.」

외제 차를 몰고 다닐 정도니 과연 좀 벌었나 보다고 여기며 물었다.

「무슨 사업인데요?」

「한국에서 미국으로 보내는 항공 화물을 전적으로 도맡아 대행하는 업종인데 전망이 좋습니다.」

「잘됐군요.」

「그런데 사업을 시작하자니 자금이 달려서 은행에서 융자를 좀 받기로 했습니다.」

「그래요?」

「융자받는데 담보를 설정해 달라는군요. 스님이 좀 도와주세요.

담보만 제공해 주시면 제가 대웅전을 지어 드리겠습니다.」

그는 자기 사업 전망에 대하여 열심히 설명을 했다. 말대로만 된다면 크게 성공할 것 같았다. 나는 그의 차를 타고 남대문 근처에 새로 얻어 놓았다는 사무실을 찾아가 보았다. 백여 평은 실히 될 것 같은 넓은 사무실에 테이블을 비롯한 집기들을 막 들여놓고 있었다. 현재로는 직원이 많지 않지만 테이블 수대로 사람을 채울 것으로 미루어 사업 규모가 꽤 클 것 같았다.

나는 대웅전을 희사해 주겠다는 말보다, 젊은 사람이 사업자금이 달린다는데 할 수 있으면 좀 도와주어야 하지 않겠느냐는 생각이 들어 담보를 제공해 주겠다는 약속을 하고 말았다.

그 날 밤에 꿈을 꾸었는데, 우리 절 살림이 모두 움막 속에 처넣어져 있는 것을 보게 되었다. 부처님이며 탱화까지 움막으로 옮겨져 있었다. 보증을 서 주었다가 망했다는 것이었다. 나는 빚쟁이에게 밭이나 한 모퉁이 부쳐먹고 살게 해달라고 사정사정하다가 깨어났다. 깨어나고 보니 예사 꿈 같지가 않았다. 아무래도 담보를 설정해 준다고 약속했던 것이 걸렸다. 담보를 제공해 주었다가 잘되면 다행이지만 잘못되면 절을 빼앗기게 될지도 모르는 일이었다.

나는 모든 절 재산의 법적 소유주로 되어 있지만, 절은 분명 내 개인의 것이기 이전에 부처님의 것이고, 신도들의 것이었다. 내 마음대로 보증을 서 주어서는 안 된다는 것을 뒤늦게 깨달았다.

나는 젊은 사업가 신도에게 내 입장을 누누이 설명했다. 그는 내 말을 듣고 여간 낙담한 표정이 아니었다.

인정에 끌리지 말고 냉정하게 대했다면 낭패를 보지 않았을 텐데 나는 그가 크게 실망하는 것을 대하자 애초에 약속했던 것도 있고 해서 다른 방편을 제의했다.

「모든 등기문서를 다 내드릴 수는 없지만 일부라도 도움이 된다면 담보용으로 드리지요.」

나는 법당 뒤 213평 짜리 한 필지를 담보로 설정해 주고 말았다. 그가 부도를 낸 것은 얼마 후의 일이다. 인정에 끌린 결과 213평의 절 땅을 날릴 위기에 처하고 말았다.

나는 대학원 강의를 듣기 위해 학교로 가면 내 전공 과목뿐만 아니라 더러 다른 과목을 수강하고는 했다. 이런 일을 당하게 되자 혹 도움이 될 수 있는 말을 듣게 될지도 모른다는 기대감에서 민법 강의실을 찾아갔다.

나는 강의를 마치고 연구실로 돌아가는 교수에게 말했다.

「교수님, 잠깐 시간 좀 내주실 수 있을까요?」

「못 보던 스님이시군요. 무슨 일이시죠?」

나는 그 교수에게 대학원생이라는 것을 밝히고 잠깐 법률 상담을 좀 했으면 좋겠다는 말을 했다. 그는 나를 자기의 연구실로 데리고 갔다.

「어디 말씀을 들어 볼까요?」

나는 내가 당한 일이라고 솔직히 털어놓지 않고 둘러댔다.

「제가 잘 아는 어떤 부인이 누가 은행돈을 융자받을 때 담보를 제공해 준 일이 있어요.」

「계속해 보십시오.」

「문제는, 은행돈을 빌린 사람이 부도가 나서 도망을 가버렸거든요. 이럴 경우 담보 잡힌 땅 문서를 되찾을 수 있을까요?」

「스님, 담보를 제공해 준 사람이 부인이라고 했죠?」

「그렇습니다.」

「남편은 알고 있는 일입니까?」

나는 교수의 질문에 잠시 머뭇거렸다. 이제 와서 내 문제라고 말할 수도 없었다. 그래서 적당히 대답했다.

「남편은 모를 거예요.」

「그럼 그 부인은 이혼을 당하겠군요.」

「이혼 사유가 되느냐 안 되느냐를 물어 보고 있는 것이 아니에요.」

「허허허, 알고 있습니다. 은행에 담보를 제공해 주었다는 것은 돈을 빌린 사람이 갚지 못하게 됐을 때 자기가 책임을 진다는 약속을 한 것이 됩니다. 땅 문서는 그 약속을 이행하는 데 쓰여지는 것이지 돌려 받을 수가 없다는 말입니다.」

교수는 내가 구제 받을 수 없다는 것을 일깨워 주었다. 사중(寺中)의 땅을 그런 식으로 날려서는 안 되는 일이었다. 나는 위기감을 느꼈다. 그대로 있을 수 없는 일이었다.

이튿날 은행을 찾아갔다. 나를 상대해 준 은행 직원은 담당 과장이었다. 나는 그에게 말했다.

「내 개인 땅이라면 말도 안 하겠는데 사중 땅이라 빼앗길 수 없어요.」

「은행에서 그 땅을 빼앗는 것이 아닙니다. 은행돈을 빌려 간 사람이 부도를 냈으니 담보물을 부득이 차입하는 것이지요. 이럴 줄 몰랐어요. 스님?」

「난 젊은 사람 좀 도와주자는 것뿐이었지 이렇게 될 줄은 정말 몰랐어요.」

「그러니 함부로 담보를 설정해 주는 것이 아닙니다. 안됐지만 돈을 갚기 전에는 방법이 없습니다.」

「어떻게 하면 돼죠?」

「마음 같아서는 도와드리고 싶지만 방법이 없어요. 돌아가세요.」

나는 그대로 돌아갈 수가 없었다. 고객들이 몰려 있는 창구 근처의 의자에 앉았다. 돈을 갚지 않는데 담보를 해제해 줄 수 없다는 것이 은행의 입장이라면 절 땅을 그런 식으로 잃어서는 안 된다는 것이 내 입장이었다. 서로의 입장 차이를 조절할 수 있는 방법이 없기에 안타깝기만 했다. 나는 하루 종일 의자에 앉아 이 생각 저 생각 위기를 극복할 수 있는 방법을 강구했다. 그러나 묘수는 없었다.

나는 이튿날도 은행으로 나가 어제의 그 의자를 차지하고 앉아 있었다. 과장은 어제 하루 종일 앉아 있다가 간 내가 다시 나타나서 또 그 자리를 점거하고 있는 것을 보자 말했다.

「스님, 이러신다고 문제가 해결되는 것이 아니라니까요.」

「알고 있어요.」

「알고 계시다면 돌아가셔서 은행돈을 안 갚고 달아난 그 사람이나 찾아보세요.」

「달아난 사람을 내가 무슨 수로 찾아내겠어요. 그리고 찾아낸들 부도를 낸 사람에게 돈이 있을 리도 없구요.」

「그렇다고 무턱대고 이렇게 여기 와서 계시면 어떻게 하시겠다는 거예요?」

「뭐 어쩌자는 게 아니에요. 절에 들어가면 스님들 볼 면목이 없으니까 여기로 피난을 나오는 거죠. 이곳에도 못 오게 하면 나는 갈 곳이 없어요.」

그는 답답하다는 듯이 나를 바라보다가 자기 자리로 돌아갔다. 다음날도 나는 은행으로 찾아갔다. 과장은 혀를 찼다.

「스님, 오늘도 나오셨어요?」

「절에는 있을 수 없으니 어쩌겠어요. 신경 쓰지 말고 볼일 보세요.」

「스님이 이렇게 하루 종일 나와 계시는데 어떻게 신경이 안 쓰여요?」

나는 매일 은행으로 출근을 했다. 직원들과 같은 시간에 출근하고, 그들이 퇴근할 때가 되어야 나도 자리를 떴다. 의자에 앉아 북적거리는 사람들 틈에서 눈을 감고 단주를 돌리며 나무관세음보살을 하루 종일 외웠다. 나는 오히려 마음이 차분하게 가라앉는데 은행 직원들이 더 신경을 썼다. 점심시간이 되면 과장이 말했다.

「스님, 이러다가 병나시겠어요. 점심이나 잡수시고, 앉아 계세요.」

「난 밥 먹을 염치가 없습니다. 목으로 넘어가지도 않구요.」

그렇게 20일이 흘러갔다. 나는 참선도 하고 무념무상에 빠지기도 하면서 하루 종일을 지루한 줄도 모르고 버텼다. 아무 곳에서나 화두를 잡아 선을 할 수 있다고 한 경산 큰스님의 말씀을 실천에 옮겨 보는 것이었다. 은행 과장이 나를 부른 것은 25일 만이었다.

「스님, 참으로 어지간하십니다. 스님은 모르겠지만 매일 이렇게 은행에 나오시니 은행장 이하 우리 행원들 중에 스님에 대해 신경을 안 쓰는 사람이 없게 됐단 말입니다.」

「……」

「그 동안 우리는 네 번이나 회의를 했습니다.」

유구무언, 나는 할 말이 없었다. 과장의 말이 계속되었다.

「담보를 설정해 준 사람이 스님 혼자뿐이면 어떻게 해보겠는데 임야 2만 평을 제공한 사람도 있습니다.」

젊은 사업가가 나뿐만이 아니라 또 다른 사람에게까지 피해를 주었다는 것을 알았다.

「빼주려면 그 사람도 빼주어야 하거든요. 그나저나 스님 땅이

150만원에 담보로 설정됐는데 그 돈은 있습니까?」

「그렇게 많은 돈이 중한테 어디 있겠어요.」

그는 답답하다는 듯이 나를 한번보고는 말을 계속했다.

「그럼 임야 2만 평을 담보 잡힌 사람과 잘 상의해 보십시오. 저는 그 사람에게, 원래 담보로 잡힌 땅은 부도를 낸 사람이 은행에서 빌린 돈을 모두 갚기 전에는 풀어 주지 않는 법인데 스님을 봐서 액수만 갚으면 저당 해제를 시켜 주겠다고 할 테니까요.」

그런 귀뜸을 해준 이튿날이었다. 은행 의자에 앉아 있는데 웬 사람이 나에게로 다가왔다.

「스님, 말씀 좀 나눕시다.」

나는 상대가 은행에 임야를 담보로 설정해 준 사람이라는 것을 알았다. 그러나 아직 확인이 안 되어 시치미를 떼고 말했다.

「무슨 말을요?」

「우선 어디 조용한 곳으로 자리를 좀 옮기시죠.」

「댁이 누군 줄 알고 조용한 곳으로 가잔다고 따라가겠어요?」

「스님도 저처럼 땅을 저당 잡혀 주었다가 피해를 봤다는 말씀 들었습니다. 함께 말씀을 나누다가 보면 해결점을 찾을 수 있을 것도 같아서 드리는 말씀입니다.」

이렇게 나오니 그의 말을 뿌리칠 수가 없었다. 나는 그와 함께 근처의 다방으로 갔다.

「스님도 융자금 전체를 갚지 않으면 저당 설정해 준 것을 해제해 주지 않는다는 걸 알고 계실 겁니다.」

「글쎄요. 난 그런 법적인 것은 잘 몰라요.」

그는 말이 안 통해 답답하다는 듯한 표정을 짓더니 계속했다.

「그 관례를 깨고 은행측에서 제 땅 2만 평과 절 땅에 대해서는 담보 액수만큼만 갚으면 해제해 준다고 했습니다. 스님은 얼마에 저당 설정을 해주신 겁니까?」

「150만 원이에요.」

「그 돈이 있습니까?」

「그렇게 많은 돈이 어디 있어요?」

「시가보다 헐한 저당 액수에 땅을 넘겨줄 수는 없잖습니까?」

「돈이 없으니 어떻게 해야 좋을지 모르겠어요.」

「제가 백만 원을 빌려 드리면 50만 원을 준비할 수 있겠어요?」

「50만 원도 저한테는 큰돈이에요.」

내가 돈을 마련하지 못하면 자기 혼자서는 담보를 설정해 준 땅을 되찾을 수 없으니 그는 몸이 달았다.

「30만 원은 설마 준비할 수 있겠지요?」

「그 정도라면 어떻게 해보겠어요.」

나는 30만 원을 마련했고, 그가 빌려준 120만 원을 보태서 은행에 지불하여 저당 설정을 해제할 수 있었다. 120만 원을 갚기로 한 기한은 1년이었다. 그러나 그때가 되어도 돈을 다 마련할 수가 없어서 모자라는 돈을 채우기 위해 지금의 주차장 터를 30만 원에 팔았다. 그로부터 10여 년 후에 나는 팔았던 땅을 2천 7백만 원에 되사들여 주차장을 만들어야 했으니 90배를 더 준 셈이다. 피해가 결코 적은 것이 아니었다.

부처님은 꿈을 통해 저당 설정을 해주지 말도록 현몽했었다. 비록 일부였지만 부처님의 뜻을 어긴 나는 그 대가를 호되게 치러야 했던 것이다. 어쨌거나 절 땅을 지키고 되찾을 수 있었던 것은 부처님의 보살핌이 있었기 때문이라고 여겨진다.

나는 1970년에 동국대학교 대학원을 수료했다. 젊은 사람들과 어울려 강의를 받는 과정을 통해 고루하고 보수적인 내 고정관념이나 가치관을 많이 수정할 수 있었다. 그렇지만 실제 학문적인 깊이를 더하는 데에는 크게 성과를 거둔 것 같지가 않다. 공부에만 매달리 수 없었던 때문이었다. 몸이 열 개라도 모자랄 만큼 바빴다. 이러니 조용히 정진에 몰두할 시간을 만들 수도 없었다.

되돌아보니 참으로 분망했다는 생각이 든다. 절 하나를 유지하고 키우는 데에는 소소한 것으로부터 큰 일에 이르기까지 신경써야 할 일이 한두 가지가 아니었다. 나는 종종 그 모두를 훌훌 내던지고 산중으로 들어가고 싶다는 생각을 했다. 집착 때문이었을까. 변명을 한다면, 내가 당대에 견성하기 힘들다면 모든 시간을 정진에 쏟기보다 나를 희생하여 다른 많은 대중들이 보다 좋은 조건에서 공부에 몰두할 수 있도록 여건을 조성해 주는 것으로 자족하며 내세를 도모하리라 생각했다.

대웅전과 범종각

나는 크고 작은 많은 시련을 겪었지만 그때마다 부처님의 돌보심이 있어서 성라암을 오늘까지 지켜올 수가 있었다. 그러기에 나는 이 신령스러운 성지에다가 부처님의 가르침을 보다 많은 사람들에게 펼 수 있는 불사를 조성해야 한다는 소명 의식을 느끼고 있었다.

우선 나는 대웅전을 크게 짓는 것이 시급하다고 여겼다. 내가 부처님을 모실 새 법당과 신도 회관을 지은 것은 60년대 말이었다. 어려울 때라 목수들 밥해 줄 형편도 되지 못해 밀가루로 수제비 국을 끓여 주었던 기억이 난다. 목수들도 형편을 아는지라 별 불평이 없었다. 신도들의 도움이 매우 컸다.

그러나 그토록 어렵게 한 불사였지만 법당의 규모가 너무 작아 70년대로 들어서면서 늘어나는 신도들을 다 수용하기에는 협소했다. 나는 능히 백년대계를 도모할 수 있는 대웅전을 세우고 싶었다. 워낙 많은 돈을 필요로 하기에 선뜻 시작하지 못하고 있었을 뿐이었다.

이 무렵 생존해 계시던 큰스님께서 조계종 총무원장직을 내놓고 대구 동화사(桐華寺)의 주지 소임을 맡게 되었다. 정확히 1972년

의 일이다. 경산 스님의 주지 취임식은 가사 불사 점안식과 더불어
진행될 예정이다. 나는 이 행사에 참석하기 위해 동화사로 내려갔
다. 이때 성라암 신도인 갈현동의 정인행 보살이 동행했다.

나는 정 보살과 같은 방에서 잠을 자게 되었다. 잠이 깜박 들었던
한밤중이었다. 정 보살이 흔들어 깨우는 바람에 나는 눈을 떴다.

「무슨 일이에요?」

「스님, 방금 제가 꿈을 꾸었는데 하도 이상해서 실례를 무릅쓰고
깨웠어요.」

「무슨 꿈을 꾸었는데 그래요?」

「글쎄 꿈에 성라암엘 갔더니 신도회관이 있어야 할 자리에 회관
대신 큰 연못이 생겨 있더라구요. 맑은 물이 철철 넘치는 연못에는
둥근 달이 잠겨 있고, 금붕어들이 마구 헤엄을 치고 있는 거예요.」

나는 그 말을 듣고 생각에 잠겼다가 해몽을 했다.

「달은 나를 상징하고 물은 신도들이야. 달과 물이 화락하여 연못
에 잠겨 있었으니 우리 절에 경사스러운 일이 있을 것 같아요. 좋은
꿈 꾸었네요, 뭐!」

이튿날 주지 취임식을 겸한 가사 점안식이 거행되는 날이었다.
서울에서 법경과 호진 스님, 프랑스인 여동찬 씨와 프랑스 대사관
에 근무하고 있던 사무원 등이 내려오기로 되어 있었다. 그러나
세 명은 나타났는데 법경 스님의 모습이 보이지 않았다. 나는 호
진 스님에게 물었다.

「법경 스님은 왜 안 왔어요?」

호진 스님은 곤혹스러운 표정을 지었다.

「놀라지 마세요.」

놀라지 말라니, 덜컹 가슴이 내려앉았다. 충분히 놀랄 만한 얘기

를 하겠다는 전제가 아니겠는가. 나는 법경 스님에게 무슨 나쁜 일이 생긴 것으로 지레 짐작했다.

「무슨 일인데 그래요. 법경 스님이 교통 사고라도……?」

「법경 스님은 아무 일도 없어요.」

「그럼 왜 같이 안 왔어요?」

「스님, 간밤에 성라암에 화재가 발생해서 신도 회관이 몽땅 타 버렸어요.」

그 신도 회관에는 운문사에서 올라온 나의 사형 스님이 묵고 있었다. 불이 났다면 사형이 변을 당했을 것이다. 내 목소리가 떨렸다.

「인명 피해는 없어요?」

「다친 사람은 없습니다.」

「내 사형이 그곳에서 늘 주무셨는데?」

「그 날 밤은 덕신 스님이 주무시는 방에 가서 잤답니다.」

덕신은 한때 나를 시봉했던 수좌였다. 사형이 무사하다는 말을 듣고 나사 부처님을 모셔 놓은 법당이 무사했는지가 궁금했다. 법당은 신도 회관과 추녀가 맞물려 있었다.

「법당은?」

「불이 안 옮겨갔습니다. 신도 회관만 전소되고 다른 곳은 다 무사합니다.」

그 무렵 성라암 근처에 아파트 공사가 막 시작된 참이었다. 무거운 골재를 실은 차량이 드나들면서 낡은 돌다리가 파손되고 말았다. 다리를 새로 놓지 않은 상태였기에 소방차가 출동했지만 진입할 수가 없었다고 했다. 그런데도 바람이 법당 반대쪽으로 불어 법당의 서까래 하나도 불길에 쏘이지 않았다는 말을 전했다. 만약 소방차가 들어올 수 있었다면 물을 퍼부어 오히려 피해가 컸을 것이다.

부처님은 소방차가 접근하지 못하는 때에 맞춰 신도 회관을 전소시킨 게 아닐까? 왜 그랬을까?

나는 법당이 비좁아 새로운 대웅전을 조성한 다음 법당은 명부전으로 써야겠다는 생각을 해 오던 터였다. 많은 사람들이 대웅전을 새로 지으려면 신도 회관을 헐고 그 자리에다 지으라고 권했다. 그곳이 가람 배치의 조경적인 면으로 보아 대웅전이 들어서야 할 자리라는 것이었다.

그러나 새로운 대웅전을 짓더라도 신도 회관을 헐어 버릴 생각은 하지 않았다. 잘 지어진 건물이어서 헐어 버리기에는 너무 아까웠기 때문이었다. 그래서 신도 회관 뒤쪽 산에다가 대웅전을 지을 요량이었던 것이다.

부처님께서는 내가 신도 회관을 헐 생각을 했다면 화재를 내지 않았을 것이다. 헐지 않으려고 했기 때문에 그 자리에다가 대웅전을 짓도록 하기 위해서 신도 회관만 전소시킨 것이었다. 성라암으로 진입하는 다리부터 일단 끊어 놓고 불을 냈으므로 법당은 온전히 보존될 수 있었다. 맞붙어 있는 법당의 서까래에 그을음도 생기지 않았다는 것이, 인명 피해가 없었다는 것이, 부처님이 불을 낸 것이라는 사실을 뒷받침해 주고 있었다.

정인행 보살의 꿈에 신도 회관의 자리에 연못이 생겨 있고, 그 연못에 달이 떠 있었다고 하더니 그 꿈은 수월도량(水月道場)이 들어서게 된다는 것을 의미했던 것이다. 화재가 발생했다고는 하지만 역시 넓게 보면 나와 신도들에게 경사스러운 일이 있을 터였다. 꿈풀이는 틀린 것이 아니었다. 나는 평정을 되찾았다.

호진 스님이 말했다.

「뒷수습하느라고 법경 스님은 못 내려온 겁니다. 스님도 어서 서울로 올라가 보십시오.」

「난 행사가 끝나는 걸 보고 올라갈 거예요.」

「스님, 지금 그럴 때가 아니라니까요.」

「기왕에 난 불이고, 다른 인명 피해는 없었다니 됐어요. 내가 지금 당장 올라간다고 좋아지는 것은 없잖아요.」

호진 스님은 왜소한 체구의 비구니가 어찌 그리 담대하고 여유가 있을 수 있느냐는 표정으로 나를 보았지만 나는 태연했다. 경산 큰스님의 주지 취임식에는 내가 알고 있는 많은 스님들이 참석했다. 나는 그들에게 화재가 났다는 말을 일체 하지 않고 행사가 끝나자 서울로 돌아왔다.

신도 회관은 치명적인 화상을 입은 모습으로 나를 맞이했다. 벽돌만 서 있고 폭삭 주저앉은 지붕이며, 어느 곳 하나 옛모습을 그대로 간직하고 있는 부분이 없었다. 그런 잔해를 대하는 내 심정은 내가 생각해도 이상하리만치 담담했다. 화재가 발생했었다는 사실은 별로 놀랍지가 않은데 맞붙어 있는 법당이나 요사채에 아무런 피해가 발생하지 않았다는 것은 놀라웠다. 다시 생각해 보아도 부처님의 뜻이라고 여길 수밖에 없었다.

그 동안 신도 회관에서 머물고 있던 사형 스님은 나를 보자 마치 불이 난 것이 자기 탓이라도 되는 양 울음을 터뜨렸다.

「형님이 불냈다고 그러지도 않았는데 왜 우세요?」

스님은 여전히 울면서 말했다.

「전에는 안 그랬는데 어젯밤에는 어찌나 무서운 생각이 들던지 혼자 잘 수 없더라구. 그래서 덕신이 방으로 내려왔다가 그만 거기서 잠이 들고 말았어. 지금까지 거처하던 방으로 되돌아갔다면 자다가 꼼짝없이 불에 타 죽었을 거야.」

264

「불에 타지 않고 살아난 것이 꿈 같아 우시는 거예요?」

「동생은 그럼 아무렇지도 않아?」

「부처님 모신 법당이 무사하고, 형님도 다치지 않았는데 그것만도 부처님이 도우신 거죠. 대웅전을 그 자리에다 지으라고 부처님이 신도 회간을 태워 버리신 거예요.」

사형 스님은 눈물을 그치지 않았다.

「그만 두시라니까요!」

「내 옷이 모두 타 버렸어.」

「제가 새 옷 해 드릴게요. 그럼 됐죠?」

그래도 사형은 훌쩍거렸다.

「그 동안 내가 썼던 일기장도 모두 타 버렸어. 자서전을 쓰려던 중이었는데 재료감이 모두 타 버렸으니 난 어떡해!」

사형 스님은 은사 김일엽 스님의 본을 받아 책을 출판할 생각으로 그 동안 성라암에 머물면서 자서전 집필을 해 왔다. 그 것이 모두 타 버렸으니 속이 상할 수밖에 없었을 것이다.

「자서전이 사람 목숨보다 중한 것은 아니잖아요. 속은 상하시겠지만 감사하게도 생명이 무사했으니 그만 진정하세요.」

화인(火因)은 전기 누전으로 밝혀졌다. 그러나 나는 부처님이 신도 회관 자리에다가, 그것도 더 이상 늦추지 말고 빨리 대웅전을 지으라는 뜻에서 불을 냈던 것이라고 여겼기에 불사를 서둘렀다.

사실 신도 회관이 있던 자리를 다듬어 놓고 보니 역시 그 자리가 가장 좋은 대웅전 터였다. 부처님이 이유 없이 나에게 재난을 주실 리가 없었다.

갈음불습수 渴飮不濕水

기칙불포반 飢則不飽飯
좌수월도장 坐水月道場
주공화불사 主空華佛事
목이 마르면 젖지 않는 물을 마시고
배가 고프면 배부르지 않는 밥을 먹고
수월도량에 앉아서
공화불사를 주도하네.

불사와 관련하여 옛 조사가 남긴 시다.

공화불사란 건물을 짓되, 그것에 집착하지 않는 불사를 말한다. 연못에 달이 잠겨 있는 꿈을 꾼 바로 그 장소에다가 불사를 조성하기로 했으니 수월도량이 될 것은 틀림없으나, 공화불사를 해야 한다는 점만은 쉬운 경지가 아니었다.

불사란 절의 주지 혼자 힘만으로 되는 것이 아니었다. 신도들의 화주가 없다면 엄두도 못 낼 일이었다. 나는 신도들에게 모연(募緣)을 호소했다.

「부처님의 광대무변한 광명이 우주에 충만하고 보살의 무시무종한 자비가 법계에 창일하여 멀리 시공의 윤곽을 벗어났으며 생사의 유한을 초월했습니다. 그러나 어둡고 어리석을 중생으로서는 아직도 암야의 미로를 탈출하지 못하고 번뇌의 속박을 형출하지 못하였으니 참으로 가엾기 그지없는 처지이며 애석하기 그지없는 현실이 아닐 수 없습니다.

화엄경에 이런 말이 있습니다. 어두운 데 있는 보배는 등불이 아니면 볼 수가 없고 불법이란 남을 위해 설하지 않으면 슬기 있는 사람이라도 알 수가 없다는 것입니다. 대웅전이 창건된다는 것은 정신수련과 인격도야를 할 수 있는 도량이 마련된다는 말이며 전미개오의 신성한 법전이 건립된다는 것을 의미합니다. 자성이 미암의 구렁에 빠져 있으면서도 빠져 있는 줄까지 모르고 허덕이는 어리석은 중생을 자비의 대광명으로 건져 줄 수 있는 터전이 이룩되는 것이며, 사생육취의 윤회 속에서 영겁의 고통을 면하지 못하고 업해파랑에 부침하는 군미들에게 감로정법을 공급할 수 있는 복전이 마련되는 것입니다.

이러한 뜻에서 이번에 대웅전을 건축하여 안으로 자기 완성의 성지를 만들고 밖으로 광도중생의 대원을 홍포코자 하옵는바 소승의 약한 힘으로 도저히 완공의 성취를 기하기 어려워 부득이 뜻 높으신 청신자 청신녀 여러분들의 지대하신 원호와 물심양면의 위법 정신을 바라는 동시에 장엄 거대한 이 불사가 하루 빨리 성취되도록 수회 동참하여 주시기를 지극히 빕니다.」

나의 간절한 동참 호소에 신도들이 적극적으로 나서며 힘을 합쳤다. 어떤 신도는 서까래를 맡았고, 기와에서 기둥, 문짝, 창방, 장여, 굴도리, 중양보, 동주대공, 주두, 소로, 단초, 큰보, 중보……하는 식으로 하나씩 맡아 시주를 해주었다.

여러 신도들이 힘을 합해 불사를 하는 것이니 주지라 해서 그것의 소유권을 주장해서는 안 되고 집착해서도 도 안 될 것이다. 내가 이룩한 모든 성라암 불사는 결국 미련 없이 신도들에게, 후임 소임자에게 내주어야 하리라, 나는 아직도 주지직을 맡고 있다. 너무 오랫동안 자리를 지켜 왔다는 생각이 든다. 이 글을 쓰면서 공화불사의 의미를 다시금 곰곰 되뇌여 보고 있다.

마침내 대웅전 낙성식을 갖게 되었다. 부처님을 새로 모시고, 지금까지 법당으로 사용했던 곳은 명부전으로 바꾸어 현재에 이른다.

나의 내면에서는 항상 두 가지 생각이 나뉘어 치열한 싸움을 벌였다. 하나는 승려로서 정진에 몰두하여 견성하고 싶다는 욕망이었고, 다른 하나는 성라암의 주지로서 가람을 지키고 키워야 하는 일을 등한시할 수 없다는 것이었다.

나는 성라암을 세운 이래 너무도 많은 시간을 그 발전에 투자해야 했다. 이런 노력이 있었기에 백년 앞을 내다보며 길이 후손에게 물려주어도 손색이 없을 대웅전을 마침내 짓게 되었지만, 이러다 보니 성라암에 대해 남다른 애착을 가지게 된 것도 사실이다. 그러나 이것은 말하자면 공화불사를 해야 한다는 가르침에는 위배되는 것이라고 할 수 있을 것이다.

솔직히 말해 여기에 나의 고민이 있었다. 이만하면 젊은 사람들에게 주지 자리를 내주고 이제는 공부에 전념해야 되는 것이 아닐까 하고 심각하게 생각하기 시작했다.

나는 물론 머리를 깎은 이래 지금껏 어김없이 저녁 9시만 넘으면 소등을 하고, 새벽 3시면 일어나 예불을 드리고, 경을 읽으며 참선하는 생활을 해왔다. 나이가 들면서 3시에 일어나던 것이 더 앞당겨져서 2시면 기상을 한다. 잠자는 시간이 줄면 줄었지 늘어나지는 않았다. 한 번도 나태해지거나 게으름을 피운 일이 없다는 말이다.

그렇지만 이것만으로는 성이 차지 않았다. 나는 성라암을 떠나 선방으로 가고 싶었다. 그리하여 선방행을 단행하기로 하고 이에 앞서 상좌를 불렀다.

「나는 이번에 통도사 제일선원에 내려가서 동안거 결재를 마치고 올 테니 네가 당분간 주지가 되어 절 살림을 하고 있거라.」

내가 없는 동안 상좌가 살림을 잘 살았다는 것이 확인되면 그를 정식 주지로 임명할 생각이었다. 그러기 전에 임시로 주지 대행을 맡겨 보는 셈이었다. 시험이라기보다는 훈련기간을 두자는 뜻이었다. 제발 그 기간을 잘 넘겨 내가 안심하고 모든 것을 맡길 수 있게 되기를 바랐다. 1974년도의 일이다.

나는 통도사 제일선원인 내원사에 머물면서 정진에 몰두할 수가 있었다. 조실인 경봉 스님으로부터 귀한 법문을 들을 수 있어 무엇보다 다행이었다. 경봉 스님은 열반하신 어머니 스님으로부터 여러 번 말씀을 전해들은 바가 있어 더욱 존경의 염이 드는 큰스님이었다.

경봉 스님은 한학에 조예가 깊은 분이어서 법문 중에 한시나 조사들이 남긴 선시(禪時)를 자주 일러주셨다.

경봉 스님이 말씀하셨다.

「선은 부처님 마음이요, 교는 부처님 말씀으로, 참선을 한다는 것은 자기의 마음 자리를 찾는 일입니다.」

선을 선나(禪那), 기악(棄惡), 공덕총림(功德叢林), 사유수(思惟修), 정(定), 삼매(三昧), 정수(正受), 삼마제(三摩提), 사마타(奢摩他), 해탈(解脫), 배사(背捨), 삼마지(三摩地) 등 여러 이름으로 부르고 있는데, 근본 뜻은 마음이 한 경지에 머문다는 의미이나 그 당체가 열반묘심(涅槃妙心)이라고 경봉 스님은 정리했다.

선은 이렇듯 여러 명칭이 있다. 그리고 부처님은 〈지지경(地持經)〉에 선의 종류를 여덟 가지로 분류해 놓으셨다.

첫째는 자성선(自性禪)이니, 닦은 바 선이 마음의 실상을 관(觀)하는 이것밖에 더 구할 것이 없는 것을 말한다.

둘째는 일체선(一切禪)이니, 능히 자기가 수행을 잘하여 다른 사람을 교화할 수 있는 일체공덕을 말한다.

셋째는 난선(難禪)으로서, 깊고 오묘하여 수행하기가 어려움을 이른다.

넷째는 일체문선(一切門禪)으로서, 모든 선정이 모두 이 문으로 나오기 때문이다.

다섯째는 선인선(善人禪)이니, 대선근(大善根)의 중생이 한가지로 수행함을 뜻한다.

여섯째는 일체행선(一切行禪)으로서, 모든 괴로움을 없애 주는 것을 말한다.

일곱째는 차세타세락선(此世他世樂禪)으로서, 중생들에게 능히 모두 이세(二世)의 즐거움을 얻게 하는 것을 뜻한다.

여덟째는 청정정선(淸淨淨禪)으로서, 다겁다생에 혹업(惑業)을 끊고 대보리(大菩提)의 맑은 결과를 얻는 것을 의미한다.

경봉 스님은 선이란 마음 가운데 망상을 쉬고 진성(眞性)을 나타내는 공부이며, 몸 가운데 화기(火氣)를 내려가게 하고 수기(水氣)를 오르게 하는 방법이니, 망상을 쉬면 물기운이 오르고 물기운이 오르면 망상이 가라앉아 몸과 마음이 한결같으며 정신과 기운이 상쾌해진다고 전재하셨다. 그리고 만약 망상을 쉬지 못하면 불기운이 항상 위로 솟아서 온몸의 물기운을 태우고 정신의 광명을 덮는다고 말씀했다.

「사람의 육근기관이 모두 상부에 해당하는 두뇌에 있는 것이므로 보는 것 듣는 것 생각하는 것 등이 육근을 통하게 되어 있습니다. 그러므로 노심초사하여 무엇을 오래 생각한다든지, 눈으로 무엇을 세밀하게 오래 본다든지, 소리를 높여 무슨 말을 힘써 한다든지 하면 반드시 얼굴이 붉어지고 입안에 침이 바싹 마르는 법입니다. 이 것이 곧 불기운이 위로 오르는 현상이니 당연한 일에 육근기관을 쓰는 것도 조절해 가며 써야 하거늘 하물며 쓸데없는 망상을 끓여 두뇌의 등불을 밤낮 없이 켜면 되겠소? 좌선은 모든 망상을 제거하고 진여의 본성을 나타내며, 일체의 불기운을 내리고 청정한 물기운을 조화시켜 주는 것이니 어찌 정진하지 않을 수 있으리오!」

경봉 스님이 들려주신 이야기 법문 대목이다.

당나라의 배(裵)씨 집안에 등이 맞붙은 기형 쌍둥이가 태어났다. 부모가 칼로 등을 갈라 키웠는데, 살이 많이 붙은 아이는 형으로서 도라고 불렀고, 적게 붙은 아이가 동생인 탁이었다. 쌍둥이 형제는 부모를 일찍 여의었다. 형 도는 외삼촌에게 의탁했고, 동생 탁은 어디론지 자취를 감춰 버렸다.

도가 살고 있는 외삼촌 집에 한 선사가 찾아왔다. 도는 그 선사가 자기를 두고 외삼촌에게 하는 말을 문밖에서 엿듣게 되었다.

「내가 보니 도라는 아이는 워낙 복이 없어 거지밖에 될 것이 없는 아이입니다. 그 아이가 팔자대로 되려면 우선 이 집이 망해야 하는 고로, 이 말은 곧 그 아이를 집에 두면 이 집안이 망한다는 뜻이올시다. 그렇게 되기 전에 빨리 내보내십시오.」

도는 그 말을 엿듣고 외삼촌 집을 떠났다. 어차피 거지가 될 거라면 일찍부터 빌어먹을 일이지 외삼촌을 망하게 해 놓고 거리로 나설 일이 아니라고 여겼기 때문이다.

도는 거지가 되어 돌아다니던 중에 어느 절의 목욕탕에서 부인삼대(婦人三帶)라는 귀중한 보물을 줍게 되었다. 부인삼대라는 보물에는 애절한 사연이 깃들여 있었다. 죄를 지은 삼대독자 아들의 목숨을 구하려고 그 어머니가 가산을 모두 팔아 멀리 촉나라까지 가서 구해 온 것이었다. 삼대 독자의 어머니는 그것을 관장에게 주고 아들을 살려 달라고 애원할 참이었는데, 절에 불공을 드리러 왔다가 빠뜨리고 간 것이었다.

비록 거지였지만 도는 부인삼대를 가로채지 않고 잠시 후에 헐레

벌떡 나타난 주인에게 돌려주었다. 그의 청정한 마음은 사람의 목숨을 구할 수 있게 했다. 그런 일이 있은 후, 도가 외삼촌 집에 들렀는데 마침 예의 그 선사가 찾아와 있다가 도를 보더니 말했다.

「네가 정승이 되겠구나.」

도가 물었다.

「언제는 내가 빌어먹겠다더니 오늘은 정승이 되겠다고 하십니까? 어느 것이 참말입니까?」

「전날에는 너의 관상(觀相)을 보았고, 오늘은 너의 심상(心相)을 보았느니라.」

마음을 바로 쓰면 관상이 나쁜 사람도 크게 될 수 있다는 말이다. 과연 도는 선사의 말대로 정승의 자리에 올랐다.

지위가 높아지자 그는 어릴 때 헤어진 동생을 백방으로 찾았다. 고생만 했을 것 같아 호위호식을 시켜 주고 싶었기 때문이었다. 오랫동안 찾던 동생을 만난 것은 황하강에서였다.

배를 타고 건너던 중에 웃통을 벗어 접히고 노를 짓고 있는 뱃사공의 등을 보니 자기와 같은 흉터가 있었다. 그래서 어릴 때 헤어진 동생이라는 것을 알아차리고 물었다.

「그대의 이름이 배탁이 아닌가?」

「그러합니다.」

「그렇다면 내가 너의 형 도다. 뜻하지 않게 정승이 되어 너를 얼마나 찾았는지 아느냐?」

「형님이 정승이 되신 줄은 알고 있었습니다.」

「그런데 어찌 찾아오지 않았느냐?」

「형님은 형님 복이 있어 정승이 된 것입니다. 내가 형님 덕에 잘 지낼 수는 없지요. 배를 하나 마련해서 오는 사람 가는 사람 건네주며 나도 잘 지내고 있습니다.」

동생은 형이 아무리 같이 가자고 해도 따르지 않았다. 넓은 산과 물을 벗삼아 오가는 사람들을 건네주며 유유자적으로 사는 것이 삼공지위(三公地位)에 못지 않다고 여긴 것이었다. 세상 영욕을 초월하여 부귀영화를 초개처럼 알았으니, 고매하고 세상사는 멋을 아는 사람이라 하지 않을 수 없을 것이다.

남의 물건을 탐하지 않음으로써 사람의 목숨을 구할 수 있게 한 형이나, 의타심을 버린 동생이나 모두 청정한 마음을 가진 사람들이다. 이들 형제의 일화는 십지보살(拾地菩薩)이 큰 원력을 발해서 열 가지 청정한 마음을 얻는 화엄경 십지품(十地品)을 연상케 했다. 그 열 가지는 다음과 같다.

첫째는, 남을 이롭게 하는 마음이다.

둘째는, 유연하고 부드러운 마음을 말한다. 유연하고 부드러운 마음속에 화(和)가 깃든다. 가정과 사회와 국가의 화가 모두 화한 마음에서 비롯되는 것이다.

셋째는, 남을 수순하여 주는 마음이다.

넷째는, 적정심(寂靜心)이다. 아무리 바빠도 태연부동, 고요한 마음을 가지면 경지에 들 수 있을 것이다.

다섯째는 조복심(調伏心)이니, 나쁜 마음이나 남을 속이는 마음을 항복 받고 꺾어 버리는 마음을 말한다.

여섯째는, 적멸심(寂滅心)이다. 이도 고요한 마음을 말한다.

일곱째는, 겸손하고 하심(下心)한 겸화심(謙和心)이다.

여덟째는, 초조하거나 속에서 불이 일지 않게 하고 윤택스럽게 하여 남까지 윤택하게 해주는 윤택심(潤澤心)이다.

아홉째는, 동하지 않는 부동심(不動心)을 말한다.

열번째는, 불탁심(不濁心)을 이른다.

나는 통도사 선원의 동안거 결재를 통해 많은 것을 깨우칠 수가 있었다. 경봉 스님은 신라 시대로부터 우리나라의 불교가 호국 불교였다는 것을 강조하신 다음 말씀하셨다.

「통일이라는 중차대한 민족 과업을 앞에 놓고 있는 만큼 여러 스님네들은 모쪼록 불자들에게 애국하는 마음을 심어 주고, 그리하여 통일이 앞당겨질 수 있도록 해야 합니다. 그런데 작금의 현실을 보니 기독교가 너무 성하여 기존의 가치관이 흔들리고 있습니다.」

우리의 문화적 위업이 불교를 떠나서 존재할 수 없을 것이다. 예로부터 전해져 온 국보나 보물은 모두 불교 문화의 유산이다. 우리가 세계 최초의 인쇄술을 가지고 있는 문화 민족이라는 긍지심도〈직지심경〉이 있기 때문이다. 외국인 관광객들에게 자랑스럽게 내보일 수 있는 것이 모두 불교와 관련된 것이고, 조상 숭배를 위시한 우리의 전통적 가치관도 불교와 무관하지 않다.

그런데도 이런 것들을 대수롭지 않게 여기거나 무시함으로써 전통적 가치관이 오도되고, 문화 말살의 죄악을 범하고 있으니, 하루빨리 이를 바로잡아야 할 것이다.

경봉 스님은 서라벌의 각 사찰에서 울려 퍼지던 우려하고 그윽한 종소리가 신라인에게 호국의 마음을 일깨워 주었고, 가치관을 계승 발전하게 했다는 점을 상기시켰다. 우리나라 전국 방방곡곡에서 종소리가 울려 퍼질 때 가치관이 오도되는 일이 멈추고, 통일을 앞당길 수 있는 길이 열리게 될 것이라고 강조했다. 나는 이 말씀을 듣고 성라암에 대종불사를 해야겠다는 결심을 했다.

동안거는 정월 보름이 아니라 한 달을 앞당겨 해제되었다. 마침 대통령 선거가 눈앞에 다가와 있었는데, 경봉 스님이 이를 두고 말씀했다.

「원래는 기간을 다 채워야 하겠지만 국가적으로 중대한 일이 있으니 불교인이라고 해서 외면할 수 없는 터, 서둘러 각자의 절로 돌아가서 선거에 임하도록 부탁드립니다.」

이렇게 하여 부득이 기간을 다 채우지 못하고 성라암으로 돌아오게 되었다. 내가 예정보다 일찍 돌아오자 임시 주지를 맡았던 상좌의 안색이 변했다. 아마도 자기를 못 믿어서 기간도 채우지 않고 돌아왔다고 여긴 것 같았다. 내가 방으로 들어가자 따라와 절을 했다. 나에게 어찌 예상보다 빨리 왔느냐는 것을 묻지도 않았다. 나도 그 문제보다 그 동안 별일 없었느냐는 것을 묻기에 바빴다. 의례적인 말이 오고간 다음 방에서 나간 상좌는 모습을 나타내지 않았다. 저녁 공양 시간에도 보이지 않았다. 그래서 다른 상좌에게 물었다.

「어떻게 된 일이냐, 상좌의 얼굴이 안 보이니?」

「어디 가셨어요.」

내가 나타나자마자 어디를 갔다니……? 이해가 되지 않는 일이었다. 부득이한 볼일이 있었다면 얘기를 하고 다녀옴이 마땅하지 않은가.

「어디를 갔는데……?」

「몰라요. 바랑 들고 나가시데요.」

공양을 마치고 그 상좌가 쓰고 있던 방으로 가보니 옷가지와 소지품이 보이지 않았다. 그제야 잠시 볼일을 보러 간 것이 아님을 알았다. 사람을 믿지 않는데 이 절에서 장차 주지를 하면 무엇 하느냐며 훌훌 자취를 감춘 것이었다. 전후 사정을 들어보지도 않고 이런 경솔한 행동을 할 수 있단 말인가. 정 섭섭하여 떠나기로 했다면 떠나더라도 정리할 것은 정리한 연후에 떠나야지, 이렇게 무책임하다니, 결국 그렇게 떠난 그 아이는 다시 돌아오지 않았다. 몇 년을 기다리다가 채탈도첩을 시킬 수밖에 없었다. 나로서는 가슴 아픈 기억이다.

이렇게 되니 내가 다시 절을 맡지 않을 수 없었다. 나는 즉시 범종각을 짓고 대종을 주조하는 불사에 들어갔다.

대종을 주조한 공장은 성남시를 막 벗어난 지점에 있었다. 신도들 중에는 집에서 쓰던 은수저를 가져와 공덕대해(功德大海)에 동참의 기연을 맺어 주는 분까지 있었다. 나는 범종 불사를 위해 신도들에게 호소했다.

「사찰의 기물 가운데 종보다 더 중요한 것은 없을 것입니다. 어두운 곳을 환히 밝히는 동시에 어리석음에 잠들어 있는 중생을 깨우쳐 주는 거룩한 도구이기 때문입니다. 종이란 불음의 생명이요, 경각의 법이기 때문에 무엇보다 우선해서 존중해야 되는 것입니다.

본사에서 지금까지 가장 소중한 대종을 가지지 못했다는 것은 실로 유감스럽기 그지없는 일이며 사찰의 지대한 사명 가운데 하나를 망각하고 있었다 하지 않을 수 없습니다. 그리하여 소승은 모든 역량이 부족한 것을 자인하면서도 감히 이 불사만은 기어이 성취하겠다는 발원 아래 외람되이 합장하고 일어서게 되었습니다.

여기에는 오직 여러 신도님들의 지극한 신심과 특별하신 애호가 있어 주어야 할 것이며, 사해제위의 부단하신 지도와 편달이 있어야 할 것입니다. 바라옵건대 거룩한 이 불사가 원만히 이루어지도록 모든 가호가 있으시기를 빕니다.」

우리는 7백 관짜리 대종을 주문했다. 나는 신도들과 함께 시간이 있을 때면 성남시 외곽의 주조 공장으로 찾아가 기도를 드리고는 했다. 수덕사의 도성 스님이 이 기도에 동참해 주었던 기억이 난다.

신도제현의 간절한 염원이 답지하여 범종 제작이 무사히 완성되었다. 마침내 7백 관짜리 대종을 범종각으로 운반하는 역사가 시작되었다. 종이 워낙 크고 무거워서 수십 명의 장정들이 매달려 가까스로 운반할 수가 있었다.

대종을 범종각에 안치하고 나서 타종식을 가졌다. 건추를 당겼다가 종신을 향해 힘껏 치니 우렁찬 소리가 울려 퍼졌다. 웅웅웅 우는 소리는 내 마음의 묵은 체증을 말끔히 내려가게 해 줄 만큼 시원했다. 종소리는 귀로 전해져 가슴을 울리고, 성북동 산골짜기를 돌아 마을로 마을로, 널리, 멀리 퍼져 나갔다.

우리 성라암의 대종은 소리의 웅장함과 외형미의 수려함에서 짝을 찾기 힘들 정도로 빼어났다. 그 이후 서울의 각 사찰에서 대종을 제작할 때면 우리 절에 와서 대종을 보고, 직접 쳐 본 다음 주문을 하기 시작했다. 우리 종을 제작했던 업자가 새로운 주문을 받을 때면 성라암에 가서 샘플을 보고 결정하라는 말을 하기 때문이었다. 그만큼 잘 만들어진 종이었다.

법종각 불사 이래로 새벽 3시 반, 도량석을 돌고 난 후인 인시(寅時)에 매일 타종을 해오고 있다. 건추가 33번 오가며 타종을 한다.

원차종성편법계　願此鐘聲遍法界
철위유암실개명　鐵圍幽暗悉皆明
삼도이고파도산　三途離苦破刀山
일절중생성정각　一切衆生成正覺
바라옵건대 이 종소리가 법계에 두루 울려 퍼져서
철위산에 둘러싸인 깊고 어두운 무간지옥도 다 밝아지고
지옥 아귀 축생 삼악도의 고통을 벗어나고 도산지옥도 모두 파

해져서

일체 중생이 올바르게 깨닫게 되어지이다.

저녁에는 스물여덟 번 타종을 한다. 종소리는 하루도 빠짐없이 울려 퍼진다.

문종성번뇌단　聞鐘聲煩惱斷
지혜장보제생　智慧長菩提生
이지옥출삼계　離地獄出三界
원성불도중생　願成佛度衆生
이 종소리를 듣고 일체번뇌를 끊고
지혜를 기르고 불심을 내어
지옥을 떠나고 삼계를 벗어나
성불하여 중생제도하기를 원합니다.

사위가 어둠의 적막에 쌓여 있는, 잠들었던 만물이 채 깨어나기 전의 첫새벽에 울려 퍼지는 종소리가 사람들의 잠을 방해하기도 했을 것이다. 종소리가 울려 퍼지기 시작하자 여기저기에서 파출소로 진정을 하기 시작했다. 특히 기독교인들의 항의가 거세었다. 파출소장이 찾아왔다.

「스님, 종소리 때문에 시끄러워 잠을 잘 수 없다는 항의가 거센데 어쩌면 좋죠?」

「당찮은 소리 마십시오. 아비지옥에 빠진 죄고중생도 종소리가 날 때만은 고를 면하고 쉴 수 있다고 했어요. 우리 종소리는 대한민국 방방곡곡에 울려 퍼져 통일을 기원하고, 저 도솔천과 아비지옥

278

까지 들리게 하여 죄고중생도 구해야 하는 종소리인데, 그것을 그만두라니 말이 되는 얘기입니까?」

나는 타종을 멈출 수 없었다. 성라암 앞에 새로 지어진 맨션에 예수교 신자가 이사를 왔다. 종소리가 나자 첫새벽에 아파트 옥상으로 올라온 그 남자가 소리를 질렀다.

「거 종 좀 치지 마시오!」

건추가 종신을 때리자 종소리는 남자의 고함소리를 삼키며 울려 퍼졌다. 매일 아침 같은 시간에 신경전이 오고 갔다. 그러더니 하루는 그 남자의 부인으로 보이는 여자가 악을 썼다. 주민 중에는 종소리는 괜찮지만 첫새벽에 듣는 여자의 고함소리는 듣기 싫다며 그 여자에게 핀잔을 놓는 사람도 있었다. 한동안 고함을 지르던 그들 부부는 한 달이 지나자 이사를 갔는지 아니면 종소리를 듣는 동안 발심을 하게 되었는지 그 이후로는 잠잠해졌다.

선원에서 비구니 대학까지

나는 시간에 매여 선방을 찾아다닐 수 없게 되자 성라암에다가 선원(禪院)을 만들 생각을 했다. 서울에도 비구니 스님네가 참선할 수 있는 선원이 있으면 좋겠다고 동조하는 스님이 적잖아 나는 용기를 얻었다. 내가 150평 규모의 성라암 선원을 만든 것은 1978년도였다. 그 해 비구니 스님 20여 명이 모여 하안거(夏安居)에 들어가게 되었다. 입승은 응민 스님이 보았다.

좌선하는 방법은 일견 간단한 것 같지만 그 요령을 모르는 불자가 있는 것 같아 몇 자 적어 둔다.

첫째, 좌복을 펴고 반가부좌로 편안히 앉은 뒤에 머리와 허리를 곧게 하여 앉은 자세를 바르게 할 것.

둘째, 온몸의 힘을 아랫배 단전에 모아서 일념주착(一念住着)도 없이 다만 단전에 기운이 머물러 있는 것만 어림대중하되, 방심하면 단전의 그 기운이 풀어지니 곧 다시 챙겨서 기운이 머물게 할 것.

셋째, 호흡을 고르게 하되 들이마시는 숨을 조금 길고, 강하게 하며 내쉬는 숨은 조금 짧고 가늘게 할 것.

넷째, 눈은 항상 반쯤 열어 수마(睡魔)를 제거하되, 정신이 상쾌하여 눈을 감아도 잠이 침범할 염려가 없으면 감고 할 것.

다섯째, 입은 항상 다물어야 한다. 공부를 오래 하여 수승화강(水昇火降)이 잘되면 밝고 윤활한 침이 혀끝과 이 사이로 계속하여 나오는데 그 침을 입에 가득 모아 삼킬 것.

여섯째, 정신은 항상 적적한 가운데 성성(惺惺)하고 성성한 가운데 적적해야 한다. 만약 정신이 혼미해지거든 다시 새롭게 정신을 차리고, 망상에 흐르거든 바른 생각으로 돌이켜서 화두(話頭)를 역력히 들면 혼미함과 산란과 망상이 잦아진다.

일곱째, 초심자는 대개 다리가 잠깐 아프고 망상이 일어나 괴로워하게 되는데, 다리가 아프면 다리를 잠깐 바꿔 앉고 망상이 일어나면 모든 것이 헛된 것이라고 생각하게 되면 스스로 잦아진다. 그런 것에 마음을 움직이지 말 것.

여덟째. 처음으로 좌선을 하면 얼굴과 몸에 개미가 기어다니는 것처럼 가려워지는 수가 있다. 혈맥이 관통되는 증거니 긁거나 만지지 말 것.

아홉째. 좌선을 하다가 절대로 이상하고 신기로운 자취를 구하지 말 것이며, 만일 그러한 것이 나타나더라도 요망스러운 일로 생각하여 신경 쓰지 말고 예사롭게 보아 넘길 것.

이상의 아홉 가지를 염두에 두고 오랜 정진을 하다 보면 물아(物我)의 구분을 잊고, 시간과 공간의 처소를 잊고, 오직 원적무별(圓寂無別)의 진경(眞境)에 이르러 무상(無上)의 심락(心樂)을 누리게 될 것이다. 그리하여 화두의 의심 덩어리를 타파하게 되면 본성을 깨닫게 되는 것이다.

그러나 정법(正法)을 수행함에 있어 글을 통해 분별로 헤아린다면 도(道)와는 멀어진다는 말이 있다. 일체 과학과 평소에 아는 것을 조금도 마음에 두지 말고 선지식의 지도를 받아 수행하여 구경처(究竟處)에 나아가 활연히 본성을 깨달아야 한다.

종사(宗師)가 주장자를 들어 보이며 이 주장자가 어떤 선에 속하는가 하고 물어 볼 때, 수행자가 자기 본성을 모르면 망연할 것이요, 설사 대답하더라도 모르면서 하는 말은 잠자는 사람이 잠꼬대를 하는 것과 같은 것이니, 글에서 찾으려 하지말고 마음을 실천적으로 정진하는 데 선의 생명이 있다는 것을 알아야 한다. 경봉 스님으로부터 들은 말씀이다.

그 해의 하안거 역시 나에게 많은 정진의 기회를 주었다. 그러나 결론부터 말하면 성라암 선원은 오랫동안 유지할 수가 없었다. 전국에 더 좋은 선원이 많아 선객이 많이 모여들지 않는 것이 선원을 폐한 큰 이유이다. 이때의 경험을 살려 앞으로 노인 선원을 열 계획을 가지고 있다.

1980년대 초반이었을 것이다. 하루는 동양화가 옥산 김옥진 선생의 처남이 되는 박은태 씨가 나에게 말했다.

「스님, 제가 동생 하나 찾아 드릴까요?」

나는 그의 느닷없는 말에 되물었다.

「동생이라니오?」

「스님의 은사이신 일엽 스님에게 출가하기 전에 낳은 아들이 있었다는 사실을 알고 계세요?」

나로서는 처음 듣는 말이다. 은사 스님은 성격이 대범하시고 제자들에게도 별로 숨기는 것이 없는 분이었다. 당신은 출가 전에 남자 교제가 있었다는 것도 스스럼없이 털어놓을 정도였다. 그러면서 이렇게 말씀하시고는 했다.

「인간의 몸뚱이라는 것은 별 것 아니야. 몸뚱이를 다스리는 주인은 마음이고, 마음이 새로워지면 정신적으로 순결한 것이야.」

은사 스님은 세상에 공개되지 않았던 당신의 사생활의 대해서도 이따끔 나에게 지나가는 말로 들려주시곤 하여 은사 스님에 관한 것이라면 모르는 것이 없다고 자부해 왔는데, 아들이 있었다니 도저히 믿을 수가 없었다.

「예이, 여보시오 실없는 말씀은 그만 하시오!」

「스님 모시고 제가 농담하겠습니까?」

「그럼 진실이라는 말이에요?」

「일엽 스님은 젊어서 일본 유학을 할 때 일본 남자를 알았던 모양입니다. 그 남자의 집안이 일본에서는 명문가라고 하더군요. 명문가니 조선 여자와의 결혼을 리가 없었죠. 일엽 스님 쪽도 선친이 목사로서 독립운동에까지 관련이 있었던 분이라니 적국 출신 남자와의 결혼을 허락할 리 만무했구요. 진퇴양난의 위기에 처한 일엽 스님은 회태했던 아이를 동경에서 낳은 다음 떼어놓고 서울로 돌아와서 얼마 뒤에 출가를 했어요. 사람들은 일엽 스님의 출가에 대해 이러쿵저러쿵 말들이 많은데 실은 핏덩이를 일본에 낳아 놓고 돌아온 번뇌가 가장 컸을 거라고 생각됩니다.」

역시 금시초문이었다. 진짜 일엽 스님이 남긴 혈육이라면 은사의 아들이니 친동생같이 생각할 수 있는 일이지만 진실을 알 수 없었다. 어쨌든 그 말이 진실이 아니라면, 일엽 스님의 아들을 자처하고 다니는 사람을 그냥 둘 수 없으니 가부간에 그와 만나 봐야겠다고 생각했다.

「그 사람이 지금 어디 있습니까?」

「해방 후에 죽 일본에서 활동한 화가입니다. 일본에서는 알아주는 화가죠. 동경에 살고 있는데 가끔 한국엘 다녀갑니다.」

「그 사람이 서울에 오면 만나게 해주시오?」

「알겠습니다.」

그런 말을 나눈 지 얼마 후에 박은태 씨로부터 일엽 스님의 아들이 서울에 나왔다는 연락이 왔다. 그는 여관에 머물고 있다고 했다. 나는 박은태 씨에게 미안하지만 그를 성라암으로 데려와 달라고 부탁했다.

박은태 씨가 문제의 남자를 데리고 성라암을 찾아온 것은 전화 통화를 한 후 이틀 후였다. 박은태 씨가 그에게 나를 소개했다.

「법성 스님이십니다. 일엽 스님 상좌로서 일엽 스님 생전에 시봉을 했던 분입니다.」

그 말을 듣고 남자는 우리말로 대답했다.

「아, 그러세요? 저는 김태신이라고 합니다.」

한국 이름을 가지고 있다는 사실이 놀라웠다. 나는 그의 얼굴을 천천히 살폈다. 자세히 보니 눈매와 입술 주위, 전체적인 얼굴 윤곽이 일엽 스님과 닮은 것 같았으나 확신할 수가 없었다.

그는 박은태 씨로부터 일차 들은 바 있는 자기의 출생 경위에 대하여 자세히 들려주었다. 거짓말을 하고 있는 것 같지는 않았다. 나는 믿을 수도, 믿지 않을 수도 없는 혼란에 빠졌다.

일엽 스님이 성라암에서 《청춘(靑春)을 불사르고》를 집필하실 때 벽으로 돌아앉아 글을 쓰시면서 이따금 남이 보지 않는 가운데 눈물을 흘리시곤 하던 모습이 머릿속에서 되살아났다. 은사 스님은 그 책을 통해 출가 전에서 출가 후에 이르기까지의 모든 것을 털어놓으려고 했다. 자연, 아들이 있었다면 그 얘기도 써야 옳았겠지만 끝내 그 대목은 언급을 하지 않으셨다. 아들의 이야기를 써야 할 것인가 말아야 할 것인가, 치열한 내면의 갈등을 느꼈던 게 아니었을까? 《청춘(靑春)을 불사르고》에는 어린아이를 두고 출가를 결심하는 한 젊은 여인의 이야기가 나온다. 그것이 당신 자신의 모습은 아니었던지. 그래서 스님은 글을 쓰시며 눈물을 흘려야 했는지도 모를 일이었다.

어쨌거나 김태신이라는 사람이 일엽 스님의 아들이라면 당신은 출가를 하면서 혈육의 정을 딱 끊었던 것이 분명했다. 스님 상좌 중에 출가 후에도 출가 전에 낳았던 자식 문제로 고민을 한 사람이 있었다. 그에게 스님은 말씀했다. 〈속세 인연이나 제대로 못 끊으면서 머리는 왜 깎았어〉 그 말이 진심이라면 당신은 과연 매몰차게 끊었다는 것이 증명되는 순간이었다.

나는 명부전에다 은사 스님의 영정을 봉안해 놓고 있었다. 김태신 화백을 명부전으로 데리고 갔다. 그는 은사 스님의 영정 앞에 분향하고 큰절을 올렸다. 고개를 숙였던 그는 바로 일어나지 않았다. 그의 어깨가 흔들리기 시작했다. 생전의 어머니를 대한 듯 소리 없이 눈물을 흘렸다. 천천히 일어나는 그의 눈은 벌겋고 충혈 되어 있었다. 만약 김태신 화백이 일엽 스님의 아들이 아니라면 그는 천재적인 연기자일 것이다. 그러나 아무리 우수한 연기자라고 해도 이처럼 절실하고 애절하게 사모(思母)의 정을 표현할 수는 없었을 것이다.

나는 그를 일엽 스님의 아들로 받아들였다. 그리고 나서 다시 보니 그의 얼굴은 은사 스님과 닮은 데가 많았다. 생전의 일엽 스님을 대한 듯 반가웠다. 우리는 시간 가는 줄 모르고 이야기를 나누었다. 그는 나에게 자기 어머니를 시봉했던 것에 대하여 감사 드린다는 말을 한 다음 말했다.

「앞으로 누님으로 모시겠습니다.」

나는 불문에 든 이래 여러 큰스님들을 만날 기회가 있었고 가르침을 받은 바가 적지 않지만 그 중에서도 은사 일엽 스님으로부터 입은 은혜가 가장 크다고 하지 않을 수 없다. 스님의 동작 하나, 말 한마디가 모두 법문이었다. 언행이 일치하는 분이며, 검소 담백하게 사셨다. 공부가 모자란 내가 불경스러운 모습을 보여 드려도 태산처럼 호수처럼 담담히 나를 품어 주었다. 일상에 무심한 듯 삼매에 들어 동요 없이 곧게 앉아 계신 그 모습을 우러르는 것만으로도 환희심(歡喜心)이 일었다. 스님 열반하신 후에 얼마나 그리워했는지 어찌 필설로 헤아릴 수 있겠는가.

일당 김태신 화백을 은사 스님의 혈육이라고 여기자 마치 생전의 스님을 대한 듯 만감이 교차했다. 그는 나보다 열 살 가까이 연하였다. 그래서 누님이라고 부르는 데 거리낌이 없었다.

그는 이때까지만 해도 주로 일본에서 활동하며 화가들의 한일 교류전을 주최하는 등 양국 예술가들의 작품을 통한 우호증진에 많은 공헌을 하고 있었다. 김화백은 동경제국 미술 학교에서 동양화를 전공했지만 일찍이 이당 김은호 화백의 문하에 들어가 이당의 수제자겸 양아들이 되었으니, 이론과 실력을 겸비한 화가라는 것을 알 수 있었다.

화가로서 명성을 얻고 경제적으로도 남부러울 것이 없게 된 그가 공연히 일엽 스님의 아들이라는 것을 자청할 까닭이 없다는 면에서도 그는 은사 스님의 아들이 틀림없었다. 나중에 이당 화백과 수덕사의 벽초 스님에 의해서도 일당 화백이 일엽 스님의 친자라는 사실은 입증되었다.

화가 김태신을 몇 번 만나는 동안 그가 소박하고 진실한 사람이라는 것을 알게 되었다. 그는 순수하고 아름다운 마음을 갖고 있었다. 남의 불행한 처지를 보면 모른 척하지 않으며, 누구로부터 무슨 부탁을 받으면 거절을 하지 못하는 사람이었다. 자비롭고 온유한 성정은 오랜 수행 생활을 거친 수도승과 비교해도 결코 뒤지지 않았다. 역시 우리 스님의 피를 받았다는 게 확실했다.

은사 스님의 혈육이라고 해도 사람 됨됨이가 탐탁지 않으면 소원할 텐데 그가 이처럼 불보살의 후신 같으니 그를 아끼는 마음이 자연히 일어났다. 사실 일당의 입장에서 보면 어린 나이에 어머니를 불문에 빼앗기고 외로운 사춘기를 보내야 했으며 모진 세파 속에서 살아올 수밖에 없었을 것이다. 부모가 다 있는 가정에서 사랑을 듬뿍 받고 자란 아이 중에도 일순간의 과오로 빗나가는 예를 주위에서 얼마든지 볼 수 있거니와, 용케도 파란만장한 역정을 넘어 이처럼 훌륭한 인격자가 될 수 있었으니 어찌 아끼는 마음이 생기지 않을 수 있겠는가.

나는 그가 한국에 나오면 여관에 머문다는 것을 알고 그에게 말했다.

「한국에 오면 여관에 묵지 말고 우리 성라암에 있도록 해요.」

「폐를 끼칠 수야 있습니까?」

「나더러 누님이라고 하면서 폐를 끼친다고 생각하면 가까워질 수 있겠어요? 동생이 머물기에 불편하지 않도록 해줄 테니 내 말대로 해요.」

그는 나의 권유를 받아들여 서울에 나오면 성라암에 머물기 시작했다. 김 화백을 일본인이 아니라 어머니 일엽 스님의 성을 따 개명하고 한국 국적을 취득한 사람이다. 그는 일본에서 떳떳한 한국인

287

으로 아시아와 요미우리신문의 심사위원으로까지 부상하여 전후 일본 미술계를 주도해 왔다. 그의 실력이 탁월하다는 것을 입증해 주는 단적인 증거가 될 것이다.

그가 서울에 와서 성라암에 머물며 그림을 그리게 되자 가까이서 작업하는 것을 지켜본 결과 그의 성공이 우연한 것이 아님을 알 수 있게 되었다. 그는 진지했고, 석채라는 화재를 사용하여 독특한 동양화 세계를 구축하여 무르익은 작품들을 그려냈다. 색의 마술사라는 평을 받는 그는 특히 색감이 농려한 회화 세계를 쌓아 가고 있었다.

어느 날 그에게 말했다.

「일엽 스님은 생전에 성라암에다가 전국 비구니 총본부를 만들고 싶어했어요. 비구니들이 서울에 오면 바랑을 풀어놓고 쉴 장소가 마땅찮았거든. 그것은 지금도 마찬가지예요. 은사 스님의 뜻도 있고 해서 우리 성라암에다가 비구니 총본부를 만들고 싶은데 나를 좀 도와줄 수 있겠어?」

건물을 세울 땅은 있었다. 예산이 문제였다. 불사 전시회를 통해 기금을 조성하겠다는 것이 내 계획이었다. 그는 내 말에 선뜻 동의했다.

「도와 드리겠습니다. 어머니 스님이 하시련 던 일이라는데 자식이 되어 모른 척할 수는 없지요.」

그는 그런 사람이었다. 남의 부탁을 거절하지 못하는 사람이고, 더욱이 자기 어머니 스님의 유업이라는 데는 재고의 여지도 없이 승낙하는 사람이었다.

내가 처음 일당 김태신 화백에게 말을 꺼냈을 때는 성라암에다가 전국 비구니 총본부를 만들 생각이었는데, 중도에서 생각을 바꾸었다. 비구니 스님들과 이야기를 나누는 동안 비구니 교육 기관의 필요성을 느껴 성라 비구니 승가학원을 건립하기로 결심하게 된 것이다.

나는 김 화백과 상의하여 승가학원 건립을 위한 불사 전시회 일정을 짰다. 그는 그가 알고 있는 여러 유명 화가들을 찾아가 취지를 설명하고 작품을 받아 오기 시작했다.

나는 그와 동행하여 전국을 누비고 다녔다. 많은 화가들이 그의 부탁을 받고 흔쾌히 작품을 내주었다. 그는 화가들 사이에 두터운 신망을 얻고 있었다. 이때 참여해 주신 분들의 작품이 실려 있는 도록을 넘겨보면서 새삼 이 기회를 통해 깊이 감사 드린다.

운보 김기창, 산정 서세옥, 청강 김영기, 옥산 김옥진, 청당 김명제, 일당 김태신, 남농 허건, 설원 김현조, 청초 이석양, 윤제 이규옥, 청사 이동식, 소암 이재호, 화당 김재배, 소강 김정묵, 창원 이영복, 토림 김정현, 아심 이용자, 치산 최종인, 현당 김한영, 우당 이창래, 문제, 향산 안종원, 우은 김인곤, 동곡 이창문, 취곡 라부영, 서주 문일, 일사 구창문, 구당 이범재, 강암 송성용, 석암 정형열, 김금출, 심계 김종제, 인도 이인호 제씨 등은 동양화가들이다.

서양화가들도 작품을 희사해 주었다. 장욱진, 장리석, 최영림, 이충근, 김종휘, 김후식, 박종승, 한태호, 김약천, 강수화 씨 등에게도 감사드린다.

서예가로 협조를 해주신 분들은 다음과 같다. 전수창, 최상직, 김영희, 김동일, 무진 정봉, 백인수, 오진, 초암 이범석, 산정 최정실, 심연 박종만, 석봉 고봉주, 창해 김창해, 해정 박태준, 하학정 백홍기, 송은 심우, 고암 이부재, 일도 김태수, 송석 정제홍, 권울담, 경월 스님, 운담 스님 등이다.

장소는 한국 디자인 포장 센터였고, 1982년 5월 3일부터 9일까지 일주일간 전시회가 개최되었다. 공식적인 전람회 명칭은 〈성라 비구니 승가학원 건립추진 명사전〉이었다.

장소가 결코 협소한 편은 아니었는데 워낙 전시 작품의 수효가 많아 출품작 모두를 전시해 놓을 수가 없을 정도였다. 병풍과 족자를 겹쳐 놓고 공간을 최대한도로 활용했다. 성라암 신도들과 여러 불자들이 주옥같은 작품들을 많이 사준 것이 큰 도움이 되었다. 이때 마련된 수익금으로 비구니 승가학원 강의실로 사용할 건물을 짓게 되었다. 여기에는 워낙 많은 돈이 소요되어 이때도 신도들이 십시일반으로 도움을 주었다.

비구니 승가학원의 이사장은 내가 맡았고, 학장은 묘엄 스님이었다. 비구니회 회장에는 지명 스님이, 그리고 묘희, 보경, 광업, 진경 스님 등 여러 비구니계의 지도자 스님들이 후학지도의 기치 아래 모였다. 그러나 결론부터 말하면 성라 비구니 승가학원을 성공을 거두지 못했다. 의욕에 비해 현실적인 여건이 너무 미비했고, 약간의 의견 대립도 있었다. 최초로 입학했던 50명의 비구니를 교육시킨 다음 1회 졸업생을 배출시켰다. 그 후 개운사가 주축이 되어 설립한 승가 대학으로 합병되면서 성라 비구니 승가학원은 문을 닫았다.

귀중한 작품을 내주신 여러 화가 선생님들에게 송구스럽기 짝이 없지만 이때 지었던 건물은 일부를 사무실로, 일부는 무료 양로원으로 사용하고 있으니 넓은 혜량을 바랄 뿐이다.

나는 이 글을 쓰기 전에 성북동 285의 1번지에 자리잡고 있는 우리 성라암을 입구에서부터 출발하여 한 바퀴 천천히 둘러보았다. 정문으로 들어서면 주차장이 나오고 계단을 따라 올라가면 일주문이다. 그 옆으로 승가학원으로 쓰려고 지었던 건물이 있으며, 연못을 지나면 옆은 요사채요, 이어 범종각이 눈에 들어온다. 다시 계단을 올라가면 대웅전과 명부전, 주지실 건물이 삼각형을 이루며 위치해 있다. 명부전 뒤에 칠성각이 있고, 그 뒤쪽은 산이다.

성라암에 놓여 있는 돌 하나 나무 한 그루에까지 내 손길이 스치지 않은 것이 없다. 나는 오늘의 성라암을 이룩하기 위해서 반생을 다 바치고 이제 팔순을 넘기게 되었다. 이만하면 후손에게 물려줘도 과히 손색이 없겠다는 생각이 든다. 그러나 나는 이런 것들을 이룩하기 위해서 너무 많은 시간을 써야 했다.

나는 촌시도 아껴 한달음으로 정진하여 견성을 이루고 싶다는 갈망과, 그러기에는 너무 바쁜 현실 사이에서 안타까워하며 살아왔다. 그러기에 성라암의 모든 것들은 나에게 있어 애물이기도 하다. 공화불사를 염불처럼 외었지만 아직까지도 헤어나지 못하고 있으니 말이다.

나는 이제 회향을 준비해야 한다. 눈을 지그시 감고 앉아 단주를 돌리는 나의 눈에서 눈물 한 줄기가 솟구쳐 또르르 굴러 내리고 있다.

제 5 부

진흙소가 달빛을 쟁기질할 때

뜰 앞에 돌아와 서서

앞만 보고 걸어온 나로서는 나이 칠순을 넘겼을 때 문득 지나온 생이 시위를 떠난 화살처럼 쏜살같이 내달려 지나갔다는 느낌을 가졌다. 어찌 세월의 흐름이 이리도 빠를 수 있단 말인가. 〈연못가의 풀은 아직도 봄꿈을 깨지 않았는데(未覺池堂春草夢), 뜰 앞의 오동잎은 가을 소리를 낸다(階前梧葉已秋聲)〉고 했던 시가 떠오른다.

내 나이가 되면 이백(李白)의 탄식도 공감이 갈 만하다.

백발삼천장　白髮三千丈
녹수사개장　綠愁似箇長
부지명경이　不知明鏡裡
하처득추상　何處得秋霜
백발이 삼천장이니
근심으로 반연하여 이리 길었구나
모를레라 밝은 거울 속
어디에서 가을 서리를 얻었는가.

295

마음은 아직도 출가하던 때와 다름이 없는데, 분주하게 살아오다가 문득 정신을 차려 보니 어느덧 이마에는 깊은 고랑이 패고, 피부의 여기저기에 반점이 생겨나고 있음을 발견하게 된 것이다. 반점을 흔히 〈저승꽃〉이라고 부른다. 저승꽃이 피면 살아 있을 날보다 죽을 날이 가깝다는 것을 인정하지 않을 수 없으리라.

불문에 들어 생로병사의 고(苦)를 초탈하기 위해 부단한 정진을 거듭한 탓일까. 여전히 득도했다고 할 수는 없지만 그런 대로 삶에 대한 애착과 미련을 버릴 정도의 수양은 되었다. 언제라도 부르면 훌훌 털고 떠나가리라. 그러나 이승에 머무는 것이 허락되어 있는 날까지는 최선을 다하여 깨닫기 위한 노력을 멈추지 아니해야 할 터였다.

견성(見性)의 길은 멀고도 멀었다. 더욱이 나는 너무나 많은 시간을 불사에 빼앗겨야 했다. 그래서 나는 한동안 당대에 견성을 이루기 어렵다면 다른 많은 대중들이 편한 가운데 정진할 수 있도록 뒷바라지를 하면서 내세를 도모하는 것도 나쁘지 않으리라고 스스로를 위로했다. 오늘날 성라암 도량 내에 들어서 있는 모든 건물이나 구조물은 나의 갈등과 번민과 땀을 대변한다.

그렇다고 해서 정진을 게을리 하거나 나태에 빠지지는 않았다. 결코 적당히 한 세상 살다 가겠다는 생각을 해본 적도 없다. 나로서는 최선을 다해 살았다는 말이다.

진리의 말씀은 깨칠 듯 깨칠 듯 하면서도 미망 속으로 잠적해 버리곤 하여 나를 안타깝게 했다. 내 머릿속은 안개나 구름이 잔뜩 낀 것 같았다. 내가 구하는 것이 원대하고, 너무나 깊으며, 멀리에 있고 것이 아니냐는 자문을 해 보았다. 당나라 시대의 한 비구니 스님은 다음과 같은 시를 남겼다.

영일심춘불견춘　永日尋春不見春
망혜답파용두운　芒鞋踏罷龍頭雲
귀내소철매화취　歸來笑撤梅花臭
춘재지두기십분　春在枝頭己十分
종일토록 봄을 찾아다녀도 봄은 보지 못하고
짚신이 닳도록 산 위의 구름만 밟고 다녔네.
뜰 앞에 돌아와서 웃음 짓고 매화 향기 맡으니
봄은 매화 가지에 이미 무르익어 있었던 것을.

이 시를 음미하면서 내가 가까이에서 구하지 않고 멀리서 구하려
했을지도 모른다는 생각을 또다시 했다.

깨침을 통해 온갖 속박에서 벗어날 수 있는 도를 구하는 것은 삭
발을 하고 염의(染衣)를 입은 이가 나아갈 길임에는 틀림이 없다.
그러나 대자대비의 원력을 발하여 중생 제도에 힘쓰지 않는다면 복
혜양족존(福慧兩足尊)을 어찌 구하리오. 동체대비의 사상을 실현
하는 것이 본분이며 마땅히 지향해야 할 바가 아니었던가.

불교가 중생 제도를 앞세운 나머지 스스로 깨닫기를 소홀히 하면
이상을 실현시킬 수 없으리란 것은 분명하지만, 깨닫는 것으로 만
족하고 중생을 구하지 않는다면 이 또한 복감하는 일이 될 것이라는
확신이 서서히 들기 시작했다. 상구보리(上救菩提) 하화중생(下化
衆生)이라고 하지 않았는가.

성라암은 내가 출가한 이래 평생을 몸담아 온 수도처요. 신도들
에게는 청량한 불성(佛性)의 바람을 불어넣어 준 도량이라고 할 것
이다. 오늘날의 성라암은 내가 처음 창건했지만 신도들과 함께 키운
것이고, 부처님과 관세음보살의 가피로 지켜져 온 성지라고 생각하

고 있다. 그러기에 이것은 내 개인 재산이 아니며, 신도 불자들 모두의 것이라고 하지 않을 수 없을 것이다.

우선 이 도량을 사회에 환원시키는 작업부터 해야 한다고 생각했다. 그리하여 성라암이 헐벗고 굶주리며 소외 받는 계층의 안식처가 되게 하고, 부처님의 대자대비 하신 사랑을 몸소 체험할 수 있는 장소가 되게 해야 한다는 소명감을 느꼈다. 이에 따라 성라암을 사회복지법인으로 만들기로 작정했다. 그런 결심을 굳히고 나자 내 머릿속에 잔뜩 끼어 있던 안개구름이 걷히는 것을 느낄 수 있었다.

나는 가까이 에서 구하려고 하지 않고 멀리에서, 그리고 너무 깊이 얻으려고 했던 것이 분명했다. 선현은 한 편의 시를 통해 시대를 초월하는 소중한 가르침을 전해 주었던 것이다.

지난 생을 통틀어 조금씩 늘려온 성라원은 임야 대지를 합해 4천평이며, 건물은 총 450여 평이다. 나는 이것을 사회에 환원하되, 내 뜻이 길이 남고 널리 펴지게 하기 위해서는 복지 재단을 만들어 환원하는 방법을 택하는 것이 가장 바람직하다는 판단을 내렸다. 그러나 먹는 것, 입는 것, 차비 한푼도 아끼는 근검한 생활로 부처님의 재산을 관리해 오다가 그것을 모두 사회에 환원하려고 마음먹었다 해서 쉽게 그 절차가 이루어지는 것이 아니라는 걸 알게 되었다.

거쳐야 하는 정부 기관도 많았고, 결재 도장을 찍어야 하는 부서도 한두 군데가 아니었다. 여러 사람 중 한 분이라도 업무를 지체시키거나 내 뜻을 이해하지 못하면, 절차를 밟아 올라가다가도 어떤 사람의 서랍에서 묵는지 알 수조차 없는 상태에서 몇 달이 흐르고는 했다. 내가 사회복지법인 성라원의 인가를 받기까지는 무려 7년이라는 세월이 걸렸다. 이렇게 절차가 까다로울 줄은 미처 예상치 못했던 일이었다.

어쨌거나 내 집념이 결실을 맺게 되어 어렵게나마 사회복지법인 성라원의 허가를 받을 수 있었으니 이 역시 부처님의 가피다. 복지법인을 혼자의 힘으로 운영할 수는 없는 일이었다. 우선 이사진을 구성했다. 이사장에는 내가 취임했고, 원장은 윤치오 씨를 영입했다. 신도회장 조성은 씨, 나의 맏상좌인 고흥륜 스님, 박수천 씨 등이 이사로 참여했고, 감사는 김정조, 조정자 씨가 맡았다. 이사진과 일당 김태신, 정병훈 씨를 비롯한 친지들과 여러 신도들이 참석한 가운데 사회복지법인 성라원의 개원식을 거행한 것은 1990년 9월 26일이었다.

중생 제도를 멀리서 찾을 필요는 없었다. 팔순을 눈앞에 두고 보니 자연 노인 문제에 대해 나 자신이 누구보다 잘 알게 된 바, 나이 들어 의지할 곳이 없는 이 땅의 노인들에게 거처할 수 있는 곳을 마련해 드리는 것이 하화중생의 길이라 여기게 되었던 것이다. 진리는, 행복은, 보람은 멀리서 찾을 것이 아니라 가까이에서 찾아야 한다는 것을 다시 한번 깨달았다.

사람은 나이가 들면 누구나 노인이 되고 기력이 떨어지게 마련이다. 젊은 사람의 도움을 받지 않으면 살아갈 수가 없게 된다. 그러나 노인이 되었다는 것이 쓸데없는 짐만 되는 것은 아니다. 많은 인생 경험과 지혜가 축적되어 있기에, 체험담이나 지혜를 젊은이에게 들려주어 시행착오를 빚지 않도록 할 수도 있다. 젊은이는 노인을 봉양하고 노인은 젊은이를 이끌어 준다면 그야말로 바람직한 현상이 아니겠는가?

그런데도 사회 구조가 산업 사회화되면서 핵가족화를 부추겼고, 갈수록 노인의 소외 문제가 심각해지고 있으니 안타까운 일이 아닐 수 없다. 바람직하지 않은 방향으로 흘러가는 것을 언제까지나 방

치하고 있을 것인가.

예로부터 우리나라를 동방예의지국이라 하였다. 부모 공경하기를 지성으로 하였던 어진 겨레가 살아온 이 땅에서 어쩌다가 삼강오륜이 이처럼 내동댕이쳐졌는지 모를 일이다. 말년을 비통에 잠겨 외롭게 살다가 죽어 이 땅의 하늘 위를 맴도는 고혼이 많아지면 나라가 잘될 것 같지 않다는 것이 내 생각이다. 한을 품고 서러움에 싸여 있다가 죽으면 극락에도 가지 못한다. 좋은 마음으로 이승을 떠나야 후세들에게 좋고, 본인도 좋은 세상 가는 것이다.

노인들이 외롭지 않게 살다가 편안한 가운데 회향을 마칠 수 있는 자비의 손길을 펴는 것은 무엇보다 우선해서 해야 할 뜻 깊은 일이었다. 이에 따라 사회복지법인 성라원에서는 첫 사업으로 무의탁 노인을 위한 양로원을 개원했다. 가까운 이웃인 성북동 주민이나 신도들을 통해 소문을 내어 모여든 노인들을 대상으로 한 달에 한 번씩 경로 잔치를 열어 주고, 노인들에게 목욕비를 나눠주고 있다. 그리고 그들을 대상으로 법문을 할 때가 어느 때보다 기쁘다. 그 동안 내가 법문을 통해 되풀이했던 말들을 하나하나 정리해 보았다.

1. 미움으로써 미움을 갚으면 미워하는 마음은 풀리지 않는다. 미워하는 마음을 풀어 버리면 미움 그 자체도 편안해진다.
2. 상대방의 허물이나 잘못을 탓하지 말자. 나의 허물과 잘못을 먼저 살피자. 제 몸을 생각하듯 상대방을 생각하면 누구와도 다툼은 사라지고 언제나 화평하다.
3. 사람의 마음에는 두 가지가 있다. 하나는 악이고 다른 하나는 선이다. 악은 성냄·원망·미움·욕심 등이고, 선은 자비·양보·인욕·하심·검소 등이다. 누구나 마음속에선 항시 악과

300

선이 다툰다. 그러다가 선이 이기면 선한 일을 하게 되고, 악이 이기면 악한 일을 하게 된다. 그러므로 마음은 모든 일의 근본이 된다.

4. 문에 틈이 없으면 바람이 못 들어오고 생선이 썩지 않으면 쉬파리가 오지 않는 것처럼, 마음에 빈틈이 없으면 탐욕이 스며들지 못한다.

5. 착한 일은 하고 나면 생각할수록 기쁘고, 악한 일은 하고 나면 생각할수록 괴롭다.

6. 어리석고 지혜가 없는 자는 모든 일에 게으르고, 생각이 깊어 지혜가 있는 자는 부지런함을 기틀로 보배를 쌓는다.

7. 조그마한 착한 일이라도 소홀히 말라. 방울 물이 모여 항아리를 채우나니 세상의 큰 행복도 작은 선함이 쌓여서 이루어지는 것이다.

8. 떳떳한 자는 두려움이 없고, 부드러운 자에게는 싸움이 없다.

9. 사랑스럽고 빛이 아름다우며 은은한 향기를 내뿜는 꽃처럼, 실천이 따르는 사람의 말은 누구나 믿고 존경하므로 복이 되느니라.

10. 바른 진리와 좋은 일을 행할 줄 모르는 자에게는 세상사는 게 고통스럽게 느껴진다.

11. 해서 안 될 일은 행하지 말라. 한 뒤에는 반드시 번민이 있다. 해야 할 일은 뒤로 미루지 말라. 한 뒤에는 뿌듯한 기쁨이 있다.

12. 어질고 착한 이를 가까이하여 바르고 올바른 일들만 쌓아 나가면 마음이 넉넉해져서 기쁘고 몸도 건강하여 명랑하고 즐거움이 따를 것이다.

13. 성냄을 버려라. 거만함도 버려라. 이기려는 생각과 탐심을
    버리자. 내 것이라는 생각을 풀어 버리면 고요하고 편안해 괴
    로움이 없다.

경전에 들어 있는 말씀들이다. 노인들은 나의 이런 말들을 주의
깊게 경청해 주었다. 나는 또 어느 날, 다음과 같은 법문을 했다.
「부처님께서는 우주 만물이 윤회한다고 했습니다. 노인이라고 해
서 이제 죽으면 모든 것이 다 끝난다고 생각해서는 안 됩니다. 인간
의 몸은 죽지만 영혼은 불멸하는 것이지요. 몸은 일시적인 영혼의
옷이었을 뿐입니다. 그러기에 부처님은 과거사가 알고 싶거든 너에
게 닥쳐오는 현실을 보면 되고, 미래사가 알고 싶거든 현재 네가 하
는 행동을 보라고 하셨지요.」
현생에서 배우고 익힌 지혜와 학문과 기술은 현생에서 다 쓰지
못해도 다음 생을 위한 준비가 될 수 있는 것이다.
「전생에 하나라도 더 익혀 놔야 후생에 가서 좀더 나은 일을 할
수 있다고 부처님께서는 말씀하셨습니다. 살날이 얼마 남지 않은
사람일수록 소중한 시간을 헛되이 보내지 말고 금쪽같이 여겨야 합
니다. 무엇이든지 배워 가지고 떠나야 하기 때문입니다.」
나는 나 스스로 먼저 모범을 보이리라고 작정했다. 그리하여 칠
순이 넘었지만 그림을 배우기로 결심했다. 사람은 누구나 무엇을
표현하고 싶은 잠재적 욕구를 가지고 있다. 나는 오래 전부터 그림
을 통해 아름다움을 표현해 보고 싶다는 생각을 해 오던 터였다. 또
하나, 그림을 배워 두면 취미 생활을 원하는 노인들에게 가르쳐 줄
수도 있을 것 같았다. 일거양득이라 생각하여 그림을 배우기로 작정

302

한 다음, 나의 생각을 일당 화백에게 들려주었다.

「동생, 내가 그림을 그리기에는 너무 늦었지?」

「모든 것은 늦었다고 자각할 때가 빠른 시작이라는 말이 있잖습니까? 늦었다는 자각을 했다는 것만도 그런 생각을 전혀 안 하고 있는 사람에 비해 빠른 것이니까 그림을 그리고 싶으시면 시작해 보세요.」

「동생이 좀 지도해 주겠어?」

「물론이죠.」

그는 우선 나에게 데생과 스케치를 지도해 주었다. 일찍이 이당 김은호 화백의 문하에서 배웠고, 동경제국 미술학교를 졸업했으며, 일본에서는 한국의 김은호만큼이나 대가로 알려진 이또 신스이〔伊東深水〕에게서 사사한 일당은 나로서는 과분한 스승이었다. 그가 서울에 올 때면 나의 독선생이 돼주니 이런 황감할 일이 또 있을까. 나는 하숙비를 톡톡히 받는 셈이었다.

나는 그의 가르침을 귀로 듣고 가슴에 새기며 부단히 노력했다. 그는 석채를 아교에 섞어 개는 방법을 일러주었고, 붓의 터치에 대한 테크닉을 지도해 주었다.

나이 40이 넘어 그림을 그리기 시작한 고갱은 감자가 제대로 그려질 때까지 수백, 수천 번이라도 반복해서 그렸다고 했던가. 나는 한번 붓을 잡으면 한나절이 다가도록 몰두했다.

그림에 몰두해 있는 동안에는 무아(無我)의 경지로 빠져들었다. 나를 잊음으로써 우주 만물과 일체가 되는 경지를 그림을 그리면서 터득할 수 있었다.

선이란 대저 무엇인가? 도를 한마디로 무엇이라고 표현할 수는 없다. 하얀 백지 위에 산과 물과 나무와 달이 어우러져 모습을 나타낸다. 붓을 내려놓고 나면 마음은 어느 때보다 평온하고, 몸이 저절로 공중에 떠올라 내가 그려 놓은 산과 구름과 물과 달 사이를 떠다니는 듯한 황홀함을 느낄 수 있었다. 이것이 도가 아닐까……

나는 나이 칠순이 넘어 시작한 그림 공부를 통해 법랍 30년이 되도록 이르지 못했던 어떤 경지에 성큼 올라선 듯한 감회에 젖고는 했다.

사람들은 처음 내가 그림을 그리겠다고 했을 때 말렸다.

「노스님, 별걸 다 한다고 하십니다. 그 연세에 당치 않아요.」

충분히 할 수 있으니 전념해 보라고 권유하는 것보다 그만두게 하는 것이 충언이라고 여겨 이렇게 직간한 것이리라. 허긴 나 자신도 정녕 그림 모양이나 갖출 수 있을까에 대해 확신할 수가 없었으니 남이 그런 말을 했다고 하여 고깝게 들리지도 않았다. 그러나 나는 내가 할 수 있는지 없는지 한번 직접 해보고 나서 결과를 분별해 볼 요량이었다.

그런데 할 수 있었다. 물론 일당 화백처럼 좋은 작품을 그려 낼 수는 없었지만 그렇게 몇 년이 흐르는 동안 나는 불교미술 전람회와 주간미술전에서 각각 몇 차례의 입선과 은상을 받았으며, 신미술대전의 추천작가상, 예술문화교류 국제협회 금상을 받는 등 성과를 올릴 수 있었다. 한국선면협회라는 미술 단체의 회원이 될 수도 있었다.

이제는 누구나 내가 그린 그림을 보면 입을 벌린다. 내 나이에 비추어 감탄하는 것인지, 정말 그림 자체가 훌륭하여 찬사를 보내 주는 것인지는 알 수 없지만, 객관적으로 보아 그리 뒤지는 것만은 아니라는 확신이 선다. 이만하면 나도 화가다.

노인천국

사회복지법인 성라원을 통해 사회사업을 했다고 하여 그 공과를 인정해서 우리 성북구의 구청장, 서울특별시장, 대통령 등으로부터 표창을 받은 일이 있다. 물론 이런 표창을 받기 위해 내가 그 동안 무료 양로원을 운영해 온 것은 아니다. 그리고 표창을 받기에는 너무나 보잘것없는 작은 일을 했을 뿐이다. 앞으로 더욱 잘해 보라는 격려의 뜻으로 받아들였다.

성라원에서는 의지가지없는 무의탁 노인들의 고단한 심신을 쉬게 해주는 사업부터 시작했지만, 자식이 있으면서도 아들이나 딸 또는 며느리들에 의해 소외 받고 있는 노인들이 의외로 많은 것이 현실이다. 남 보기에는 의지할 자식도 있고, 유복해 보이는 노인인데도 속사정을 들어보면 하루에도 열두 번씩 죽어 버리는 것이 낫겠다는 생각을 하고 지내는 경우가 허다하다. 자식에게 얹혀 살기가 괴롭고 혼자 지내기도 힘든 처지에 놓여 있는 이들은 어찌해야 하는가. 내가 더 많은 일을 해야 한다면 바로 이들을 위해 일을 해야 한다는 생각이 들었다.

노인 복지에 전념하는 동안 의지할 데 없는 노인들을 단순히 재워 주고 먹여 주는 것으로 대자대비의 의미를 완성시키는 것이 아님을 알았다. 노인을 모셨으면 그들의 마음까지도 돌봐야 비로소 내 소임을 다하는 것이라고 여기게 되었다. 외로운 몸과 마음을 달래 주고 쉬게 하며 맺힌 한을 풀 수 있도록 하는 것도 중요하며, 잘못 살아온 과거를 가지고 있는 사람이라면 그것을 반성하고 고쳐서 회향을 맞을 수 있도록 도와야 한다는 말이다. 노인선원(老人禪院)의 필요성을 절감하게 되었다. 몸의 병은 병원에서 고치지만 마음에 든 병은 노인선원을 통해 치료 할 수 있을 것이다.

나는 점차 종합적인 노인 복지 시설을 갖추고 더 많은 노인들에게 더 좋은 혜택을 드리고 싶다는 욕심을 갖게 되었다. 인구의 노령화는 기하급수적으로 가속화되고 있는데 그들을 수용할 수 있는 시설은 턱없이 모자란 것이 우리의 현실이다.

나는 노인천국 건설의 청사진을 마련했다. 내가 계획하고 있는 노인천국은 크게 세 가지 시설을 갖추는 것으로 이루질 것이다. 첫 번째는 노인들이 몸을 의탁할 수 있는 유무료 양로원 시설이다. 두 번째로는 노인대학이다. 그리고 세 번째가 삼천불(三千佛)을 모실 삼천불전과 선원, 대웅전, 요사채 등을 갖춘 가람을 세우는 것이다. 이 세 가지 시설이 한군데 자리를 잡게 되면 그 곳을 종합노인복지 센터 또는 〈노인천국〉이라고 불러도 무방하리라.

양로 시설은 냉온방이 잘되는 편안하고 안락한 주거 시설과 식당, 이미용실, 세탁실을 비롯한 각종 편의 시설로 이루어진다. 여러 오락 시설을 갖춘 휴게실과 체육관, 사우나 시설이 있는 목욕탕과 풀장, 양약과 한방으로 동시에 진료를 시술할 수 있는 병원, 물리치료실 등이 양로원 부속 시설들이 될 것이다.

노인대학은 강의실과 취미 생활을 할 수 있는 서클룸 등이 들어 있는 노인회관을 짓는 것으로 문을 열고자 한다. 서예, 그림, 음악, 꽃꽂이 등을 비롯하여 다양한 취미와 소질을 계발하고 익히는 데 필요한 공간을 확보할 생각이다.

나는 노인천국을 기존의 성라암 부지에다가 건설할 수 없다는 것을 알았다. 보다 넓은 땅이 필요한 사업이었다. 또한 이에 따른 소요 자금도 엄청날 터였다. 게다가 나는 이미 팔순이 넘었다.. 내가 처음 사회복지법인을 신청했던 7년 전에만 허가를 내주었어도 시간이 많았는데 이제는 내가 살아 있을 날이 아무래도 얼마 남지 않은 것이다. 현재의 나로서는 다소 벅찬 계획이었다. 그러나 부처님이 도와주시면 불가능하지만은 않다고 생각한다.

나는 부처님께 매달렸다.

팔순이 넘는 나이에 젊은 사람도 해내기 힘든 계획을 세웠으니 과도한 욕심을 부리고 있는 것만은 분명하지만, 나 개인을 위한 것이라면 손가락질해도 달게 여기고 언제든지 미련을 떨쳐 버릴 수가 있으나 소외된 노인들을 대신해서 내가 앞장서고 싶은 것일 뿐이니, 이를 가상히 여겨서 도와주십사고 나는 부처님께 빌고 또 빌었다.

일당 김태신 화백은 자연 나에게 많은 것을 털어놓고 자문을 구한다.

그가 나이 68세가 되던 지난 1989년 나에게 말했다.

「누님, 저도 출가를 하고 싶은데 누님은 어떻게 생각하십니까?」

「살날이 얼마 남지도 않았는데 이제 와서 머리를 깎아 어떻게 하려고?」

「살아 있을 날이 얼마 남지 않았으니까 마지막으로 꼭 해보고 싶었던 일을 실천에 옮기려는 거죠. 나는 덕숭산 견성암에 계시던 어머니 스님을 찾아다니던 중학생 시절부터 머리를 깎고 어머니처럼 승려가 되는 것이 소원이었어요.」

일당이 덕숭산 견성암에 계시던 나의 은사 김일엽 스님을 처음 찾아간 것은 중학교를 들어가기 전 해였다고 한다. 그는 도쿄(東京)의 홍고 중학교에 진학했다. 그 이후로 방학 때만 되면 어린 김태신은 바다 건너 산을 넘어 한 줄기 모정을 그리워하며 덕숭산의 가파른 산길을 찾아들었다. 그때마다 은사 일엽 스님은 당신이 출가 전에 낳았던 어린 아들에게 어머니를 어머니라 부르지 말라는 냉혹한 주문을 했다고 한다.

나는 눈을 지그시 감았다. 망막에 한 풍경이 떠오른다. 눈 덮인 설촌(雪村)의 산비탈을 오르는 중학생 정복의 소년. 지대방에 마주 앉은 모자(母子). 행여 반가운 기색이라도 보일라치면 어머니라고 부르면서 아예 같이 산다고 눌러앉을세라 서릿발처럼 차가운 시선을 던지는 일엽 스님. 이윽고 그 산을 내려오는 어린 소년의 눈에는 뜨거운 눈물이 맺혀 있고, 멀어져 가는 아들의 모습을 지켜보며 염주를 돌리고 있는 스님의 얼굴에도 눈물이 맺혀 있다.

「스님이 되면 어머니 곁에서 살수가 있을 것 같았거든요.」

나는 일당의 말에 감았던 눈을 떴다.

「그렇지만 이제 그렇게 보고 싶었던 어머니 스님도 열반에 드셨고. 동생도 어언 회향을 준비할 나이가 되었는데 새삼스러운 일이 아닐까?」

「나는 어머니 스님에게 라훌라 같은 존재였습니다. 어머니 스님의 정진에 방해가 되는 애물이었죠.」

라훌라는 부처님이 출가 전에 낳았던 아들의 이름이다. 부처님은 속세에 두고 온 그 어느 것에도 미련이 없었지만 아들만은 잊을 수 없었다. 아들은 그의 수행에 방해가 되는 존재였다. 라훌라는 애물이라는 의미의 범어이기도 하다.

후일 라훌라는 아버지의 뒤를 따라 출가하여 밀행제일(密行第一)이 되었다. 밀행제일은 부처님의 십대 제자 중 한 명으로 꼽힌다. 일당은 말했다.

「내가 어머니에게 애물로만 남기를 바라지 않습니다. 나도 출가를 하여 밀행제일이 되고 싶습니다.」

「그럼 가족들은 어떻게 되는 거야?」

그에게는 오사카에서 만나 결혼을 한 제주도 출신의 부인이 있었고, 그 사이에 세 아들을 둔 바 있었다.

「자식들은 이제 다 장성하여 가정을 가졌습니다. 우리 집 보살은 그 동안 모았던 재산을 주면 자식들 집을 오가며 노후를 편히 보낼 수 있을 겁니다.」

「그건 동생 생각이지 보살 생각은 아닐 수도 있어요. 그 문제라면 나보다 가족들과 먼저 상의를 해야 해.」

일당은 결국 출가를 결행했다. 은사는 직지사 조실이신 관응(觀應) 대선사를 모셨고, 머리를 깎은 것은 뉴욕의 원각사에서였다. 그는 그곳에 머물며 우선 원각사를 불국사와 같은 전통 사찰로 바꾸는 일을 하고자 했다. 세계 어디에 내놓아도 손색이 없는 건축미학적 조형미를 가지고 있는 불국사와 같은 전통 사찰을 뉴욕에 세운다면 그것은 뜻깊은 불사가 될 것이었다.

그는 두 번째로, 동양대학을 설립하여 미국인들에게 동양화를 배울 수 있는 기회를 마련해 줄 것을 계획했다. 그는 동양 대학을 동양의 철학과 사상, 한국어를 가르치는 문리대와 한의대(漢醫大),

동양화를 가르치는 미술대학 등에 역점을 두어 키우겠다는 포부를 펼쳤다. 뉴욕 원각사는 몇 십만 에이커의 방대한 부지를 소유하고 있어 그 모두를 시설하는 데 있어 장소가 비좁지 않았다. 호수도 있고, 드넓은 잔디밭과 아름드리 수목이 우거져 있어 캠퍼스와 도량을 한꺼번에 두어도 공터가 너무 많아 탈일 지경이었다.

그가 그런 일을 성공적으로 수행한다면 밀행제일에 버금가는 승려가 될 수도 있을 것이다. 아니 어쩌면 그는 노후에 안락한 가정에 안주하는 것이 아니라 뜻있는 일을 성공적으로 수행해 내기 위해 더욱 출가를 고집했는지도 모른다. 한 가정의 아버지보다 만인의 아버지가 되려고 했을까. 어쨌거나 그는 68세라는 나이에 비장한 결심을 했다.

나는 수계식이 끝났을 때 그에게 조용히 말해 주었다.

「동생은 늦깎이야. 스님들 사회에 적응하는 데는 어려움이 있을 거야. 모쪼록 신중하게 처신해야 해요. 절 시집살이가 얼마나 매서운지 알아?」

그는 나의 말을 심각하게 받아들이지 않았다. 별 어려움이 없을 것이라며 모든 것을 낙관적으로 생각하는 것 같았다.

나는 뉴욕을 떠나 캘리포니아 카멜의 삼보사로 갔다. 귀국하기 전에 상좌 홍림을 만나 보기 위해서였다. 내가 일당의 전화를 받은 것이 삼보사에 머물고 있을 때이니 그가 머리를 깎고 한 달도 채 지나지 않은 무렵이었다.

「누님, 접니다.」

나는 반가워서 외쳤다.

「아니 이게 누구야. 별일 없었지?」

말끝에 잠시 침묵이 흘렀다. 그러다가 그의 울먹이는 소리가 들려 왔다.

「누님, 답답해서 전화 드렸습니다.」

「무슨 일이야?」

그는 자기가 처한 입장을 설명했다. 외출을 했다가 돌아와 보니 자기 방의 전화를 끊어 놓았다는 것이다. 말하자면 그 절에 있지 말고 떠나라는 의미였다. 뉴욕에 전통 사찰을 짓고, 동양 대학을 건설하기 위해 설계도를 만들고, 그에 따른 자본금까지 조성하고 있던 그에게 이같이 호된 시집살이를 시킬 수가 있단 말인가. 이유라는 것이 더욱 맹랑했다.

그는 사업을 추진함에 있어 일본인들로부터 후원을 받기로 내약이 되어 있었는데. 왜놈들 돈으로 전통 사찰을 짓고, 동양 대학을 지을 수 없다는 것을 이유로 들어 그에게 핍박을 가했던 것이다. 일본인들의 도움을 받으려니 자연 그들에게 부지를 보여 줄 수밖에 없었고, 조용하던 산중에 일본인들이 몰려와 떠들어대니 그곳의 스님들이나 지도급 신도들이 이맛살을 찌푸릴 수는 있었을 것이다.

그렇다고 해묵은 민족 감정을 앞세워 인로왕 보살의 후신 같은 일당이 노년의 마지막 남은 정열을 모두 쏟아 부어 이루고자 했던 꿈을 짓밟아 버리다니 가슴 아픈 일이 아닐 수 없었다. 나는 일당을 위로했다.

「내가 뭐랬어. 절 시집살이가 세다고 했잖아. 절밥 먹은 그릇 수를 얼마나 따지는데 그것도 모르고 자기 나이든 생각만 하고 설쳤으니 대중들의 미움을 산 거야. 너무 실망하지 말고 잘 견뎌요. 고비를 넘기면 모든 것이 좋아지고 견딜 만해질 거야.」

그러나 일당은 결국 꿈을 포기하고 말았다. 원각사의 일부 승려와 이사들이 심한 말로 왜놈들 돈은에아 필요 없다며 물러가라고 궐기를 하니, 꿈을 펴는 것은 고사하고 일신을 의탁할 수조차 없게 되었다. 그는 한국으로 돌아왔다. 지금은 은사 관응 큰스님이 계시는 직지사 중암(中庵)에 거처하며, 그림을 그리면서 정진에 몰두하고 있다.

일당은 서울에 오면 전에 그랬던 것처럼 성라암에 머문다. 나는 그의 상처가 가라앉았을 때쯤 해서 말했다.

「뉴욕에다가 전통 사찰을 짓고 동양 대학을 세우는 일만이 밀행제 일이 되는 길은 아니야. 그것말고도 보람을 느낄 수 있는 일이 많아.」

「…….」

「미국 사람들에게 동양을 가르쳐 주는 것도 중요하지만 이제 살 날이 얼마 남지 않은 우리나라의 노인들에게 그런 것을 가르쳐 주는 것도 뜻있는 일이 될 거야. 동양대학보다 노인대학을 세우는 것이 어떻겠어?」

나는 그에게 내가 꿈꾸는 노인천국의 건설에 관해 차근차근 설명 한 다음 조심스럽게 물었다.

「동양 대학을 세운다고 할 때 자금을 대주기로 했던 일본 사람들 중에서 우리 노인천국을 만드는 데 투자할 사람이 없을까?」

「나는 평생 남에게 실언을 하지 않고 살아오다가 늘그막에 원각 사 일로 해서 망신을 톡톡히 샀어요. 일일이 사과는 했지만 내 말을 신용하지 않을 겁니다.」

그는 어머니 일엽 스님의 성을 따고 한국으로 귀화했지만 아버지 는 일본인이었다. 그것도 명문가의 사람이었다. 동경 제국 미술학 교를 졸업한 다음 전후 일본 화단을 주도해 오며 일본에서 살았던 그는 일본의 정치인, 재벌 사회 저명인사들과 두루 친교를 가지고 있었다. 그의 일본인 친구들 중에서 나의 노인 천국을 건설하는 데 도와줄 사람이 없겠느냐는 것이 나의 생각이었다.

「그래도 한두 명쯤 동생의 말을 들을 사람이 아직도 있을지 모르잖아. 다음에 일본에 가면 한번 알아봐 줘요.」

「한번 생각해 보죠.」

일년에 서너 번은 일본에 다녀오는 그가 내 부탁을 듣고 일본에 다녀와서 말했다.

「누님 부탁을 받고 누구에게 상의를 해볼까 궁리하다가 가키누마 센싱이라는 사람을 만나 보았습니다.」

그는 일본불교복지협회장이라고 했다. 일본 승려인 가키누마 센싱이 일한불교복지협회를 결성한 이유를 들어보니 장했다. 오늘날의 한일 관계가 선린우호 관계라고 하기에는 한국인들의 대일 민족 감정이 결코 원활하지 않다는 사실을 부인할 수 없을 것이다. 앙금처럼 가라앉아 있는 반감을 정치인들이, 또는 경제인들이 희석시키리라고 기대할 수가 없어 종교인인 자신이 나섰다는 것이었다.

분명 일본인들은 임진왜란에서 근세 36년 동안의 식민통치에 이르기까지 한국인들을 무참하게 유린해 왔다. 그러나 21세기를 향한 이 시점에서 언제까지나 묵은 민족 감정을 들먹이며 증오만을 되풀이하고 있어서야 되겠는가.

일당만 해도 그렇다. 일본인과 한국인 사이에서 태어난 그는 양국의 우호 증진에 무엇인가 이바지하려고 평생을 노력해 왔지만, 한국에서는 그를 일본인 취급하고, 일본에서는 또 한국인 취급을 당해야 했었다. 그의 아름다운 마음씨를 보건대 일당은 나의 은사 일엽 스님이 남긴 사리 같은 보배로운 존재다. 그의 가슴에 맺힌 응어리를 생각하면 내 가슴이 아파져 온다. 양국인이 서로 이해하고 도움을 주고받으며 동반자적인 관계를 이루기가 이토록 어려운 일이란 말인가.

일한복지협회 가키누마 센싱 회장은 복지재단을 발족한 이래 쿄토[京都]의 귀무덤[耳塚]을 한국으로 이장시키는 문제라든지, 시베리아 억류 희생자에 대한 위령법회, 안중근 의사 추모비 건립 등 일일이 헤아릴 수 없을 만큼 많은 사업을 한 사람이다. 과거 일본인이 한국인에게 저질렀던 가혹 행위에 대하여 이런 식의 속죄 행사를 계속 추진해 나가는 종교인이 있는 이상 관계가 결코 어둡지만은 않을 것이다.

나의 초청으로 가키누마 센싱 회장과 일한복지협회 이사들이 한국을 방문하게 되었다. 그들은 사회복지법인 성라원과 자매결연을 맺자는 데 동의했다. 동시에 나의 노인천국 건설 사업에 일조 하겠다는 약속을 했다. 가평에 노인 천국이 건설되면 일본에서 귀국하여 말년을 고국에서 보내고 싶어 나는 재일 교포 노인들에게도 문호를 개방할 예정이다.

일본인들도 내 노인천국 건설에 뜻을 같이하고 도움을 주겠다고 약속했는데 같은 하늘 아래 살고 있는 겨레 중에 협력하는 사람이 없을 것인가. 나는 반드시 뜻있는 사람이 나타나서 나를 도와주리라고 믿으며, 팔순을 넘은 지금 가평에 편안하고 쾌적한 노인 복지원을 운영하고 있다.

나는 이제 내 자전적 기록의 대미(大尾) 부분을 쓰고 있다. 나로서는 최선을 다해서 힘껏 산 흔적을 남기고자 했는데, 생각을 글로 옮기는 재주도 부족하고, 내가 겪었던 일이라 하여 모두 글로 옮겨 놓을 수도 없다는 것을 쓰면서 알았다.

수좌로서 생멸이 끊어진 법계의 진여를 구하시어 하시는 말씀이 곧 불음(佛音)이고, 하시는 일이 불행(佛行)이고, 하시는 생각이 불심(佛心)이 되는 큰스님들이야 따로이 유적(遺跡)을 둘 필요가 없겠지만 나는 은사 일엽 스님이 《청춘(靑春)을 불사르고》를 집필하는 것을 옆에서 지켜보던 그때, 속으로 나도 회향 때가 되면 자서전이나 한 권 남기고 가자고 생각한 바가 있어 그 생각을 실천에 옮겨 본 것이다.

또한 나중에 자서전을 쓰겠다는 생각을 하고부터 좋은 자서전을 남기기 위해서는 견성을 해야 하고 훌륭한 일도 많이 해야 한다는 것을 늘 염두에 두고 살았다. 그러나 역시 글을 다 쓰고 난 느낌으로는 무엇하나 제대로 이룬 것이 없다는 회한이 남는다.

그저 노인천국을 건설하겠다는 뜻만 온전히 이룰 수 있다면 다른 회한일랑은 접어 두고 때가 되면 훌훌 이승을 떠날 수 있을 텐데……. 노인천국 건설의 권선문을 여기에 적는 것으로 끝을 맺고자 한다.

불보살님을 우러러 찬탄하고 부처님 법을 등불로 삼아 온 지 3천 년이 지난 지금 시방을 두루 하여 영원무궁한 지혜의 광명이 온누리에 충만하건만, 우매한 중생들은 미로에 방황하여 무시겁내로 쌓인 업에 따라 생로병사 우비고뇌의 윤회 속에서 헤어날줄을 모르고 있습니다. 그러나 어두운 무명을 밝히고 번뇌의 구름을 헤쳐 주는 부처님이 계시기에 그 위대한 자비광명의 가피로써 평화와 행복이 성취될 수 있으리라 믿고 있습니다.

이에 소승은 무법력함을 무릅쓰고 부처님의 유지를 받들어 진력하다가 보니 부처님의 심오한 경지를 어렴풋하나마 알 것도 같아 시간이 흐를수록 더 많은 이웃에게 부처님의 가르침을 전해야 되겠다는 벅찬 사명과 의무를 느끼게 되었습니다.

부처님이시여.

우선 여생이 얼마 남지 않은 노인들을 힘껏 보살피기 위해서는 양로원과 노인대학, 선원이 들어선 지상천국 이생극락을 빨리 이룩하여야겠다는 마음이나 노쇠한 소승으로서는 힘에 부치는 일입니다. 여러 사부 대중이 뜻을 모을 수 있도록 부처님께서 도와주시옵고, 세세생생 빛날 인연공덕을 쌓게 하여 무량대복을 받을 수 있도록 이끌어 주시옵소서.

영원한 전법도량에서 목마른 중생에게는 감로수가 되고 크나큰 고통을 받은 자들에게는 지혜의 광명을 전하여 빛을 받게 하는 데에 게을리 하지 않는 구도자가 되겠습니다. 이에 동참하여 선근종자를 심고 선심공덕을 맺는 이들에게 금생에는 수명장수 하고 복덕구족 자손창성 사업성취할 수 있도록 도와주소서.

세세생생 영원히 빛나는 복전이 되게 하옵시고, 내세에는 자타일시 왕생극락할 수 있도록 이끌어 주시옵소서.

나무관세음보살

불기 2544 봄
성라원에서 법성(法性) 합장

316

사회복지법인 성라원에서는 안락하고 쾌적한 환경에
서 노후를 편안하고 유익하게 즐길 수 있는 복지시설
을 갖추고 있습니다.

문의전화 : (02) 743-4026

(0356) 585-3323~5

언제나 가슴을 적시는 그 말씀대로 살겠네

초판 1쇄 발행 / 2000년 5월 15일

지은이 / 법성스님
발행인 / 이의성
발행처 / 지혜의나무
등록일자 / 1999. 5. 10
등록번호 / 제1-2492호
주소 / 서울 종로구 관훈동 198-16 남도빌딩 3층
전화 / 02)730-2211
팩스 / 02)730-2210

ISBN 89-89182-00-X